W0330157

Le Retour de l’oiseau-tonnerre

Du même auteur

Les Ailes d'Alexanne, tomes I à V
Les Chevaliers d'Émeraude, tomes I à XII
Les Héritiers d'Enkidiev, tomes I à X
A.N.G.E., tomes I à X
Qui est Terra Wilder ?
Capitaine Terra Wilder
Les Cordes de cristal, tomes I à VIII

À paraître

Les Héritiers d'Enkidiev, tome XI
Double allégeance
Le Retour de l'oiseau-tonnerre, tome II
Perceptions

ANNE ROBILLARD

Le Retour de l'oiseau-tonnerre

Tome 1

L'Éveil

Michel Lafon

118, avenue Achille-Peretti – CS 70024
92521 Neuilly-sur-Seine Cedex

www.michel-lafon.com

« Vous ne pouvez choisir ni comment mourir, ni quand. Mais vous pouvez décider de comment vous allez vivre. Maintenant. »

Joan BAEZ

1 Premières visions

Logan McEwan était un homme modeste qu'on ne remarquait pas vraiment dans une foule. La quarantaine, il était de taille moyenne et ses cheveux châtain foncé commençaient à grisonner sur les tempes. Il avait des yeux gris que les femmes auraient probablement qualifiés de rêveurs et de romantiques si elles avaient pu les voir, car Logan était plutôt réservé et ne recherchait jamais leur compagnie. Divorcé depuis plusieurs années déjà, il partageait son temps entre son petit appartement de Vancouver et l'atelier de réparation d'appareils électroniques où il travaillait.

Il vivait plutôt simplement. Il passait la journée à l'atelier et le soir, il s'enfermait chez lui. Une fois par mois, il mangeait au restaurant avec John Oliver, son meilleur ami, qui possédait une importante entreprise de gestion. Les deux hommes provenaient de milieux différents, mais ils avaient grandi ensemble dans les Prairies canadiennes et fait le pacte de ne jamais se perdre de vue. Lorsqu'ils se rencontraient, Logan et John parlaient de tout et de rien en dégustant des mets de tous les coins du monde, car jamais ils ne choisissaient le même restaurant.

Logan se considérait parfaitement heureux dans sa bulle de verre émotionnelle. À part son ami John et sa fille adolescente Sabrina, qui lui rendait visite de temps à autre, il ne fréquentait personne. Il était aimable envers ses collègues, mais il refusait toujours de participer à leurs activités sociales à l'extérieur du boulot. Il préférait la tranquillité de son appartement et la présence sécurisante de son téléviseur. Souvent, lorsque les autres employés partaient, il restait à l'atelier pour faire des heures supplémentaires. Il en profitait alors pour monter le volume de sa petite radio et chanter ses chansons rock préférées à pleins poumons. Il mettait cet argent de côté pour permettre à sa fille unique de faire un jour les études de son choix.

Ce dévoué technicien ne se doutait guère que sa vie était sur le point de changer de façon radicale. Les forces cosmiques avaient tendance à choisir des gens au cœur pur pour exécuter une part du grand plan divin.

Ce jour-là, dans son coin de l'atelier, Logan réparait un circuit d'ordinateur lorsque son patron s'approcha de lui en fronçant les sourcils. Peter Humphrey, un homme trapu et musclé d'une cinquantaine d'années et aux cheveux argentés, avait investi toutes ses économies dans son commerce. Il tenait à ce qu'il tourne rond.

– Tu en as encore pour combien de temps avec celui-là, Logan ? demanda-t-il.

– Encore une demi-heure tout au plus.

– On va me livrer une trentaine d'appareils cet après-midi.

– Ils ont tous le même problème ?

– C'est ce que je crains. Il y aura certainement des heures supplémentaires à faire ce soir.

Inquiet de ne pas pouvoir réparer tous ces circuits dans le délai convenu avec son client, Peter alla prévenir ses cinq autres employés.

– Je n'ai rien d'autre à faire de toute façon, soupira Logan.

Il continua d'examiner la pièce électronique éventrée sur sa table de travail. Une tasse de café en plastique atterrit subitement devant lui. Logan leva les yeux sur son bienfaiteur. Ian Roberts était un jeune homme dans la trentaine qui avait décidé de devenir électronicien parce qu'il n'aimait pas prendre des décisions. Il n'avait aucune ambition de posséder sa propre entreprise ni de rejoindre une grosse firme multinationale, où il aurait pu devenir chef de division. Il aimait son travail routinier qui ne fatiguait pas trop son esprit et auquel il n'avait plus besoin de penser après avoir quitté l'atelier pour plonger dans sa turbulente vie sociale.

Pour Logan, c'était différent. Il avait décidé d'étudier l'électronique parce qu'il n'avait pas eu les moyens d'aller à l'université comme son copain John. Il avait ensuite travaillé dans plusieurs petites boîtes de réparation avant d'atterrir dans celle de Peter Humphrey. Au début, il avait planifié de mettre de l'argent de côté pour pouvoir se perfectionner en informatique, mais son mariage, la naissance de sa fille et son divorce avaient mis un terme à tous ses projets. Il se consolait toutefois en se disant qu'il était un excellent électronicien et qu'il aurait peut-être été un piètre informaticien.

– C'est pour moi ? s'étonna-t-il.

– Tu vois quelqu'un d'autre assis à ta place ? le taquina Ian.

– Merci.

Il but une gorgée en observant le visage inquiet de son collègue. « Qu'a-t-il encore derrière la tête, celui-là ? » se demanda Logan.

– On dirait bien qu'il va y avoir un surplus de travail, constata Ian. Est-ce que tu restes ?

– C'est possible. J'ai une pension alimentaire à payer.

– Tu n'en as pas assez de vivre seul, Logan ?

– Parfois, mais je suis réaliste. J'ai des besoins plus restreints ainsi et je réussis à les combler. Il y en a qui sont bien plus démunis que moi.

– Mais tu passes le plus clair de ton temps ici ! Ce n'est pas une vie, ça ! Trouve une petite amie, un passe-temps excitant ! Prépare un voyage !

– J'aime regarder la télévision, rétorqua Logan en haussant les épaules. C'est instructif et ça ne coûte pas cher.

– Ton téléviseur n'a pas de bras pour te serrer et te caresser toute la nuit.

– C'est vrai. Mais il ne s'éprendra pas d'un autre homme après trois ans de mariage, et il ne me traînera pas devant un juge pour demander le divorce. Crois-moi, j'ai connu les joies et les souffrances de l'amour et je préfère de loin vivre seul.

Ian vit alors approcher le patron et décida de mettre fin à sa pause-café pour ne pas se faire sermonner. Il fit un clin d'œil à son collègue et retourna prestement s'asseoir à sa propre table de travail. « Il a raison », pensa Logan. Certains soirs, il lui arrivait de rêver d'un nouvel amour, d'un foyer chaleureux, mais il n'avait certainement pas les moyens de payer une deuxième pension alimentaire. Il secoua la tête et se concentra à nouveau sur les circuits à réparer.

Tout comme Peter l'avait annoncé, d'autres appareils furent livrés à l'atelier quelques heures plus tard et les six employés s'y attaquèrent sur-le-champ. À dix-sept heures, il restait toujours une vingtaine d'ordinateurs à réparer. Logan fut, encore une fois, le seul à offrir de rester pour les remettre à neuf. Dès que les autres employés furent partis, il monta le volume de la radio et chanta en travaillant. C'est alors que se produisit un phénomène des plus insolites.

Le tournevis dans sa main se transforma en un bel arc de bois. Logan releva la tête et constata avec stupeur qu'il ne se trouvait plus dans l'atelier, mais aux abords d'une forêt dense, les deux pieds dans la neige. Ses vêtements étaient faits de peaux de bêtes et il portait de curieuses bottes lacées. Un cavalier s'approcha sur un cheval noir et blanc et Logan vit que c'était un vieil Amérindien, habillé comme lui. Il ressentit aussitôt le besoin de s'enfuir, mais ses jambes refusèrent de bouger.

– Je suis l'aigle, déclara le vieillard.

Logan réintégra brusquement son corps en sursautant. Il laissa tomber le tournevis sur le sol et s'agrippa fermement au bord de la table. Il demeura un long moment sans bouger, en attendant que se calment les battements de son cœur affolé, puis jeta un coup d'œil à la grosse horloge au mur. Il était déjà vingt-deux heures.

– Je me suis endormi, supposa-t-il.

Le vieil Indien n'était qu'un personnage de rêve. Il n'était pas réel. Logan rangea ses outils et enfila son veston. Il éteignit toutes les lumières et verrouilla la porte de l'atelier. Puisqu'il habitait à quelques rues de là, il ne prenait jamais sa voiture et préférait marcher jusqu'au travail. C'était d'ailleurs son seul exercice de la journée. Il passa devant les petites boutiques de la rue commerciale, toutes fermées à cette heure tardive, et croisa quelques âmes en peine, cherchant elles aussi à donner un sens à leur vie.

Logan arriva à son immeuble quelques minutes plus tard et jeta un coup d'œil à sa boîte aux lettres. Rien. Il grimpa l'escalier jusqu'au troisième sans se presser, toujours hanté par la vision qui l'avait assailli. Il alluma la lampe en mettant le pied dans le petit appartement de trois pièces et referma la porte derrière lui. « Est-ce que j'ai faim ? » se demanda-t-il.

Il se laissa tomber sur le sofa, s'empara de la télécommande et alluma le téléviseur. Le paquet de gâteaux aux pépites de chocolat qu'il avait acheté la veille traînait toujours sur la table basse. Il y engouffra la main. Il en grignotait un lorsqu'il fut soudainement replongé dans une vision.

Il se retrouva debout devant la porte d'une vieille cellule de prison. De l'autre côté des barreaux, une jeune femme en robe longue, portant un vieux bonnet sale, était assise sur un banc de bois. Sur le sol, autour d'elle, il n'y avait qu'une cruche de porcelaine. En apercevant Logan, elle se leva puis s'approcha en posant des yeux suppliants sur lui.

– Je vous en prie, aidez-moi.

Logan se réveilla en sursaut. Cette fois, il était vraiment inquiet pour sa santé mentale. « J'ai trop longtemps abusé de mes forces et mon corps commence à me punir », conclut-il. Il éteignit le téléviseur et alla se coucher. Il n'avait qu'à se reposer davantage et ces étranges visions cesseraient. Pourtant, au matin, il se sentait tout aussi tendu que la veille.

Il prit une douche, s'habilla et se rendit à l'atelier, cerné et épuisé, en avalant un pain au chocolat acheté au coin de la rue. Il ne s'était pas aussitôt assis sur sa chaise que Ian se plantait devant lui.

– Tu as une mine épouvantable, mon vieux. As-tu passé la nuit dans un bordel ?

– Non, Ian, je suis seulement fatigué.

En voyant deux de ses employés occupés à ne rien faire, Peter traversa l'atelier comme un taureau pour les rappeler à l'ordre. Ian leva les yeux au plafond et retourna à sa place. Logan, quant à lui, venait de retomber en transe. Il s'immobilisa et ses yeux se mirent à fixer le vide. Son patron l'interpella, passa la main devant son visage plusieurs fois pour capter son attention, mais sans obtenir de réaction de sa part.

Logan se vit debout sur une plage ensoleillée où il faisait chaud. Devant lui, trois hommes à la longue chevelure blonde, vêtus de tuniques blanches, s'approchaient. Bien qu'il ne comprît pas ce qui lui arrivait, Logan avait quand même l'impression de connaître ces hommes depuis toujours. Il revint subitement à lui en faisant tressaillir Peter et Ian, qui s'étaient rapprochés de lui.

– Que s'est-il passé ? s'alarma le patron.

– Je n'en sais rien, avoua Logan, confus. C'est comme si mon esprit était allé ailleurs pendant quelques secondes.

– Ça s'appelle perdre conscience, l'informa Ian.

– Tu as beaucoup travaillé ces dernières semaines, renchérit Peter. Pourquoi ne vas-tu pas te reposer ce matin ?

– Non, ça va aller.

– C'est comme tu veux, mais si ça te reprend, je t'obligerai à rentrer chez toi.

Logan hocha doucement la tête, ce qui sembla rassurer son patron. Ian retourna à sa table de travail devant le regard insistant de Peter, qui attendit qu'il y soit installé avant de poursuivre sa ronde. Logan inspira profondément et aperçut le regard scrutateur de Sadahei Makihara, un employé d'origine japonaise, qui travaillait un peu plus loin, à une table en biais.

– Je n'ai pas perdu conscience, affirma Logan.

– Alors, c'est ton corps qui essaie de te dire quelque chose.

Sadahei était un homme sans âge. Tranquille et sans histoire, il ne participait pas lui non plus aux folles expéditions d'Ian dans les bars et dans les clubs. Il arrivait toujours à l'heure et il ne travaillait jamais le soir. Lorsque Logan lui avait demandé pourquoi, il avait souri et répondu que sa famille était trop importante pour qu'il la néglige. Mais jamais il n'en parlait. Sadahei se montrait réservé et discret. Un employé modèle, quoi !

Logan se mit au travail et demeura parfaitement conscient le reste de la journée. Ce soir-là, il partit à dix-huit heures pour faire sa toilette, car il avait rendez-vous avec son meilleur ami. John le cueillit chez lui à vingt heures et l'emmena dans un restaurant italien. Les deux hommes se ressemblaient physiquement : mêmes yeux et mêmes cheveux sombres. Ils passaient souvent pour deux frères.

John sentit tout de suite que Logan était perturbé, mais il attendit d'être assis dans un coin tranquille du restaurant avant de le questionner.

– Je me sens épuisé, John. J'ai même perdu conscience trois fois depuis hier.

– Toi ? Mais tu es fort comme un cheval ! J'espère au moins que tu as pris rendez-vous avec ton médecin.

– Je ne tombe pas par terre, je sombre dans de drôles de rêves. C'est comme si je me retrouvais dans le corps d'un autre homme et que je voyais le monde par ses yeux.

Logan capta la profonde inquiétude sur le visage de son ami d'enfance. Peut-être s'était-il mal exprimé ?

– C'est comme si je regardais un documentaire sur des événements historiques à la télé, sauf que les acteurs me voient et me parlent. Non seulement je regarde l'émission, mais j'en fais partie en même temps, sauf que je suis incapable de bouger ou de parler. Je ne fais qu'observer ce qui se passe. Ça n'a aucun sens, n'est-ce pas ? Tu dois penser, comme moi, que je suis en train de devenir fou.

– Non, Logan, le rassura tout de suite John. Tu es un homme beaucoup trop pragmatique et rationnel. De toute façon, je connais une autre personne qui a vécu la même expérience.

Logan se redressa, indiquant à son ami qu'il voulait évidemment en savoir plus à ce sujet.

– C'est une amie d'Hélène. Elle a consulté une femme médium et elle a appris que c'étaient des régressions spontanées.

– Des régressions où ?

– Dans ses vies antérieures.

– Mais je ne crois même pas à ces trucs-là ! Comment pourrais-je revenir dans des vies que je ne suis même pas certain d'avoir vécues ?

– Je ne suis pas convaincu non plus qu'on puisse avoir plusieurs incarnations, mais j'ai quand même écouté son récit.

– Raconte, le pria Logan.

– La médium prétend que ses guides lui ont fait voir le chemin qu'elle a parcouru depuis sa toute première naissance.

– S'il est vrai que nous vivons plusieurs fois, combien de vies avons-nous ? Jusqu'où remontent-elles ? Et comment pouvons-nous nous assurer de l'authenticité de ces souvenirs ?

– Je ne connais pas les réponses à ces questions, Logan. Par contre, Hélène pourrait te donner le numéro de téléphone de cette femme.

– Je ne sais pas si j'aurais le courage de l'appeler.

– Dans ce cas, laisse-moi le faire pour toi, d'accord ?

Logan rentra chez lui vers vingt-trois heures en pensant que toute cette histoire de réincarnation n'était qu'une invention du mouvement Nouvel Âge, destinée à donner de l'espoir aux pauvres gens en ces temps difficiles. Il se rendit à l'atelier le lendemain matin en empruntant la rue commerciale. Habituellement, il ne prêtait aucune attention aux vitrines, mais ce matin-là, celle de la boutique ésotérique attira son regard. Il s'y arrêta et ses yeux se posèrent sur un gros morceau de cristal transparent. L'objet le fit brutalement basculer dans une autre régression.

Il se tenait dans un désert de sable blanc. Autour de lui, de gros pics de cristal crevaient le sol. Soudain, un jeune homme à la longue chevelure blonde apparut de nulle part et s'avança vers lui. Il portait une tunique immaculée et ses yeux bleus étaient perçants comme ceux des loups. Un magnifique sourire fendit son visage lorsqu'il s'arrêta finalement devant lui.

– Je t'attendais, Logan.

Le technicien se réveilla en sursaut devant la vitrine de la boutique ésotérique et comprit qu'il avait vraiment besoin d'aide. Ce soir-là, il rentra tôt du travail et appela John pour lui raconter ce qui s'était passé. Il lui demanda de prendre rendez-vous pour lui le plus rapidement possible avec la médium avant qu'il ne décide de se faire interner.

2

La médium

Rain Taylor enseignait l'histoire à l'université de Vancouver en plus de recevoir des gens chez elle pour les guider grâce à ses dons spéciaux. À la demande de Logan, John l'accompagna jusqu'à son appartement, à l'autre bout de la ville, dans un grand immeuble moderne. John connaissait son meilleur ami depuis assez longtemps pour savoir qu'il prenait la fuite quand il était trop stressé. C'était exactement pour cette raison que son mariage n'avait pas fonctionné.

En retenant Logan par le bras, il frappa à la porte de l'appartement 13. Une femme dans la trentaine vint ouvrir en leur offrant un sourire réconfortant. Elle portait une longue robe bleue et ses cheveux blonds flottaient librement sur ses épaules. Elle les invita à passer au salon d'un geste gracieux de la main.

– Je suis Rain Taylor, annonça-t-elle. Je suis contente de faire enfin votre connaissance, messieurs. Hélène m'a beaucoup parlé de vous.

– En bien, j'espère, répliqua John, quoique convaincu que sa femme ne disait que de bonnes choses de lui et de ses amis.

Ils prirent place sur les sofas de couleur pastel. Logan remarqua avec amusement que la pièce était entièrement décorée comme la boutique ésotérique. Il y avait des tableaux de licornes, de montagnes lumineuses et de châteaux anciens accrochés aux murs. Des cristaux de toutes les couleurs, des figurines d'anges, de licornes et de dragons trônaient sur les étagères. Des mobiles en forme de planètes ou d'étoiles miroitaient dans la porte-fenêtre.

– On m'a dit que vous aviez récemment eu plusieurs visions, monsieur McEwan, commença Rain en se tournant vers lui.

– Je vous en prie, appelez-moi Logan. Et je serais plus à l'aise si on arrêtait de se vouvoyer.

– Moi aussi. Alors, est-ce que tu sais ce que signifient ces visions, Logan ?

– Je n'en ai pas la moindre idée.

– Est-ce qu'elles t'effraient ?

– Ce qui me fait peur, c'est la possibilité que je sois en train de perdre l'esprit.

– Alors, sache que ce qui t'arrive ne représente aucun danger pour ta santé mentale. Dis-moi ce que tu as vu.

– J'ai vu un vieil Amérindien, une jeune fille dans une prison et un tas d'hommes blonds qui portaient des robes.

– Est-ce qu'ils t'ont parlé ?

– L'Amérindien m'a dit qu'il était « l'aigle », la fille dans la cellule m'a demandé de l'aider et un des hommes blonds m'a appelé par mon nom. Il a dit qu'il m'attendait.

– Est-ce que ces visions rappellent des souvenirs à ta mémoire ? Est-ce que tu les comprends ?

– Non. C'est pour cette raison que je suis ici.

Rain s'adossa à son fauteuil et observa son nouveau client pendant un moment, comme si elle tentait de sonder son âme. Logan nota, avec surprise, qu'elle était aussi blonde que l'inconnu du désert.

– As-tu déjà entendu parler de l'immortalité de l'âme ? demanda-t-elle.

– Oui, dans mes cours de religion, il y a très longtemps.

– Est-ce que tu crois à la réincarnation ?

– Je n'en sais rien. Si j'avais vécu avant, il me semble que je m'en souviendrais, non ?

– Pas nécessairement. L'âme doit évoluer d'une vie à l'autre. Si elle se rappelait tous les détails de ses autres incarnations, elle ne serait peut-être pas pressée de revenir pour affronter ses leçons suivantes.

– Alors, quelqu'un ou quelque chose lui fait tout oublier ? s'inquiéta Logan.

– C'est exact. Il s'agit de forces supérieures auxquelles on donne plusieurs noms.

– Dieu ?

– Je préfère les appeler les êtres de lumière, afin de ne pas leur donner de visage.

– Ce sont eux qui m'envoient ces visions ?

– Ils ont apparemment décidé de montrer à ton âme le chemin qu'elle a parcouru jusqu'à présent. Il ne faut surtout pas que tu aies peur. Pour comprendre ce qui t'attend, tu dois étudier tes visions une à une. Logan, fais-moi confiance. J'ai vécu la même chose.

– Est-ce que tu as découvert ce que ces êtres de lumière essayaient de te dire ?

– Oui. Il s'agit d'une mission pour laquelle je me prépare depuis très longtemps.

Logan promit donc de noter tout ce qu'il verrait et quitta l'appartement avec John, sans être tout à fait convaincu d'avoir eu d'autres vies. Peut-être cette femme avait-elle tout simplement perdu la raison avant lui…

Le lendemain, en rentrant du travail à une heure plus que raisonnable, Logan s'arrêta à nouveau devant la boutique ésotérique. Pas de vision, cette fois. Incapable de détacher son regard des objets étranges exhibés dans la vitrine, il se décida à entrer. Il se rendit jusqu'au présentoir des cristaux et lut, en arquant un sourcil, la carte plastifiée qui en expliquait les propriétés. La vendeuse s'approcha et lui demanda si elle pouvait l'aider. Les cheveux rassemblés en une multitude de petites mèches entortillées et les yeux maquillés à outrance, elle ne devait pas avoir plus de vingt ans.

– J'aimerais acheter un cristal, murmura-t-il timidement.

– Désirez-vous une couleur ou une forme spéciale ?

– Cette carte dit qu'il devrait être clair et avoir six facettes.

– J'en ai des petits et des gros.

Elle insista pour qu'il choisisse sa pierre avec son cœur plutôt qu'en fonction de son prix. Logan les regarda une à une, puis opta pour un cristal transparent d'environ huit centimètres de long, à six facettes, collé sur un socle en bois. Fier de son achat, il rentra chez lui et plaça le cristal au milieu de la table basse. Il alla ensuite se préparer un sandwich au beurre de cacahuète, ouvrit une cannette de bière et retourna s'asseoir au salon. Il mangea en observant le cristal, dont l'intérieur était zébré de fissures et parsemé de petits flocons symétriques. La carte explicative affirmait que la présence d'une telle pierre dans une maison en changeait les vibrations de façon positive.

– Je ne ressens pourtant rien de différent…

Il s'empara de la télécommande et alluma le téléviseur. Il ignorait évidemment que ces pierres énergétiques agissaient de façon subtile sur les gens et les objets. Cette nuit-là, le cristal fit son œuvre et Logan rêva qu'il se trouvait sur une belle plage ensoleillée. Les vagues venaient mourir sur ses pieds nus et il se sentait rempli d'énergie. Il se retourna et vit un village composé de maisons blanches disséminées dans la montagne. Tout au sommet se trouvait un temple en forme de pyramide.

Logan se réveilla en sursaut et constata avec soulagement qu'il était dans son lit. Il faisait encore sombre. Il revit la scène dans son esprit, convaincu de connaître cet endroit, mais il ne savait pas s'il avait rêvé ou s'il s'agissait d'une autre régression. Il nota quand même ce qu'il avait vu dans son petit calepin et se recoucha.

Le lendemain matin, à son poste de travail, il commença à réparer les circuits d'un portable, puis sombra dans ses pensées. En le voyant s'immobiliser, Peter craignit qu'il ne perde une fois de plus conscience.

– Logan, je t'en prie, prends quelques jours de congé. Je ne veux pas que tu me fasses une crise cardiaque ici.

« Ce n'est pas une mauvaise idée », pensa le technicien. Il déposa ses outils, enfila son manteau et alla marcher dans la ville. Il s'arrêta dans une épicerie pour acheter quelques provisions et aperçut les magazines Nouvel Âge sur un étalage de bois. Il en prit un à tout hasard et le déposa dans son panier. Il rentra ensuite chez lui et fit un peu de ménage. Toujours pas de régression. Il s'installa sur le sofa et commença à lire un article sur les cristaux et leur utilisation en médecine douce et dans la vie quotidienne. Le téléphone sonna, mettant fin à sa quiétude. Il étira le bras et s'empara du récepteur.

– Salut, papa ! fit la voix enjouée de Sabrina, sa fille adolescente.

– Salut, ma soie. Comment vas-tu ?

– Moi ? Super bien ! Est-ce que je pourrais te rendre visite le week-end prochain ?

– Évidemment. D'ailleurs, je commençais à m'ennuyer de toi. Ça fait une éternité que nous n'avons pas passé de temps ensemble.

Sabrina insista pour qu'il ne fasse aucun plan, car elle se considérait assez vieille maintenant pour faire des suggestions valables. Logan lui promit tout ce qu'elle voulait et raccrocha. Toujours pas de visions. C'était comme si sa visite chez la médium les avait exorcisées. Il conserva tout de même son calepin sur lui, juste au cas où.

3
Sabrina

Le vendredi soir, lorsque Logan alla chercher sa fille à l'arrêt de bus, il était persuadé que les régressions ne se reproduiraient plus jamais. Sa vie avait repris son cours normal et il avait hâte de revoir sa fille unique.

Lorsque Sabrina descendit du bus, il s'étonna de son changement d'apparence. Elle portait un veston rouge pompier, une espèce de chapeau mou trop grand pour sa tête et une jupe longue dont la couleur turquoise jurait avec tout le reste. Elle avait eu quinze ans au début du printemps et avait commencé à manifester le désir de faire ses propres choix.

Sabrina sauta dans les bras de son père qui remarqua, avec un pincement de cœur, qu'elle avait fait couper sa longue chevelure châtaine. Elle le serra affectueusement, l'embrassa sur la joue et recula de quelques pas. C'est alors que Logan vit les petites mèches mauves entourant le visage de l'adolescente.

– Mais qu'est-ce que tu as fait à tes cheveux ?

– C'est le dernier cri à l'école. Tu aimes ?

Elle fit un tour sur elle-même et observa sa réaction. Il était éprouvant pour Logan de voir sa petite chenille se transformer en papillon. Mais il imagina que ce devait être encore plus difficile pour son ex-épouse.

– Ça te change beaucoup, répondit-il avec diplomatie.

– Je savais que ça te ferait un choc, mon petit papa conservateur, mais il faut que tu comprennes que c'était absolument nécessaire. Je ne peux pas me faire des amis avec un look des années 1980.

Logan sourit avec amusement. Lui, personnellement, n'avait rien à reprocher à ces belles années. À l'époque, il habitait chez ses parents dans les Prairies, où la vie était bien plus simple.

– Je m'habituerai, assura-t-il, à moins que tu changes de tête chaque fois que tu me rends visite. Là, ça risquerait de me faire vieillir avant l'heure.

– Ou de te rendre plus ouvert. Je suis certaine que c'est ce que tu redoutes le plus.

Il ramassa le sac de voyage de sa fille. Chaque fois, il était plus lourd. Pourquoi les femmes avaient-elles besoin de traîner tout cet attirail encombrant avec elles ? Sabrina passa son bras autour du bras libre de son père et marcha avec lui jusqu'à sa vieille voiture.

– Et puis, tu n'étais pas obligé de venir me chercher, déclara-t-elle avec un air de grande personne. Je sais où tu habites.

– Tu te serais fait un tour de reins si tu avais marché jusque chez moi avec ce sac.

– Je ne suis plus une petite fille, papa. Je suis capable de porter des objets bien plus lourds encore.

– Arrête de me rappeler que tu grandis, Sabie. Mes cheveux vont se mettre à blanchir.

– Que feras-tu lorsque je serai enceinte ?

Il s'arrêta net et posa sur elle un regard effrayé. Le temps avait-il passé aussi rapidement ? Sabrina aperçut l'expression de terreur sur son visage. En riant, elle lui ravit ses clés et ouvrit le coffre de la voiture pour qu'il y dépose son sac. Logan secoua la tête en se disant qu'il trouverait une façon de survivre à ce week-end décidément rempli de surprises.

Le père et la fille s'arrêtèrent d'abord à l'appartement. L'adolescente s'étonna de le trouver en ordre. Elle fit glisser son doigt sur la table basse : aucune trace de poussière.

– Impressionnant, remarqua-t-elle. As-tu fait le ménage juste pour moi ?

– Il le fallait bien, répondit Logan en déposant son sac. Je n'avais pas envie que tu me fasses une scène comme la dernière fois.

Sabrina s'assit sur le sofa et caressa la surface du gros morceau de cristal qui reposait au milieu de la table basse. Elle vit aussi le magazine Nouvel Âge et leva un regard interrogateur sur son père.

– Quand as-tu commencé à t'intéresser à ces choses-là ?

– C'est très récent, avoua-t-il en s'asseyant près d'elle.

– Ça me surprend beaucoup de ta part.

– Pourquoi ?

– Parce que tu es un homme terre à terre. Tu as un esprit beaucoup trop logique et analytique pour prêter attention à ce genre de mystères.

– Donc, si je comprends bien, il n'y a que les adolescents qui ont le droit de changer ?

– Non, mais toi, tu n'en as jamais été capable, même quand tu avais mon âge ! Comment est-ce arrivé ?

– Si tu as l'intention de me psychanalyser tout le week-end, alors je vais te renvoyer chez ta mère tout de suite, plaisanta-t-il.

Sabrina lui servit un regard chargé de défi. « L'enveloppe a changé, mais le contenu est toujours le même », constata Logan. Sa fille voulut alors savoir où il avait acheté le cristal.

– Dans une petite boutique non loin d'ici.

– Est-ce que tu t'en sers pour lire l'avenir ?

– Je l'ai acheté pour transformer les vibrations de l'appartement.

– Sérieux ?

– J'ai lu dans un article que le cristal est un symbole de pureté, de patience et de persévérance, et qu'il finit par transmettre ces qualités à son propriétaire.

– Je ne crois pas vraiment à tout ça, mais je suis quand même fière de toi, papa. Il était temps que tu te passionnes pour autre chose que ton travail.

– Tout le monde me dit la même chose.

– Est-ce que tu pourrais m'emmener à cette boutique ?

Logan étant incapable de refuser quoi que ce soit à sa fille, quelques minutes plus tard, ils marchaient main dans la main sur la rue commerciale. Logan se rappela son enfance. Il avait été parfaitement heureux dans la ferme de ses parents adoptifs, jusqu'à leur décès un peu avant ses vingt ans. La banque avait repris la propriété et il avait été obligé de partir avec son maigre héritage.

Sabrina tira sur sa main, l'extirpant de ses pensées. Ils étaient arrivés devant la vitrine remplie d'objets insolites. Elle poussa la porte de la boutique et se hâta jusqu'au présentoir des cristaux.

– Choisis-en un, papa ! Je veux te l'offrir pour ton anniversaire !

– Mais c'est seulement dans trois mois.

– Et alors ?

La vendeuse s'approcha.

– Bonjour, monsieur McEwan. Que puis-je faire pour vous ?

– Je veux offrir à mon père un cristal renfermant les meilleures vibrations possibles.

– Chaque cristal a ses propres qualités. Le quartz blanc est surtout curatif. Il purifie tout ce qui l'entoure. Le quartz mauve calme le système nerveux alors que le quartz rose nous aide à nous aimer nous-mêmes et à aimer les autres.

– Alors, de quoi as-tu le plus besoin, papa ? D'être guéri, calmé ou de t'aimer toi-même ?

– Les trois, j'en ai bien peur.

– Dans ce cas, le quartz rose s'impose, suggéra la vendeuse.

Mais Logan trouvait ces cristaux trop gros et trop chers. La vendeuse posa alors sur le comptoir une boîte remplie de petites pierres de toutes les formes, qui pouvaient être portées sur des chaînettes ou de petites cordes en cuir.

– Lequel veux-tu ? s'enthousiasma Sabrina.

– N'importe lequel, sauf celui en forme de cœur.

– Le quartz a plus de pouvoir lorsque sa forme naturelle n'a pas été trop altérée, précisa la vendeuse. Je vous recommande ceux qui sont pointus.

Elle plaça une petite pierre en forme d'obélisque dans le creux de la main du technicien. Un anneau de métal était attaché à une de ses extrémités pour qu'on puisse y passer une chaînette.

– Pourquoi faut-il qu'il soit rose ? gémit Logan.

– Parce que j'essaie de t'exprimer mon amour et ma tendresse ! répliqua sa fille, offensée.

Elle acheta le quartz et l'accrocha à la chaînette en or que Logan portait déjà au cou, en lui rappelant qu'il l'avait souvent obligée à porter du rose lorsqu'elle était petite.

– C'est ton tour, maintenant.

Ils allèrent ensuite prendre une collation au restaurant du coin et voir un film au cinéma. En rentrant à l'appartement en début de soirée, Logan referma la porte et aperçut le regard inquisiteur de sa fille, déjà assise en tailleur sur le sofa.

– Tu n'as pas aimé le film, n'est-ce pas ?

– Je suis désolé, Sabie, s'excusa-t-il en prenant place près d'elle, mais je suis plutôt préoccupé, ces temps-ci.

– Je suis là pour t'aider.

– Je ne veux surtout pas t'embêter avec mes problèmes. Tu n'es certainement pas venue ici pour m'entendre me plaindre.

Logan faillit lui dire qu'il s'agissait d'un tourment d'adulte, mais se ravisa juste à temps.

– Je conseille souvent mes amies, tu sais, surtout dans les affaires de cœur.

– Ça n'a rien à voir avec l'amour, affirma-t-il.

– C'est lié à ta soudaine attirance pour le Nouvel Âge, alors ?

– D'une certaine façon.

Il la regarda dans les yeux en se demandant s'il pouvait lui parler de ses pertes de conscience sans lui faire peur.

– Je t'en prie, papa, laisse-moi te donner un coup de main. Je te dois bien ça, non ?

– Il faudra que ça reste entre nous.

– C'est promis.

Logan lui décocha un regard rempli d'avertissement, mais elle ne sourcilla pas.

– Dernièrement, j'ai vécu quelques expériences bizarres pendant lesquelles je me suis retrouvé temporairement hors de mon corps.

– Est-ce que tu avais pris de la drogue ?

– Moi ! Mais pour qui me prends-tu ?

– Tu as parfaitement le droit de faire des expériences illégales.

– Je n'ai jamais pris de drogue de toute ma vie ! Jamais !

– Alors, comment es-tu sorti de ton corps ?

– Je n'en sais rien ! J'ai fait pas mal d'heures supplémentaires ces dernières semaines. C'est sans doute la fatigue.

– Est-ce que tu flottes au-dessus de toi-même ?

– Je vais malheureusement beaucoup plus loin que ça. Je me retrouve dans d'autres pays et dans d'autres époques.

– Dans tes vies antérieures ?

Logan s'étonna qu'une enfant de son âge en ait entendu parler.

– Les étudiants en discutent entre eux. La plupart croient à la réincarnation et même à la loi du karma.

– Ces concepts sont nouveaux pour moi. C'est une femme médium qui m'en a révélé l'existence. Elle pense que des forces supérieures essaient d'attirer mon attention sur mes autres vies.

– Est-ce que tu as peur ?

– Disons que je n'aime pas particulièrement l'intangible.

– À cause de ton esprit scientifique. La science ne peut pas prouver les vies antérieures.

– Entre autres, concéda Logan.

– Je te conseille de conserver une attitude ouverte devant ce phénomène, papa. On a peut-être un important message à te confier.

– Tu as vraiment vieilli, toi.

Sabrina le bombarda de questions. Elle voulut savoir où il s'était retrouvé, qui il était, ce qu'il avait vu et ce qu'il avait ressenti. Logan lui raconta ses brèves expériences avec autant de détails qu'il se rappelait. Sabrina écouta son récit avec attention.

– Peux-tu ramener volontairement le souvenir d'autres incarnations à ta mémoire ?

– Je n'en sais rien et, pour tout te dire, ça me fait peur.

– Mais pense à tout ce que tu pourrais apprendre sur toi-même en explorant tes vies antérieures ! C'est une occasion en or !

– Je me connais plutôt bien, tu sais.

– Mais pas encore assez pour deviner les intentions des forces supérieures.

Elle avait raison. Logan ne savait pas ce que Dieu attendait de lui. En apercevant la mine inquiète de son père, Sabrina lança ses bras autour de son cou et l'embrassa sur la joue en lui avouant qu'elle l'aimerait toujours, même s'il devait se transformer en gourou.

Ils regardèrent un film à la télévision, puis Sabrina s'installa sur le sofa pour dormir. À toutes ses visites, Logan insistait pour qu'elle couche dans sa chambre, mais elle refusait toujours en déclarant qu'elle ne voulait pour rien au monde déranger ses habitudes. Malgré tout, chaque fois qu'elle emménageait dans son petit appartement pour quelques jours, c'en était fait de sa routine de vieux garçon endurci.

Le lendemain matin, Sabrina gronda son père lorsqu'elle ne trouva que de la bière, des biscuits, du pain et du beurre de cacahuète dans le réfrigérateur. Il se défendit en lui rappelant qu'il était un piètre cuisinier et qu'il mangeait presque toujours à l'extérieur. Pas question de lui avouer qu'il se nourrissait aussi de ces aliments lorsqu'il rentrait tard du travail. Ils allèrent donc déjeuner au petit restaurant du coin.

– Le premier repas de la journée est le plus important.

– On dirait ta mère, la taquina Logan.

– J'espère que ton soudain intérêt pour le Nouvel Âge va au moins te faire comprendre que tu ne sais pas prendre soin de toi.

Sabrina vit soudain son père s'immobiliser, le regard absent. Logan venait une fois de plus de basculer dans une vision.

Il se tenait debout dans une vieille église richement décorée qui sentait la cire chaude et l'encens. Devant lui, un jeune homme se prosternait aux pieds d'une statue de la Vierge et pleurait amèrement. Logan sentit qu'il avançait vers lui. Soudain, l'étranger se retourna, le visage baigné de larmes, ses longs cheveux noirs collés sur ses joues.

– Laisse-moi, Damiano. Tu ne peux pas m'aider.

Logan réintégra brusquement son corps en faisant sursauter sa fille, assise de l'autre côté de la table.

– Papa, est-ce que ça va ?

– Oui, ça va, balbutia Logan.

– Tu viens d'avoir un autre souvenir, n'est-ce pas ?

Il hocha doucement la tête et but une gorgée de café chaud pour se réconforter. Sabrina insista pour qu'il lui dise où il était allé.

– Dans une église. J'ai vu un adolescent qui pleurait. Il m'a appelé Damiano.

– Donc, tu le connais ?

– Non, et c'est ce que je déteste dans ces régressions. Elles m'emmènent n'importe où sans me fournir d'explication.

– Mes amis ne voudront jamais me croire quand je leur raconterai ça.

– Tu m'as promis de ne pas en parler, surtout à ta mère. Elle t'empêcherait de revenir me voir.

Cachant sa déception, l'adolescente lui jura sur son honneur de ne révéler son secret à personne avant qu'il publie son premier bouquin sur la question. Découragé, Logan se cacha le visage dans les mains. Il n'eut plus d'autres régressions pendant le week-end, au grand regret de sa fille qui trouvait ces expériences fascinantes. Il la reconduisit à son bus le dimanche matin et passa le reste de la journée à flâner en ville, où il acheta finalement un traité sur la réincarnation.

Il retourna travailler le lendemain et remarqua avec amusement que son patron le surveillait du coin de l'œil. À la pause, Ian lui apporta un café. Ce dernier aperçut le livre qui traînait sur le coin de la table de travail.

– Tu crois à ces trucs-là ?

– Disons que je suis curieux.

– Je n'ai jamais pensé que tu étais ce genre d'homme.

Logan offrit de lui prêter l'ouvrage lorsqu'il en aurait terminé la lecture, mais Ian refusa, prétendant que sa vie sociale bien remplie ne lui donnait pas le temps de lire.

À la fin de la journée, Logan refusa de faire des heures supplémentaires. Il s'arrêta encore une fois à la boutique ésotérique. La vendeuse, qui commençait à bien le connaître, vint à sa rencontre. En lui spécifiant qu'il était plutôt vieux jeu, il lui demanda de la musique reposante, mais surtout pas d'œuvres modernes jouées sur des instruments électroniques. La jeune femme lui proposa trois CD de relaxation au piano, à la harpe et à la guitare classique. Il les acheta tous les trois.

Ce soir-là, Logan avait rendez-vous avec Rain, qui avait accepté de lui enseigner à méditer. Une fois installé au salon, il lui montra ses acquisitions musicales. Rain le félicita sur ses choix et fit jouer la musique à la harpe dans son système de son. Elle alluma ensuite une dizaine de bougies, puis fit brûler de l'encens sur la table basse.

– Assieds-toi confortablement et ralentis ta respiration.

Elle lui demanda de visualiser l'air qui entrait dans ses narines et qui descendait dans ses voies respiratoires, pour aller se filtrer dans ses poumons. Il ne devait porter attention qu'à sa respiration et chasser tous ses soucis quotidiens. Ce temps qu'il consacrait à l'exploration de son être intérieur était important. Il ne devait penser à rien d'autre.

« Plus facile à dire qu'à faire », songea le technicien. Rain attendit patiemment qu'il se calme, puis lui demanda de fermer les yeux et d'imaginer un bel escalier grimpant vers le ciel. Logan créa mentalement des marches recouvertes d'un épais tapis rouge comme à l'opéra. Il les escalada lentement en levant les yeux vers le palier, mais il ne pouvait pas encore l'apercevoir. Comme si elle avait lu ses pensées, Rain intervint :

– Il y a une porte tout en haut. Essaie de l'ouvrir.

Logan continua de monter. Il découvrit en effet dans ses pensées une grande porte dorée couverte de hiéroglyphes étranges. Il posa doucement la main sur sa surface et fut surpris d'en ressentir le relief. Il chercha partout, mais ne trouva aucune façon de l'ouvrir. Il soupira avec découragement et ouvrit les yeux. Rain l'observait avec indulgence.

– Il n'y a pas de poignée sur cette fichue porte ! se fâcha-t-il.

– Ça ne veut pas dire qu'elle ne s'ouvre pas. Tu es allé assez loin pour un débutant, Logan. Je suis fière de toi.

– Qu'y a-t-il de l'autre côté de cette porte ?

– Un guide.

– Un ange ?

– Si tu veux. Il possède les réponses à toutes tes questions.

– Mais il faut que je commence par ouvrir cette satanée porte.

– Ne t'en fais pas, elle s'ouvrira quand tu seras prêt. Continue de méditer et surtout, essaie de te détendre profondément avant de grimper l'escalier. Il ne faut pas que tu forces les choses.

Logan lui promit de rester calme, même s'il avait hâte de recevoir des éclaircissements. Rain le serra dans ses bras avec affection et le laissa partir. Il aimait bien cette jeune femme débordante de bienveillance, qui comprenait ce qui lui arrivait. Il était loin de se douter qu'elle était sur le point de devenir une personne très importante dans sa vie.

4 L'ART DE MÉDITER

Tous les soirs de la semaine, Logan médita chez lui avant de se mettre au lit, mais il n'arriva pas à ouvrir la porte dorée. Il refusa toutefois de se décourager et acheta d'autres bouquins sur la méditation et sur les gens qui avaient réussi à établir des contacts importants avec des guides invisibles. Il écouta ses CD de musique relaxante au lieu d'allumer le téléviseur. Il passa aussi plus de temps à marcher dans le grand parc au milieu de la ville pour réfléchir à sa vie. Il ne possédait presque rien : une vieille voiture, un téléviseur, des vêtements et quelques photographies encadrées. Tout le reste était loué. Pourquoi les êtres de lumière s'intéressaient-ils à un homme aussi démuni que lui ? Que pouvait-il faire pour eux dans sa situation précaire ?

À l'atelier, il commença à se reposer pendant l'heure du déjeuner au lieu de continuer à travailler. Il déposait ses outils et mangeait son sandwich en lisant. Tous les autres, sauf Sadahei, sortaient pour manger au restaurant du coin et se raconter leurs dernières conquêtes, ou leurs prochaines. Logan ne les enviait pas du tout. Il préférait sa propre vie, même si elle était moins excitante que la leur.

Un midi, il leva les yeux de son bouquin. Sadahei avait cessé de jouer à son petit jeu électronique portatif. Il l'observait en silence depuis un moment.

– Tu te demandes pourquoi je joue avec un jouet d'enfant ? fit le Japonais, énigmatique.

– Non, répondit Logan. Je pense que c'est une excellente façon de se débarrasser des tensions.

– C'est plus sain que de les ignorer. Est-ce que tu te débarrasses des tiennes en lisant ?

– Peut-être bien. C'est un bouquin sur Edgar Cayce, un homme qu'on appelait le « prophète endormi ».

– C'est un homme important de ta religion ?

– Ce livre n'a rien à voir avec la religion.

– Mais tu viens de dire que c'était un prophète.

– C'est le surnom qu'on lui donnait de son vivant. Il s'agissait surtout d'un médium qui disait des choses extraordinaires lorsqu'il était en transe.

– Tu crois vraiment que les gens peuvent faire des choses semblables ?

– Je veux demeurer ouvert, même si ce que raconte ce livre m'étonne beaucoup. Apparemment, lorsqu'il était sous hypnose, Cayce pouvait prescrire des traitements médicaux qui n'existaient même pas à son époque. Il disait qu'un pouvoir supérieur agissait à travers lui et lui permettait d'aider les autres.

– Et tout le monde peut devenir médecin sous hypnose ?

– Pas vraiment. Il faut aussi que ce soit notre mission sur cette planète.

– Pourrais-tu me prêter ce livre lorsque tu l'auras terminé ?

– Avec plaisir.

Ian revint alors dans l'atelier et s'approcha d'eux avec un sourire moqueur.

– Es-tu en train d'endoctriner notre samouraï, par hasard ? plaisanta-t-il.

Logan n'eut pas le temps de répondre : Peter sortait de son petit bureau au fond de l'atelier. Pour éviter des problèmes, Ian retourna aussitôt à sa table de travail. Il attendit que le patron ait traversé la pièce avant de se pencher vers ses collègues.

– Je connais de jolies demoiselles qui s'ennuient le week-end, chuchota-t-il, avec un clin d'œil.

– Je suis marié, Ian, lui rappela Sadahei.

– Et je reçois ma fille, s'excusa Logan.

– Vous ne savez pas ce que vous manquez.

Logan et Sadahei échangèrent un regard amusé et se remirent au travail. L'incorrigible play-boy ne les importuna plus.

Ce soir-là, en arrivant à son immeuble, Logan déverrouilla la porte métallique de sa boîte aux lettres encastrée dans le mur du hall. Il en retira quelques enveloppes.

Les lettres qu'il tenait à la main se transformèrent en larges feuilles vertes, une végétation qu'il cherchait à écarter de sa route. La température ambiante devint humide et presque insupportable. Il marchait et il pouvait même sentir la chaleur du sol sous ses pieds. Il s'arrêta devant une arche de pierre dont le pourtour s'ornait de hiéroglyphes étranges.

– Entre, mon enfant, fit une voix grave. Je t'attends depuis longtemps.

Logan réintégra son corps devant les boîtes aux lettres. Une voisine avait ramassé les enveloppes qu'il avait laissé tomber.

– Est-ce que ça va ?

– Oui, merci. J'ai eu un vertige.

Il prit son courrier et s'empressa de rentrer chez lui. Sans même enlever son veston, il téléphona à Rain pour lui raconter cette régression et lui demander comment faire cesser ce phénomène dérangeant une fois pour toutes.

– J'ai bien peur que ce soit impossible tant que tu ne maîtriseras pas tes facultés psychiques.

– Il faut accélérer ce processus, parce que je commence à faire peur à mon entourage avec ces fichues pertes de conscience spontanées.

– Je suis bien placée pour comprendre ce qui t'arrive, Logan, mais ce cheminement est le tien. Je ne peux que te conseiller.

Elle lui suggéra de méditer plus souvent et de demander aux êtres de lumière de hâter leur contact avec lui. C'était la seule façon, selon elle, de faire cesser les régressions. Une fois que son conscient et son inconscient auraient commencé à communiquer entre eux, son âme ne ressentirait plus le besoin d'attirer son attention en rappelant tous ces fragments de souvenirs à son esprit.

Logan fit donc ce qu'elle lui suggérait. Il enleva ses chaussures, détacha sa ceinture et s'installa confortablement sur le sofa de son salon. Il alluma une bougie, fit brûler de l'encens et ralentit sa respiration. Il visualisa l'escalier de l'opéra, le grimpa en demandant aux forces supérieures de se manifester, mais buta encore une fois contre la porte dorée.

– Il n'y a vraiment rien à faire, soupira-t-il en réintégrant son corps.

Tandis qu'il s'apprêtait à souffler sur la flamme, il aperçut une étrange lueur blanche dans un coin de la pièce. Intrigué, il observa le curieux phénomène. Le voile diaphane prit lentement une forme humaine pour finalement se transformer en un jeune homme transparent aux longs cheveux et aux yeux pâles. Tout comme les personnages blonds de ses régressions, il portait une longue tunique attachée à la taille par un cordon, et un mince fil brillant entourait sa tête. Il fixait Logan avec beaucoup d'amour et de compassion.

– Pas encore une régression, soupira le technicien.

– *Ce n'en est pas une, Logan*, répliqua l'être de lumière d'une voix en provenance d'un autre monde. *Tu as élevé tes vibrations sans t'en rendre compte et j'ai abaissé les miennes pour que tu puisses me voir et m'entendre.*

– Qui es-tu et pourquoi es-tu ici ?

– *Tu peux m'appeler David. Je suis venu parce que tu as besoin de moi.*

– Tu es un être de lumière ? Tu vas m'aider à ouvrir cette foutue porte ?

– *Il n'est pas nécessaire de l'ouvrir pour la franchir.*

– Je suis passé à travers ? Sans m'en apercevoir ?

Logan sentit tout son corps se détendre d'un seul coup. Rain avait donc raison : les êtres de lumière existaient !

– David, pourquoi ai-je l'impression de déjà te connaître ?

– *Parce que j'ai toujours été près de toi. Je veille sur ton âme depuis sa toute première incarnation. Nous avons patiemment attendu que tu sois prêt à accomplir ta grande mission dans ce plan d'existence.*

– Moi, j'ai une mission ?

– *Comme plusieurs autres humains, Logan. Je suis ici pour t'y préparer. Je te montrerai le chemin que ton âme a déjà parcouru afin que tu comprennes ce qu'il te reste à faire.*

– Ce soir ? Maintenant ? Là ?

– *Pendant plusieurs périodes de temps que tu appelles soirs, dès que tu seras enfin prêt, si tu acceptes cette mission.*

– Est-ce quelque chose qui aura un impact sur le monde ?

– *Un très grand impact.*

– Alors, j'accepte.

L'apparition se désintégra.

– Non ! Attends !

Sa curiosité piquée, Logan aurait voulu en apprendre davantage sur sa mission. Il appela Rain, mais tomba sur son répondeur. Il laissa un message et téléphona à son copain John pour lui donner un rendez-vous en urgence dans un restaurant non loin de chez lui. Une demi-heure plus tard, l'homme d'affaires trouva Logan faisant les cent pas au fond de l'établissement, sous les regards inquiets des clients et des serveurs. John lui saisit le bras et l'obligea à s'asseoir.

– J'ai vu un ange ! J'en ai réellement vu un !

– Si tu ne te calmes pas immédiatement, nous allons poursuivre cette conversation dans ma voiture, l'avertit John en s'apercevant qu'il attirait un peu trop l'attention.

– Rain avait raison ! poursuivit Logan en s'efforçant de parler moins fort. Les êtres de lumière ont un message pour moi ! Celui-là s'appelle David et il a l'intention de me confier une mission !

– Quel genre de mission ?

– Je n'en sais rien encore. Il ne me l'a pas dit.

– Tu n'as pas accepté sans savoir de quoi il s'agit, au moins ?

– Mais évidemment que j'ai accepté ! Je veux faire quelque chose pour améliorer notre monde, qui ne se porte pas bien du tout.

– As-tu pensé à la réaction qu'aura ton ex-épouse quand elle apprendra que tu es parti en croisade pour sauver la planète ? Elle pourrait bien t'empêcher de revoir ta fille.

Le visage de Logan passa de l'euphorie à la consternation. Il ne savait pas exactement ce qui l'attendait, mais il ne voulait certainement pas perdre ses droits de visite. Il écouta donc les judicieux conseils de John : devenir plus prudent et garder les pieds sur terre. Cela rassura beaucoup l'homme d'affaires, qui lui recommanda aussi de tenir Rain informée de toutes ses démarches.

La journée suivante, Logan travailla en pensant à sa courte rencontre avec David et décida de se rendre chez Rain au lieu de faire des heures supplémentaires.

– Est-ce que tu as écouté mon message ? demanda le technicien en entrant au salon.

– Oui, mais tu étais si agité que je n'ai pas très bien compris ce que tu disais.

– J'ai eu mon premier contact avec les anges !

– Toutes mes félicitations.

Elle le fit asseoir sur le sofa et lui servit une tisane.

– J'ai médité hier soir, mais au moment où je croyais avoir échoué, l'être translucide m'est apparu. Il s'appelle David et, même si c'est une créature céleste, il parlait la même langue que toi et moi.

– Les êtres de lumière parlent toutes les langues, Logan.

– Parce qu'ils sont des anges ?

– Parce qu'ils viennent d'une dimension différente de la nôtre, une dimension où le corps physique n'est plus un obstacle et où la connaissance est instantanée.

– Sont-ils toujours transparents ?

– En réalité, ils sont invisibles, parce qu'ils vibrent à une fréquence supérieure à la nôtre. Mais lorsqu'ils abaissent leurs vibrations, nous pouvons distinguer leur silhouette et même entendre leur voix.

– Pourquoi ces êtres s'intéressent-ils à nous ?

– Parce que tout est relié, dans l'univers. En mettant notre planète en danger, nous mettons tout le reste de la galaxie en péril. Les êtres de lumière ont une vision plus étendue que les hommes. Ils voient l'avenir, le présent et le passé et ils ne désirent pas que nous nous autodétruisions.

– David ne m'en a pas parlé, enfin pas encore. Il a plutôt fait allusion à une mission que je suis censé accomplir, mais il ne m'a pas dit de quoi il s'agissait.

– Il te le dira sans doute lors de sa prochaine visite. Les anges ne sont pas pressés, comme tu auras l'occasion de t'en rendre compte.

Logan soupira en pensant que cela risquait de refroidir son enthousiasme, mais il accepta quand même de se montrer plus patient. Il ne comprenait pas encore pourquoi, mais il avait une confiance aveugle en Rain, même si toute cette histoire lui semblait de plus en plus abracadabrante.

5
La fugue

Logan rentra chez lui à pied en réfléchissant à ce qui lui arrivait depuis quelques semaines. C'était si invraisemblable... Il grimpa jusqu'au troisième étage et fut surpris de trouver sa fille assise par terre dans le couloir, le dos appuyé contre sa porte.

– Sabie ? Mais que fais-tu là ?

– Je me suis enfuie de la maison.

Il l'aida à se relever, glissa la clé dans la serrure et ouvrit la porte. Tête basse, Sabrina traîna les pieds dans l'appartement. Logan referma la porte en se demandant quelle attitude adopter. Il ne pouvait pas approuver son initiative, mais fallait-il nécessairement la gronder ? Il l'observa un instant avant de commencer à lui faire des reproches. Elle semblait plutôt piteuse, assise en boule sur le sofa.

– Que s'est-il passé ? demanda-t-il finalement.

– Maman m'a sermonnée au sujet de mes notes. Elle m'a enlevé mon iPhone et elle m'a dit que je ne reverrais pas mes amis avant que mes notes se soient améliorées. Alors, j'ai claqué la porte.

– Est-ce que je peux voir ton bulletin ?

Sabrina fouilla dans son sac à dos et lui tendit le document. Logan prit place sur le sofa et parcourut les colonnes de chiffres avec attention. Ses moyennes de l'année n'étaient pas mauvaises du tout, mais les notes du dernier semestre avaient nettement chuté. Il voulut savoir pourquoi.

– Avant que tu te fasses des idées, je ne prends pas de drogue et je n'ai pas de petit ami qui me distrait de mon travail scolaire. C'est juste que je m'ennuie à mourir à l'école. J'en ai assez de rester assise toute la journée à écouter des profs qui débitent comme des machines un tas de faits insignifiants, alors je me mets à dessiner et je ne les entends plus.

– Si je comprends bien, tu as besoin d'un programme scolaire qui te stimulerait davantage.

– C'est sûr, mais maman ne veut pas en entendre parler. Elle dit qu'elle se saigne à blanc pour que je puisse fréquenter cette école de snobs et que je ne suis qu'une ingrate qui n'apprécie pas tous ses efforts.

L'adolescente se réfugia dans les bras de son père.

– Je ne pourrai jamais fréquenter l'école de mes rêves et je deviendrai une délinquante qui ne trouvera jamais sa place dans la société.

– Arrête de dramatiser. Tous les problèmes ont une solution, ma chérie. Donne-moi juste un peu de temps pour en trouver une.

Le téléphone sonna.

– Non ! Ne réponds pas ! Je suis sûre que c'est maman !

– Ce peut aussi bien être John ou Rain.

Logan décrocha. Sa fille avait raison : c'était Lydia, son ex-épouse, et elle était dans tous ses états.

– Sabrina a fait une fugue, pleura-t-elle.

– Pas du tout. Elle est venue se confier à son père.

– Ramène-la tout de suite à la maison.

– J'aimerais mieux la garder avec moi cette semaine.

– Mais elle a cours !

– Je le sais bien, Lydia, mais tu ne pourrais pas la forcer à aller à l'école en ce moment et je voudrais définir ses véritables besoins afin de mieux l'orienter. Je veux la voir réussir, moi aussi, mais elle a l'âge de faire ses propres choix, maintenant. Laisse-moi voir avec elle ce qu'elle a l'intention de faire dans la vie pour qu'on puisse découvrir une école où elle pourrait s'épanouir. Je la reconduirai chez toi dimanche et nous pourrons parler tous les trois de ce que nous aurons trouvé.

Lydia fut bien obligée d'accepter sa proposition, sinon sa fille ferait une nouvelle fugue et elle risquait de ne plus se tourner vers son père. Un grand nombre d'adolescentes de son âge disparaissaient tous les ans et on ne les revoyait jamais. Avant que Logan raccroche, Lydia s'était calmée, mais elle l'avertit tout de même de ne pas prolonger ce congé.

– Merci de me permettre de réfléchir à mon avenir, laissa tomber Sabrina, mais tu n'aurais pas dû décrocher.

Cela ne servait à rien de discuter avec l'adolescente lorsqu'elle était mécontente.

– Va prendre une douche et dormons là-dessus tous les deux, d'accord ? Je vais appeler mon patron pour l'avertir que je ne reviendrai pas au travail du reste de la semaine.

Peter avait si peur de voir son meilleur employé s'écrouler sur sa table de travail qu'il accepta sans protester.

Le lendemain matin, Sabrina semblait être redevenue elle-même. Logan l'emmena déjeuner au restaurant, puis marcher dans le parc, malgré le ciel qui commençait à se couvrir. Il en profita pour lui demander ce qu'elle voulait faire plus tard.

– Je veux devenir célèbre ! s'exclama-t-elle.

– Actrice ?

– Peu importe, pourvu qu'on se souvienne de mon nom dans cinq cents ans ! Évidemment, je préférerais que ce soit pour mes bonnes actions plutôt que pour mes conneries.

– Il y a certainement un secteur qui t'attire plus qu'un autre, non ?

– La psychologie, sans doute, parce qu'elle aide les gens à se comprendre eux-mêmes, mais mes notes ne sont pas assez élevées pour ça.

– Tu pourrais fréquenter une école plus motivante et les améliorer.

– Comme si ça existait…

– La femme de John est directrice d'école. Elle doit sûrement connaître tous les établissements scolaires de la région et leurs spécialités. On n'a qu'à lui demander de nous dresser la liste de ceux qui pourraient répondre à tes aspirations.

– Merci de t'intéresser à mes sentiments au lieu de vouloir me faire entrer dans un moule qui ne me correspond pas.

Elle se colla contre son épaule en continuant de suivre le sentier du parc avec lui.

– Comment ça se passe, entre Rain et toi ?

La question aurait pu être tout à fait innocente, mais Logan aperçut la lueur espiègle au fond des yeux de sa fille.

– Nous ne sommes que des amis.

– Pour l'instant…

– Sabie, essaie de comprendre. Je n'ai pas l'intention de me faire briser le cœur une seconde fois et je suis parfaitement heureux seul.

– Est-ce que Rain gagne sa vie en prédisant l'avenir des gens ?

– Non. Elle enseigne l'histoire à l'université et, de toute façon, elle ne demande pas d'argent lorsqu'elle met ses pouvoirs psychiques au service des autres.

– Quels sont ses pouvoirs ?

– Je sais qu'elle peut prédire certaines choses et parler aux anges. Je pense qu'elle fait aussi de l'astrologie. Mais jusqu'à maintenant, elle s'est contentée de me donner de bons conseils et elle m'a enseigné à méditer.

Logan décida de ne pas lui parler de David, enfin, pas avant de savoir ce qu'il avait en tête pour lui. Il lui parla plutôt de l'escalier en spirale qui montait vers le ciel et de la belle porte dorée du dernier palier. Sabrina l'écouta avec intérêt, puis insista pour qu'il appelle son copain John afin que sa femme leur parle des écoles alternatives de la région. Dès qu'ils rentrèrent à l'appartement, Logan donna un coup de fil aux Oliver. Lorsqu'ils apprirent que Sabrina était avec lui, ils les invitèrent à dîner le soir même.

Le père et la fille se présentèrent donc à la grande maison de banlieue de John et Hélène Oliver vers dix-neuf heures. Logan constata que Sabrina lui ressemblait beaucoup plus qu'il le croyait, car celle-ci ne fut nullement impressionnée par la dimension de la résidence et par la richesse de sa décoration. Ce qui l'intéressait, c'étaient les gens qui l'habitaient. Elle avait pourtant été élevée par une femme qui s'attardait aux possessions matérielles…

Pendant que John et Logan regardaient un match de base-ball à la télé, Sabrina suivit Hélène dans le petit bureau où elle conservait ses papiers et son ordinateur. Elles s'installèrent devant l'écran et naviguèrent sur Internet. Elles trouvèrent quelques écoles avant-gardistes et d'autres complètement farfelues. Hélène lui imprima les renseignements qu'elle pourrait présenter à sa mère afin de faire un choix avec elle.

Lorsque les McEwan rentrèrent chez eux, Sabrina était folle de joie. Enfin des adultes acceptaient de l'écouter et de se pencher sur ses besoins !

– Tu vas m'aider à convaincre maman, n'est-ce pas ?

– Je veux bien, mais elle a juré de ne jamais me laisser entrer chez elle.

– Cette fois, c'est différent. Il s'agit de mon avenir.

Le père et la fille épluchèrent ensemble la liste des établissements scolaires proposés par Hélène et en entourèrent trois qui se situaient à une distance raisonnable de la maison de Lydia et qui offraient des programmes très intéressants à leurs élèves.

Le dimanche suivant, Lydia n'eut d'autre choix que de recevoir son ex-époux dans son salon, mais ne lui proposa pas de visiter les lieux. Sabrina exposa ses projets d'avenir. Sa mère l'écouta avec attention.

– Je veux bien faire un essai, mais pas maintenant. Il ne reste qu'un mois de classe, alors il n'est pas question de changer d'école avant les examens finaux. J'ajoute aussi une condition : tu n'iras ailleurs que si tes notes sont satisfaisantes.

Découragée, Sabrina reconduisit son père à sa voiture et demeura blottie dans ses bras pendant un long moment.

– Un mois, ce n'est rien, Sabie, l'encouragea Logan. Ensuite viendront les vacances et, en septembre, tu pourras enfin fréquenter une école qui te convient. Allez, fais-moi honneur.

– Sais-tu ce que ça représente d'avoir de bonnes notes quand il ne reste que quelques semaines de classe ?

– De s'enfermer dans sa chambre après les cours et d'étudier jusqu'au dodo. Je suis passé par là, moi aussi.

Logan l'embrassa sur le front et la quitta à regret. Au lieu de rentrer chez lui, où personne ne l'attendait, il décida de rendre visite à Rain avec l'intention de l'inviter au restaurant.

6 Le mobile

Logan gara sa voiture dans une rue près de l'immeuble de Rain. Il n'eut pas à sonner dans le vestibule, car un des résidents rentrait chez lui au même moment. L'électronicien prit l'ascenseur jusqu'à l'étage où logeait la médium. Il marcha jusqu'à sa porte, mais avant qu'il puisse frapper, elle lui ouvrit sans afficher la moindre surprise de le voir.

– Mais comment as-tu su que j'étais là ?

– J'ai senti ta présence. Entre, Logan.

Il la suivit au salon en lui demandant ce qu'elle voulait dire par « sentir ». Elle prit place dans un fauteuil et posa sur lui un regard amusé.

– Est-ce que ça s'est bien passé avec ton ex-épouse ?

– N'essaie pas de changer de sujet. Comment as-tu su que j'étais là ?

– Nous possédons tous une puissante énergie intérieure qui nous précède lorsque nous nous déplaçons. J'ai simplement reconnu la tienne. Est-ce que tu veux rester dîner ?

– Je suis justement venu t'inviter au restaurant.

– Mais mon repas est déjà prêt.

Elle se dirigea vers la salle à manger en lui faisant signe de la suivre. Il trouva la table déjà mise pour deux personnes. Il s'arrêta dans le cadre de la porte, ses yeux sombres remplis de questions. Rain lui décocha un clin d'œil taquin.

– Mes amis célestes m'ont prévenue de ton arrivée, alors j'ai pensé que tu aimerais manger avec moi. Viens t'asseoir.

– Est-ce que tu es une sorcière ?

– Non.

Elle servit les lasagnes dans de belles assiettes de grès et prit place devant la sienne.

– Tu ne pouvais pas savoir que je viendrais chez toi, parce que je ne le savais même pas moi-même !

– C'est meilleur chaud, Logan.

Il s'assit à table, mais ne toucha pas à son plat. Il garda plutôt son regard inquiet fixé sur la jeune femme.

– J'ai beaucoup de difficulté à te comprendre.

– Ce n'est pas moi que tu devrais essayer de décoder mais toi-même.

– Et si j'y arrive, est-ce que j'arriverai à faire des trucs bizarres comme toi ?

– Peut-être même que tu en inventeras de nouveaux encore plus bizarres.

– Est-ce que tu essaies de me faire peur ?

– Moi ? Jamais de la vie. Mange avant que ce soit froid.

Il lui obéit pour lui faire plaisir. Soudain, il lui sembla avoir déjà fait ce geste dans les mêmes circonstances, ce qui était tout à fait impossible puisque c'était la première fois qu'il mettait les pieds dans cette pièce et qu'il mangeait avec Rain !

– Ne t'inquiète pas, le rassura-t-elle. C'est un déjà-vu et c'est seulement une indication que ta conscience commence à s'éveiller.

– Comment sais-tu que je viens de vivre cette expérience ?

– Je le lis dans ton énergie. Tu viens d'avoir l'impression d'avoir déjà vécu la même situation dans le passé. Ce n'est pas dangereux.

– Ça ne m'explique pas pourquoi ça vient de m'arriver.

– Nous avons tous le potentiel de voir l'avenir dans nos rêves, Logan. Ceux qui sont sensibles psychiquement s'en souviennent clairement. Les autres reçoivent ces visions dans des flashs lorsque ces événements finissent par se produire dans leur vie. C'est le signe que tu commences à t'ouvrir au monde spirituel et que tu te détaches progressivement du monde matériel.

– Es-tu en train de me dire que ces déjà-vu vont se répéter ?

– C'est à peu près ça.

– On dirait que ça t'amuse de me voir paniquer !

– Je me réjouis chaque fois qu'un bébé dragon sort de sa coquille et fait ses premiers pas, même lorsqu'il lui arrive ensuite de marcher sur ses ailes et de trébucher.

– Je me sens en effet comme un homme qui vient juste de naître dans un monde étonnant.

– Toutefois, la première chose que doit faire un bébé dragon après son éclosion, c'est manger.

– Avant ou après avoir marché sur ses ailes ?

– Ce n'est pas vraiment important, du moment qu'il se nourrit, qu'il devient fort et qu'il arrive enfin à les déployer avec majesté.

Logan l'observa pendant un moment en se demandant si elle lui parlait en paraboles parce qu'il n'était pas prêt à entendre la vérité à son sujet.

– Je ne m'exprime pas ainsi pour t'effrayer ou pour te mettre sur une fausse piste, l'informa Rain, comme si elle venait de lire dans ses pensées. Je n'ai tout simplement pas le droit de t'en dire plus pour l'instant. Je te demande seulement de me faire confiance.

– Pour une raison que j'ignore, je le fais déjà.

– Un jour, je t'expliquerai pourquoi.

Le cœur plus léger, il mangea son repas et avala volontiers la salade verte que lui servit ensuite Rain pour accélérer sa digestion. Puis elle lui demanda de porter leur tisane au salon pendant qu'elle débarrassait la table. Logan déposa les tasses sur la table basse et marcha jusqu'à la bibliothèque, attiré par une petite pyramide en cristal. Il la prit délicatement entre ses doigts et se sentit faiblir, mais l'arrivée de Rain le ramena à la réalité.

– Un autre déjà-vu ? s'enquit-elle.

– Pas tout à fait. En touchant cet objet, j'ai ressenti une grande paix intérieure, comme si je m'étais retrouvé dans une situation familière et réconfortante. C'est certain que ça ne provient pas de cette vie-ci, parce que je ne me suis jamais senti aussi bien.

– C'est la pyramide qui a fait naître cette émotion en toi.

– Possède-t-elle des pouvoirs magiques ?

– Elle t'a rappelé de vieux souvenirs.

La médium prit place sur le sofa. Il la suivit des yeux en pensant que ce n'était peut-être pas la pyramide mais elle qui provoquait ces remous à l'intérieur de son âme.

– Rain, nous sommes-nous connus dans une autre vie ?

– Oui, mais je ne peux pas t'en parler tout de suite. Il est important que tu essaies de rappeler ces vieux souvenirs par toi-même dans ta mémoire.

– Au moyen d'une régression ?

Elle secoua la tête et alla chercher une boîte de carton dans une armoire de la bibliothèque, puis la lui tendit en lui annonçant que c'était un cadeau de la part de David.

– Tu le connais ? s'étonna-t-il.

– Disons qu'il fait partie de mon cercle d'amis et qu'il sera ton guide pendant les prochains mois.

– Ah bon... Qu'y a-t-il dans cette boîte ?

– Quelque chose qui accélérera le processus.

Logan commença par observer l'emballage, craignant d'y trouver des ossements provenant de ses anciens corps. Rain ne le pressa pas. Elle retourna s'asseoir pour attendre qu'il triomphe lui-même de sa peur. Il finit par s'installer sur le sofa, posa le présent sur ses genoux et l'ouvrit avec prudence. Elle contenait de curieux petits tubes de métal de différentes dimensions.

– On met ça où ? s'étonna-t-il.

– C'est un mobile éolien. On le suspend au plafond. Le métal de chaque cylindre a été choisi avec soin pour sa sonorité spécifique. Les fréquences combinées de chacun des tubes vont permettre à certains neurones de ton cerveau d'aller creuser dans les replis les plus profonds de ton âme.

« Est-ce qu'elle se paie ma tête ? » se demanda-t-il en la regardant droit dans les yeux. Pourtant, elle semblait très sérieuse. Il baissa encore une fois les yeux sur le mobile et se tourna vers ceux qui étaient suspendus devant la porte-fenêtre de la médium. Rain devait certainement savoir de quoi elle parlait, alors il décida une fois de plus de lui faire confiance.

En arrivant chez lui ce soir-là, Logan posa un crochet au plafond, dans le coin droit du salon, au-dessus du téléviseur, puisqu'il n'y avait pas de balcon ni de porte-fenêtre chez lui. Les deux seules fenêtres de son appartement se trouvaient dans la cuisine et dans sa chambre à coucher. Jamais l'air ne se rendrait jusqu'au mobile pour le faire vibrer. Cependant, ce coin de la pièce était le seul où Logan pourrait l'observer tout en méditant.

Puisqu'il n'avait pas sommeil, il prit place sur le sofa afin de poursuivre la lecture de son livre sur la vie d'Edgar Cayce.

À sa grande surprise, le mobile se mit à s'agiter et à émettre de curieux sons cristallins. Même s'il ne comprenait pas comment c'était possible, Logan décida de jouer le jeu. Il déposa son livre, alluma la bougie sur la table basse, s'adossa au sofa et ralentit sa respiration.

La forme diaphane de David se matérialisa graduellement sous le mobile, devant le téléviseur.

– *Je vois que tu as reçu notre présent. Nous pourrons désormais communiquer plus souvent avec toi.*

– Pour tout te dire, c'est ce que j'espérais secrètement. Est-ce maintenant que tu vas me révéler ma mission ?

– *Je vais d'abord te parler de ce qui attend l'humanité. Il est primordial que tu le saches avant de commencer ta mission.*

– Oui, bien sûr.

– *Les entités de tous les plans s'inquiètent des agissements des humains sur cette planète. S'ils continuent d'épuiser ses ressources, ils mourront de faim. Ils doivent trouver de nouvelles énergies, car ils sont en train d'empoisonner l'air qu'ils respirent et l'eau qu'ils boivent. Ils doivent aussi mettre fin à toutes les guerres ridicules qui les déchirent et apprendre à vivre en paix. Si nous voulons tous survivre, il faudra qu'ils réagissent très bientôt.*

– Je suis parfaitement d'accord avec toi.

– *Un grand chef va bientôt s'élever parmi les humains et leur montrer la voie dans une nouvelle ère de paix et de prospérité. Tu es ce grand chef, Logan.*

– Moi ?

Cette déclaration lui causa un tel choc qu'elle lui fit presque perdre le contact avec David. Il ferma aussitôt les yeux et calma sa respiration pour qu'il ne disparaisse pas.

– *Tu t'es longuement préparé à ce rôle.*

– Dans mes autres vies ?

– *Depuis ta toute première incarnation. Ton âme a appris à faire preuve d'honnêteté dans le commandement d'autres hommes. Elle a fait des erreurs sur le sentier de son évolution, mais elle a appris.*

– Mais si j'ai déjà été un chef dans une autre vie, pourquoi n'en suis-je pas un maintenant ?

– *Ton âme n'a pas toujours été placée dans des situations qui lui permettaient de manifester ses plus grandes qualités. En explorant ton passé, tu comprendras que dans cette vie-ci tu as seulement pris du recul pour mieux accomplir ton destin.*

– Quand vais-je commencer cette exploration ?

– *Nous pouvons commencer maintenant, si tu es prêt.*

– Est-ce que ça m'empêchera d'aller travailler demain ?

– *Cette expérience ne durera que quelques minutes sur le plan terrestre, même si tu as l'impression d'avoir été absent bien plus longtemps.*

– Avant de m'emmener où que ce soit, dis-moi s'il y a d'autres êtres de lumière comme toi.

– *Il y en a un très grand nombre et beaucoup d'entre eux évoluent autour de ta planète en ce moment, car nous avons décidé de vous aider à traverser ces temps difficiles.*

– C'est rassurant.

– *Nous sommes là pour vous rappeler que vous avez le pouvoir de transformer votre réalité et de retrouver l'harmonie que vous avez perdue en vous incarnant dans le monde physique. À l'origine, vous étiez vous aussi des créatures intangibles.*

– Si je comprends bien, je ne suis pas le seul « chef » à qui vous avez décidé d'apparaître ?

– *Des chefs, et des disciples aussi. Ensemble, nous ferons de cette planète un endroit où les humains vivront enfin en paix. Ce n'est pas un rêve, mais une réalité qui ne demande qu'à se manifester. Ralentis ta respiration davantage, Logan, et concentre-toi sur la bougie.*

– Que m'arrivera-t-il exactement ?

– *Je vais te ramener dans l'une de tes premières vies pour que tu commences à comprendre ton évolution sur Terre.*

Le mobile éolien se mit à vibrer d'une étrange façon et, sans faire d'effort, Logan sombra lentement dans une transe profonde.

7 Kholossos

Logan se réveilla dans le corps d'un homme debout sur une belle plage ensoleillée. Il voyait par ses yeux et il ressentait le vent tiède lui caresser la peau. Curieusement, il ne se sentait pas aussi impuissant que lors de ses régressions spontanées. Immobile, il se laissa bercer par le rythme de sa respiration et permit aux pensées de l'étranger de se fondre dans les siennes. Graduellement, il redevint Kamrhon, roi de la petite île de Kholossos, membre de la grande confédération de l'Atlantide.

Les vagues chaudes léchaient les pieds de Kamrhon, qui se livrait à ses exercices quotidiens de respiration sur le bord de l'océan, car l'air salin lui éclaircissait toujours les idées. Tout comme les autres souverains de l'Atlantide, il était un Fils de l'Un et il gouvernait son peuple selon ses principes d'amour, de paix et de pureté. L'Un était le créateur, le dieu unique des Hyperboréens que les primitifs Atlantes avaient adopté lorsque ces géants blonds avaient débarqué sur leur planète. À cette époque, les humains mangeaient la chair des animaux qu'ils tuaient et n'étaient préoccupés que par leur survie. Les aimables géants blonds d'Orion leur avaient appris à cultiver le sol, à construire des logis plus solides, à mettre les animaux à leur service au lieu de les décimer et, surtout, à aimer l'être immatériel qui leur avait fait cadeau d'une âme.

Les Atlantes avaient accepté les coutumes et les croyances de leurs mentors descendus des étoiles, mais jamais ils n'auraient pu leur ressembler physiquement. Les Hyperboréens étaient des êtres de grande taille, à la peau blanche, aux cheveux blonds comme les blés et aux yeux clairs comme le ciel, alors que les Atlantes étaient plus petits et avaient la peau cuivrée, les yeux sombres et les cheveux noirs.

Kamrhon faisait figure d'exception parmi son peuple, le seul hybride qui n'ait pas perdu la raison. Son père était un Atlante et sa mère, une Hyperboréenne. Il avait les yeux noirs, mais les cheveux châtain clair. Malheureusement, par le passé, ces croisements n'avaient pas très bien fonctionné. Lorsqu'on avait découvert que les enfants issus de l'union des deux races souffraient de tares physiques ou psychologiques, on avait prohibé les mariages entre elles. Toutefois, cette interdiction était devenue inutile lorsque les femmes hyperboréennes s'étaient mises à mourir d'une maladie mystérieuse. En quelques années à peine, elles avaient toutes disparu. Les Hyperboréens ne pouvaient plus se reproduire et assurer la perpétuation de leur espèce, mais au lieu de s'apitoyer sur leur sort, ils s'étaient consacrés à la propagation du culte de l'Un.

Kamrhon régnait de son mieux sur les habitants de sa petite île, mais son sang d'hybride le rendait moins réaliste que les pragmatiques Atlantes. Il était surtout un poète, un enseignant, un guérisseur. Il n'avait jamais compris pourquoi son père, le roi Nexus, un roi atlante qui avait conçu deux enfants avec une Hyperboréenne, puis un troisième enfant avec une princesse atlante de la grande île d'Alt, n'avait pas cédé le trône à son frère Andreis, un Atlante pur sang. De surcroît, Kamrhon était stérile ! Il ne pouvait même pas assurer sa descendance.

Andreis était rusé comme un renard et, mieux encore, il comprenait les rouages de la politique. Puisqu'on lui avait refusé le trône malgré son éducation royale, le jeune prince s'était rabattu sur le commerce pour gagner sa vie, et ses affaires florissaient. Il possédait le seul vaisseau de Kholossos et il naviguait entre les nombreuses îles du royaume pour faire du troc.

Kamrhon enviait la liberté de son jeune frère et surtout le fait qu'il avait une famille bien à lui. Andreis avait épousé une jeune femme de Kholossos, qui lui avait donné un garçon et une fille, maintenant adolescents.

Les hybrides étant tous stériles, en plus d'être affligés de divers maux physiques, Kamrhon ne pouvait pas concevoir d'héritier. Il avait tout de même épousé une princesse atlante, mais ils avaient rapidement compris qu'ils n'auraient jamais d'enfants. Le pouvoir chez les Atlantes ne s'acquérant que par les liens du sang, ils avaient jugé inutile d'adopter des héritiers. Le trône avait échappé à Andreis jadis, mais son fils Rohan en hériterait à sa place. C'était un juste retour des choses, selon Kamrhon, qui aimait profondément son neveu et sa nièce.

La sentinelle de l'île signala alors l'approche d'un vaisseau. Kamrhon porta son regard au loin. À moins qu'un autre roi atlante ait décidé de lui rendre visite, c'était probablement Andreis qui rentrait au port. Kamrhon marcha sur la grande plage de sable blanc qui séparait le palais et la rade. Cette pointe de pierre s'avançait très loin dans la mer et pouvait facilement recevoir l'énorme voilier de son frère. La moitié des villageois s'était déjà rassemblée près du quai naturel. Certains attendaient le retour de membres de l'équipage alors que d'autres venaient chercher la marchandise qu'ils avaient commandée.

Kamrhon vit son neveu Rohan, grand et élancé comme une gazelle, se faufiler parmi eux. Ses cheveux noirs descendaient jusqu'à sa taille et ses yeux sombres brillaient de fierté. Tout comme Andreis, il était un puissant nageur et il possédait un esprit vif et aiguisé.

– C'est mon père ! s'exclama Rohan en arrivant près de Kamrhon. Il aura sûrement un millier d'histoires intéressantes à nous raconter !

L'équipage rentra les voiles pour ralentir la course du voilier alors qu'il pénétrait dans la baie. Andreis se tenait debout sur le toit de la cabine du capitaine, accroché à la barre de bois qui servait à le diriger dans les flots agités.

Rohan s'élança sur le quai. Kamrhon le suivit d'un pas plus tranquille. Il le rattrapa au moment où le vaisseau accostait. Les hommes sautèrent à terre et l'attachèrent solidement aux anneaux de fer plantés dans le roc. Andreis descendit de son perchoir pour observer le travail de son équipage. Il portait une tunique courte et il avait rassemblé ses cheveux noirs sur sa nuque. Sa peau bronzée luisait sous le soleil. Il sourit en apercevant son fils au milieu des villageois, mais son regard se durcit en reconnaissant Kamrhon à ses côtés. Il lui en voulait encore de lui avoir volé son trône. Andreis sauta souplement sur le sol et s'inclina devant le monarque comme l'exigeait le protocole.

– Je suis content que tu sois de retour, mon frère, le salua Kamrhon. As-tu fait un bon voyage ?

– J'ai rapporté tout ce que tu m'as demandé, répondit prudemment Andreis.

– As-tu transmis mon message au roi Azlan ?

– C'est l'empereur Azlan désormais et je lui ai porté ta missive moi-même.

Kamrhon ressentit la réticence du capitaine, qui ne désirait pas discuter des affaires du royaume devant son fils un peu trop fougueux.

– Rohan, occupe-toi du déchargement à ma place, fit Andreis. Je suis rompu.

– Avec plaisir !

Dès que l'adolescent eut sauté dans le navire, les épaules d'Andreis s'affaissèrent avec soulagement.

– Tu sais bien que je n'aime pas parler de politique devant Rohan, maugréa-t-il en se tournant vers Kamrhon.

– Mais il faudra bien qu'il s'en mêle un jour puisque, de toute évidence, il sera le prochain roi de Kholossos.

– Il est encore trop jeune et surtout trop impressionnable. Je préfère que nous attendions qu'il ait pris de la maturité.

Ils quittèrent le quai ensemble et marchèrent sur la plage. Kamrhon comprenait l'inquiétude d'Andreis, car son fils était différent des autres enfants. Tout comme eux, il comprenait la Loi de l'Un, mais il affichait en même temps un tempérament passionné et enflammé, un trait plutôt rare chez les Atlantes.

– Azlan a-t-il accepté ma demande de neutralité ? s'enquit Kamrhon.

– Non. Il l'a rejetée avec une insultante désinvolture et il a même ajouté qu'il écarterait Kholossos de l'empire si tu ne changeais pas d'idée.

– Mais c'est ridicule ! Nous sommes tous des enfants de l'Un. Nous ne pouvons pas agir de la sorte.

Andreis demeura silencieux. Il continua de marcher près de son frère en baissant les yeux sur le sable, mais il semblait évident qu'il avait sa propre opinion à ce sujet.

– Que ferais-tu à ma place, Andreis ?

– Je ne suis pas à ta place. C'est toi le roi de Kholossos, alors c'est ta décision.

Andreis se courba respectueusement devant son frère, puis tourna les talons et se dirigea vers la falaise sur laquelle il avait bâti sa maison.

Kamrhon savait qu'il l'avait blessé en lui demandant conseil, mais il se sentait désemparé devant les menaces d'Azlan. Il regarda Andreis s'éloigner à grands pas. Il y avait encore de la colère dans son cœur alors qu'il aurait dû y avoir de l'amour. Les enfants de l'Un étaient des créatures pacifiques, pas des guerriers.

En revenant au palais, Kamrhon se mit à réfléchir aux événements qui menaçaient l'équilibre de l'Atlantide. Tout avait commencé lorsque Azlan, le roi du continent d'Alt, avait décidé de s'élever au-dessus de tous les rois des petites îles en se proclamant d'abord grand roi, puis empereur. Les pacifiques Atlantes avaient accepté cette décision inattendue de la part d'un des leurs sans aucune protestation.

Quelques mois après avoir assuré son emprise sur toute l'Atlantide, Azlan avait appris d'un marchand dépité l'existence de la Lémurie, un grand pays qui se trouvait de l'autre côté de la planète.

C'était un empire très riche qui se suffisait à lui-même et qui refusait apparemment de faire du commerce avec le reste de l'univers. Le cupide Azlan s'était alors imaginé que les Lémuriens finiraient par attaquer son empire et il avait commencé à rallier les rois atlantes à sa cause.

Tout comme les autres, Kamrhon avait reçu l'ordre de l'empereur de se préparer à attaquer la Lémurie, mais il ne désirait pas participer à cette guerre contre un peuple qui ne leur avait jamais rien fait. Kamrhon était un Fils de l'Un qui aimait profondément son prochain. Il aurait de loin préféré entretenir des relations culturelles et commerciales avec ces étranges Lémuriens plutôt que de les anéantir sans procès. Il avait donc prié Azlan dans une longue missive de lui permettre de demeurer neutre dans ce conflit qui ne le regardait pas.

« Mais l'empereur n'a pas voulu m'accorder ma requête », soupira intérieurement le roi de Kholossos. Il dépassa le palais, erra pendant un moment, puis revint vers le quai où il n'y avait plus personne. Le voilier déserté ondoyait au bout de ses amarres.

Kamrhon leva les yeux sur la falaise et aperçut la maison blanche de son frère. Andreis l'avait fait construire le plus loin possible du village et du palais. C'était sa façon de faire comprendre aux habitants de Kholossos que son rejet par la famille royale le faisait encore souffrir. Kamrhon avait longtemps cherché une façon de rectifier cette injustice, mais Andreis se dérobait sans cesse.

Le roi se mit à grimper le sentier qui menait à la maison du prince marchand. Il vit alors Rohan sortir en courant de la maison, le visage rouge de colère. Andreis rattrapa son fils et lui saisit le bras.

– Je ne veux pas m'excuser ! hurla Rohan.

Kamrhon était stupéfait de voir un enfant de l'Un dans un tel état. D'ailleurs, Andreis semblait tout aussi étonné que lui.

– Ce que tu as fait est inacceptable, Rohan, lui reprocha son père. L'Un te défend de parler à ta sœur de cette façon.

– Je n'ai dit que la vérité et c'est tout ce que nous demande l'Un ! rétorqua l'adolescent en libérant son bras. Je ne suis pas obligé d'être d'accord avec Neiva, même si elle fait partie de ma famille ! Tu n'es pas toujours d'accord avec Kamrhon et tu ne te gênes pas pour adopter un ton agressif avec lui !

Andreis recula comme si une pierre l'avait frappé au visage.

– Nous n'avons pas été élevés ensemble, balbutia le marchand, déstabilisé.

Il tourna les talons et se dirigea vers la maison d'un pas chancelant.

– Père, je n'ai pas voulu te faire de mal, se radoucit Rohan. Tu nous as appris que le pardon est le fondement de la Loi de l'Un, mais tu refuses toi-même de pardonner à Nexus de t'avoir exilé du palais.

– Tu ne sais pas ce que tu dis...

– Je veux que tu sois enfin heureux et que tu cesses de t'échapper en mer.

Andreis était tellement bouleversé par les accusations de son fils que Kamrhon crut qu'il allait s'écrouler devant lui.

– La Loi de l'Un ordonne aux parents d'aimer tous leurs enfants de la même façon et pourtant Nexus a agi comme un homme qui n'avait d'estime que pour son aîné, poursuivit Rohan.

Andreis fit volte-face.

– Il a appliqué les vieilles lois atlantes qui lui permettaient de se débarrasser de tous ceux qui menaçaient le règne de celui qu'il avait choisi pour le remplacer ! tonna-t-il. C'est Kamrhon qui a rétabli le culte de l'Un sur Kholossos, l'as-tu déjà oublié ?

– Pourquoi refuses-tu de retourner au palais ?

– Parce que j'ai juré, lorsqu'on m'en a chassé, de ne jamais y remettre les pieds.

– Tu seras bien forcé d'y retourner, car je te céderai le trône lorsqu'on me l'offrira.

– Tu ne pourras le léguer qu'à tes héritiers, Rohan. C'est la loi. Il est trop tard pour moi.

Andreis poursuivit sa route vers la maison, mais n'y entra pas. Il obliqua vers la cour, où se trouvait sa pyramide miniature, sanctuaire que possédaient tous les Atlantes et où ils aimaient se recueillir.

Kamrhon commença par se demander s'il devait rassurer son frère ou gronder son neveu pour son manque de tact, mais il comprit qu'il ne ferait qu'envenimer les choses en intervenant. Il pria donc l'Un de mettre du baume sur leur cœur et rentra au palais.

Il partagea le repas de Mara, son épouse, à qui il confia ses craintes pour l'avenir de Kholossos.

– Je n'ai jamais voulu être roi, geignit-il en repoussant son assiette.

– Mais ton père t'a quand même cru digne de lui succéder, car tu as de belles qualités, Kamrhon, lui rappela Mara, une belle femme aux longs cheveux noirs et à la peau basanée.

– Mais ce ne sont pas celles des grands politiciens, tu le sais mieux que quiconque. C'est Andreis qui devrait être sur le trône, pas moi. Lui saurait comment contrer l'offensive d'Azlan sans que le peuple en souffre.

– Le cœur d'Andreis a été corrompu par ses fréquentations sur le continent. Il n'est pas aussi pur que le tien.

– Il n'aurait pas subi l'influence de ces gens indésirables si mon père l'avait gardé auprès de lui. Il a reçu l'enseignement des hommes blonds et des plus grands stratèges du royaume. Il aurait su régner avec sagesse.

– Je t'en prie, Kamrhon, arrête de te torturer. Tu es un roi bon et dévoué. Tu n'as rien à envier à qui que ce soit.

– Je suis un rêveur et un idéaliste, Mara. Je n'ai pas l'étoffe d'un chef. Je ne sais même pas comment réagir devant le danger.

Kamrhon se leva et marcha jusqu'à l'une des grandes fenêtres pour regarder la mer.

– Pourquoi m'est-il si difficile d'accepter la réalité ? Parce que je suis un hybride ?

– Tu te fais du tort en entretenant de telles pensées. Viens méditer dans un bain chaud. Je te ferai moi-même un massage avec des huiles qui t'aideront à dormir.

La reine l'obligea à l'accompagner dans une pièce privée du palais et à s'asseoir dans l'eau odorante du bassin creusé dans le roc, chauffée de façon naturelle par les veines telluriques du volcan qui occupait le centre de l'île. Il était inactif depuis longtemps, mais ses artères continuaient de battre sous la terre et sous la mer.

Elle fit ensuite allonger son mari sur leur lit et le massa avec des potions analgésiques. Kamrhon s'endormit avant la fin du réconfortant traitement.

8

UN ESPRIT MALÉFIQUE

Lorsqu'il se réveilla, le lendemain, Kamrhon se sentait moins oppressé. Il s'habilla, cueillit une pêche dans le jardin du palais et la mangea en escaladant le sentier qui menait au temple érigé sur le volcan. Il y trouva Saynix, le gardien des portes, et lui annonça qu'il venait consulter Zaida, le père spirituel des Hyperboréens. Le géant blond le précéda dans le labyrinthe de couloirs du lieu sacré et le fit finalement entrer dans une immense pièce ronde au milieu de laquelle reposait un énorme morceau de cristal transparent et lumineux juché sur un piédestal doré. Au sol, une étoile mauve à cinq branches était gravée dans le marbre blanc. À l'extrémité de chacune de ses pointes se tenait un des anciens, dont Zaida. Ils avaient les yeux fermés et les mains jointes sur la poitrine. Les autres participants se trouvaient dans un enfoncement du roc et priaient en silence.

Il n'y avait aucun son dans cette pièce, mais il y régnait une atmosphère très chargée, un peu comme dans la forêt juste avant qu'éclate un orage. Kamrhon sentait son plexus solaire attiré vers le cristal, mais il n'était pas venu communier avec le reste de l'univers. Il voulait recevoir des conseils.

Quand la pierre transparente perdit graduellement sa luminosité, Zaida tourna la tête vers son visiteur. Ses yeux azurés rassurèrent Kamrhon jusqu'au fond de l'âme. L'ancien quitta sa place sur l'étoile et s'avança vers le roi en lui tendant les mains. Ce dernier les prit et les serra avec affection.

– Azlan a refusé ma proposition de neutralité, vénérable père.

– L'empereur est un homme rongé par la passion et la cupidité. Rien ne pourra plus l'arrêter, maintenant.

– Quel avenir voyez-vous pour mon peuple ?

– Il y aura bientôt de grands bouleversements sur cette planète. Quelques-uns vous seront bénéfiques, d'autres non. Nous ne comprenons pas le besoin qu'éprouve l'empereur de détruire le sol sur lequel vous marchez, mais nous ne pouvons pas intervenir. De terribles tremblements de terre engloutiront votre monde et la technologie que nous vous avons transmise sera temporairement perdue. Des milliers d'années passeront avant que la spiritualité réapparaisse dans le monde d'obscurité où l'empereur l'aura plongé.

– Quel sera mon rôle dans ces événements ?

– Tu es et tu seras toujours un pacificateur, Kamrhon.

Zaida inclina la tête en signe de salutation et poursuivit son chemin vers la sortie. Les autres Hyperboréens lui emboîtèrent le pas. Le cœur lourd, Kamrhon retourna au palais en essayant de reprendre courage, car il devait donner une autre leçon aux enfants du village. Il les trouva sur la grande terrasse, où des blocs de bois leur servaient de sièges. Il prit place au milieu d'eux et demanda à un serviteur de lui apporter la caisse de bois qu'il avait préparée quelques jours plus tôt. Lorsqu'elle fut finalement posée devant lui, il en retira des fragments de cristal de toutes les couleurs et les plaça sur le sable.

– Les cristaux sont les outils les plus puissants que nous possédons, commença-t-il. Ils peuvent tout autant tuer un homme que le guérir. C'est pour cette raison que nous devons apprendre à bien nous en servir. Ils sont à la fois un émetteur et un récepteur, et leur principale fonction est de nourrir et de protéger l'énergie interne du corps.

– Alors, comment peuvent-ils tuer quelqu'un ? s'étonna Neiva, sa nièce.

Kamrhon l'enveloppa d'un regard rempli de tendresse. Elle ressemblait à sa mère, mais elle avait au fond des yeux la même soif d'apprendre que son père. Neiva avait un cœur pur et elle éprouvait un amour sincère pour son prochain. Elle deviendrait certainement une grande guérisseuse.

– Les pouvoirs des cristaux sont influencés par les pensées de leurs utilisateurs, répondit-il. Un esprit négatif les chargerait de la mauvaise façon et pourrait bien les transformer en armes mortelles. Mais personne sur cette île n'a de telles intentions.

Il demanda alors aux enfants de choisir chacun une pierre, puis il leur recommanda de la garder sur eux en tout temps.

– Votre cristal ne réglera pas tous vos problèmes, précisa le roi. Il sera plutôt un guide qui vous aidera à concentrer votre énergie sur vos pensées ou sur vos tâches quotidiennes. Il vous permettra, en temps voulu, d'entrer en contact avec les forces invisibles de l'univers. Allez maintenant faire la connaissance de votre pierre.

Ils se dispersèrent en serrant leur amulette contre leur poitrine.

Kamrhon aimait profondément les enfants. Ils représentaient l'avenir de cette planète et ils devaient être bien dirigés.

Il s'apprêtait à retourner dans ses appartements lorsqu'il ressentit soudain une sombre présence sur son île. Donnant raison à ses angoisses, Fogar, le chef de sa garde personnelle, vint lui annoncer qu'un vaisseau atlante était sur le point d'accoster à Kholossos. Kamrhon ordonna immédiatement à son garde du corps d'empêcher les voyageurs de mettre pied à terre et de les obliger à retourner d'où ils venaient, même au risque de causer un incident diplomatique. Mais, comme il l'apprit par la suite de la bouche de son neveu Rohan, il était déjà trop tard...

En voyant arriver le voilier du haut de la falaise, Andreis était descendu accueillir les visiteurs avec Rohan, tel que l'exigeait son éducation royale. En mettant le pied sur le quai, le commerçant avait constaté avec plaisir qu'il s'agissait de vieux amis. Élias, une jeune femme née sur Kholossos, avait quitté l'île avec ses parents lorsqu'elle était adolescente pour aller vivre à Poséidia. Elle avait épousé Sandor, un marchand d'Alt, qui faisait des affaires avec Andreis depuis plusieurs années.

– Quelle belle surprise ! s'exclama le capitaine de bateau.

– Sandor a soudainement éprouvé l'envie de voir l'île où je suis née, alors nous voilà.

– Tu vas découvrir qu'on la visite en une heure à peine, mon vieil ami. Kholossos n'a rien en commun avec Poséidia.

– C'est Rohan ? s'étonna Élias, agréablement surprise.

– Eh oui, s'enorgueillit Andreis. Il n'arrête pas de grandir.

Tandis que Fogar et les gardes du palais se dirigeaient vers le quai pour intercepter les visiteurs, Andreis les faisait monter chez lui.

– Izzah, nous avons d'illustres visiteurs !

Les deux couples burent du vin tandis que Sandor leur donnait des nouvelles de la Grande Île. Rohan s'assit dans un coin et écouta ce que racontaient les adultes sans se mêler de leur conversation.

Les Poséidiens demandèrent alors à rencontrer Kamrhon afin de lui remettre un présent, comme le voulait la coutume lorsqu'on arrivait sur le territoire d'un autre roi. Même s'il s'était juré de ne plus jamais remettre les pieds au palais, Andreis offrit tout de même à son vieil ami de l'y conduire. Ils se mirent en route en passant par la montagne, car Élias voulait que son époux constate par lui-même que son pays natal avait conservé tout son charme sauvage.

Lorsque Fogar arriva finalement chez Andreis, il n'y trouva que Rohan, qui lui apprit que son père avait emprunté un raccourci pour se rendre au palais. Fogar fit aussitôt demi-tour et se précipita vers les quartiers du roi afin de le protéger, mais, comme Rohan pouvait le constater du haut de son perchoir, Andreis avait trop d'avance sur lui.

Quelques minutes plus tard, un héraut annonça l'arrivée des visiteurs et les laissa entrer dans la salle d'audience. Andreis, quant à lui, avait refusé de pénétrer dans l'édifice et avait repris le chemin de la maison.

Kamrhon se redressa sur son trône en reconnaissant la femme qui avait jadis été un de ses sujets.

Élitra, la jeune femme hybride aveugle qui jouait de la harpe aux pieds du roi, ressentit aussitôt un inexplicable malaise.

– Je croyais ne jamais te revoir, se réjouit Kamrhon.

– Je voulais montrer à mon époux la merveilleuse île où j'ai vu le jour, l'informa Élias. Je te présente Sandor.

– Je suis honoré de faire votre connaissance, fit le marchand en se courbant devant Kamrhon.

– Le mal est ici ! s'écria Élitra, terrorisée.

La jeune femme laissa tomber sa harpe. En proie à une indescriptible panique, elle chercha le roi à tâtons et s'accrocha aux manches de sa tunique. De toutes ses forces, elle se mit à le tirer vers la porte qui donnait sur le jardin.

– Élitra, calme-toi, je t'en prie, protesta Kamrhon.

– Il faut sortir d'ici ! hurla l'hybride.

– Mara, aide-moi, je t'en prie, supplia-t-il tandis qu'Élitra l'entraînait à l'extérieur.

La reine tenta en vain de libérer son mari de la musicienne. Elle retourna donc auprès de ses visiteurs.

– Les hybrides se comportent parfois de façon étrange. Je suis certaine que mon mari parviendra à la rassurer et reviendra sous peu. Puis-je vous offrir à boire ?

Les serviteurs n'eurent pas le temps d'apporter le vin que Fogar faisait irruption dans la grande salle de marbre :

– Par ordre de Kamrhon de Kholossos, je vous ordonne de retourner immédiatement à votre vaisseau !

– Mais ce sont ses invités, Fogar, l'informa la reine.

– Sortez ou je me verrai dans l'obligation d'utiliser la force.

Consternés, les visiteurs n'eurent pas d'autre choix que de suivre Fogar. Mara se précipita dans le jardin.

– Tu les reçois au palais, puis tu les expulses ? reprocha-t-elle à Kamrhon, qui avait réussi à calmer Élitra.

– Lorsque j'ai senti l'approche d'une sombre présence, j'ignorais qu'il s'agissait d'Élias et son mari, affirma-t-il.

Il porta vivement la main à son estomac.

– Kamrhon, que se passe-t-il ? s'alarma la reine.

Tout se mit à tourner autour du souverain et il s'écroula sur le sol. Sombrant dans l'inconscience, il entendit les pas affolés des serviteurs, mais n'arriva plus à interpréter les images et les sons déformés que lui renvoyaient ses yeux et ses oreilles. Il sentit qu'on le soulevait et qu'on lui épongeait le front.

L'eau froide le ramena à lui. Il vit qu'il était sur son lit et aperçut sa femme à son chevet.

– Mara...

– Je suis là, Kamrhon. Ne fais aucun effort, je t'en prie. J'ai demandé qu'on appelle Zaida.

– Tu dois prendre ma place dans la salle d'audience...

– Ma place est à tes côtés.

– Le devoir d'une reine est de remplacer le roi lorsque...

Ils entendirent les cris de colère de Rohan à l'entrée de la chambre.

– Que nous arrive-t-il ? demanda Kamrhon dans un souffle.

– Saynix garde l'entrée de la chambre.

En effet, le géant blond bloquait la porte de tout son corps imposant.

– Tu ne peux pas entrer, Rohan. Kamrhon est malade.

– Malade ? Mon père et son équipage auraient-ils ramené un virus à Kholossos ?

– Non. Il s'agit d'un esprit maléfique transporté par des visiteurs arrivés de Poséidia il y a quelques heures à peine. Nous les avons renvoyés chez eux, mais le mal est déjà fait.

– Alors, laisse-moi au moins réconforter mon roi.

– Tu ne dois pas t'approcher de lui, Rohan. N'oublie pas que tu es son héritier. Il ne doit rien t'arriver.

– Je suis aussi son neveu et il a besoin de sa famille auprès de lui !

Saynix voulut poser ses larges mains sur les épaules de Rohan. Vif comme un chat, le jeune homme passa sous son bras et fonça dans la chambre. Il contourna le lit et glissa ses doigts entre ceux de Kamrhon. Tandis que le géant blond parvenait au chevet du roi, Rohan raconta en quelques mots l'arrivée des étrangers chez lui et jura que son père ignorait qu'ils étaient possédés.

– Je sais… le rassura Kamrhon d'une voix faible.

Le regard souffrant du roi se posa sur Saynix, debout au pied du lit.

– Suis-je en train de mourir, Saynix ?

– Zaida sera bientôt ici avec les anciens. Il répondra à tes questions.

– Occupez-vous de Rohan… Apprenez-lui à bien gouverner… Il n'est qu'un enfant… une proie facile pour Azlan…

– Je lui résisterai, jura le jeune homme.

Le roi se mit à trembler de façon incontrôlable. Mara le recouvrit d'une deuxième couverture.

– Je t'en prie, tiens bon, mon aimé.

Zaida et les anciens entrèrent dans la chambre et entourèrent le lit. Le chef des Hyperboréens passa alors la main au-dessus du malade.

– Pouvez-vous faire quelque chose pour moi, vénérable père ?

– Il est trop tard, mon enfant, répondit Zaida. L'Un te réclame, n'aie pas peur.

– Je ne crains pas la mort... mais j'éprouve une amère déception de n'avoir pas été le roi que cette île méritait...

– Tu as fait tout ce que tu as pu pour Kholossos, Kamrhon.

Zaida demanda aux serviteurs postés près des fenêtres d'aller chercher les membres de la famille royale. Ils détalèrent comme des lapins et revinrent quelques minutes plus tard avec Izzah et Neiva.

L'absence d'Andreis peina beaucoup Kamrhon, mais un Fils de l'Un ne soumettait jamais les autres à sa volonté.

– Mon père n'est pas fâché contre toi, affirma la jeune Neiva en prenant la main de son oncle dans la sienne. Il en veut encore au roi Nexus.

– Tu es l'avenir du monde, petite fille... souffla le roi.

Puis Kamrhon ferma les yeux en rendant son dernier souffle. Un aigle tout noir se posa alors sur l'allège de la fenêtre en poussant un cri aigu.

9
Leçons de l'Atlantide

Logan se réveilla en sursaut de son incursion dans le passé. La silhouette fantomatique de David flottait toujours devant le téléviseur. Le pauvre homme reprit son souffle et s'essuya le front du revers de la main. Tout comme le roi mourant, il transpirait à grosses gouttes.

– J'étais ce pauvre type, n'est-ce pas ? s'enquit Logan, encore tout tremblant.

– *C'est exact.*

– Et j'ai succombé à une crise cardiaque, c'est bien ça ?

– *Pas tout à fait, bien que ton cœur se soit en effet arrêté de battre. Un mage noir avait déposé dans la chair de ce visiteur un esprit maléfique qui avait pour mission de te tuer. La sorcellerie était très répandue, à cette époque.*

– L'empereur Azlan était un sorcier ?

– *Un prêtre de Baal, officiellement, mais il avait des sorciers à son service.*

– Alors, il m'a fait assassiner parce que je refusais d'attaquer les Lémuriens qui ne nous avaient rien fait ? Il était roi lui-même ! Pourquoi n'a-t-il pas compris que tout ce qui m'importait, c'était de protéger mon peuple ?

– *Il n'avait aucune compassion. Ce sont les richesses de la Lémurie qui l'intéressaient. Je t'en prie, calme-toi ou nous ne pourrons plus nous parler.*

Logan serra les poings et s'efforça d'inspirer profondément.

– Qu'est-il arrivé à Kholossos après ma mort ? demanda-t-il en chassant sa colère.

– *Rohan en est devenu le roi et il a fini par céder aux demandes de l'empereur.*

– Quoi ? se fâcha encore une fois Logan. Mais il savait ce que j'en pensais !

– *Il était d'une génération différente.*

– Et les hommes blonds n'ont pas essayé de l'en empêcher ?

– *Ils ne pouvaient pas intervenir. Ils ont quitté l'île pour se réfugier sous la terre.*

L'électronicien dut faire un effort surhumain pour s'apaiser.

– La guerre que projetait l'empereur a-t-elle eu lieu ?

– *Non. L'empereur a anéanti la Grande Île en transformant le puissant laser de communication que lui avaient offert les géants d'Orion en une arme redoutable dont il ne comprenait pas le fonctionnement. Pensant atteindre son ennemi de l'autre côté de la planète, il a dirigé vers le sol l'énorme cristal qui guidait les navires. Son rayon a percé la croûte terrestre et fait jaillir le magma, provoquant de terribles tremblements de terre et des raz-de-marée qui ont tué des milliers d'Atlantes. Ceux qui avaient pressenti la catastrophe migrèrent ailleurs et bâtirent de nouvelles civilisations, mais elles ne devinrent jamais aussi puissantes que l'Atlantide.*

Logan se cala profondément dans le sofa en pensant que les historiens le feraient brûler sur la place publique s'il décidait de raconter cet épisode du passé à des journalistes.

– Pourquoi m'as-tu fait voir cette vie tragique, David ?

– Pour te montrer ta première expérience en tant que monarque.

– Pour me prouver que je ne suis pas doué pour régner, en fait.

– Pourquoi dis-tu cela ?

– Parce que si j'avais été un véritable politicien, j'aurais tenté de gagner du temps au lieu de m'opposer à l'empereur et personne n'aurait souffert.

– Rien ne prouve que les choses se seraient passées autrement.

– Peut-être pas, fit obstinément Logan, mais j'aurais au moins agi de façon moins égoïste.

Il s'effraya à l'idée que son guide lui ait fait voir cette incarnation pour le préparer à régner une fois de plus.

– Tu ne seras pas roi, Logan, mais meneur d'hommes. Il y a une différence.

– Pas pour moi. Mais admettons que j'accepte ce rôle, ai-je une meilleure chance de réussir ma mission, cette fois ?

– Nous ne pouvons pas encore répondre à cette question.

– Il va falloir que tu me montres encore quelques vies pour me convaincre que j'ai l'étoffe d'un gouvernant, c'est ça ? Dans ce cas, allons-y gaiement !

– Pas ce soir. Ton cœur ne survivrait pas à une seconde incursion dans le passé. Nous nous reverrons bientôt.

Logan n'eut pas le temps de protester que son visiteur éthéré avait disparu.

Cette nuit-là, il eut beaucoup de mal à trouver le sommeil, car les souvenirs de sa vie antérieure en

Atlantide continuaient de le hanter. Il revoyait la plage, les petites pyramides colorées derrière les maisons blanches, le quai de Kholossos et le voilier de son frère. Il se rappela consciemment les visages de ceux qu'il avait aimés : Andreis, Rohan, Neiva, Mara, Élitra et les sages géants blonds. Qu'étaient devenus tous ces gens ? S'étaient-ils, comme lui, réincarnés plusieurs fois ? Et s'il les croisait maintenant dans la rue, les reconnaîtrait-il ?

Il n'avait pas terminé l'éducation de Rohan avant sa mort prématurée sur Kholossos. Lui faudrait-il le faire dans une autre vie ? Était-ce ce que les magazines du Nouvel Âge appelaient une dette karmique ? Il n'avait pas non plus réussi à faire la paix avec Andreis. Aurait-il une chance un jour de le libérer entièrement de la colère sourde qui lui rongeait le cœur ?

Il ne fit aucun rêve ou, s'il rêva, il n'en garda aucun souvenir. Il se rendit à l'atelier en traînant les pieds, les yeux encore lourds de sommeil, et dut faire de gros efforts pour cesser de penser à Kholossos et se concentrer sur son travail.

Ses collègues se rendirent rapidement compte qu'il s'était refermé comme une huître.

Ian pensa tout de suite qu'il avait enfin rencontré une fille, mais Sadahei, lui, devina que Logan avait enfin contacté son maître intérieur et que sa quête ne faisait que commencer. Il y avait une aura autour de lui qu'il n'avait jamais aperçue autour d'autres hommes. Même dans sa simplicité, tout à coup, il commandait le respect. Le Japonais comprit que Logan ne serait pas technicien d'atelier toute sa vie.

10
Senmet

En rentrant du travail, Logan prit une collation et s'installa confortablement sur le sofa, curieux de poursuivre son enquête sur ses vies antérieures. Sa crainte s'était graduellement transformée en curiosité durant la semaine et il avait bien hâte d'en apprendre davantage sur le parcours de son âme. Il alluma les bougies sur la table basse et ralentit sa respiration comme Rain le lui avait enseigné. Le mobile éolien se mit à vibrer doucement et son guide se matérialisa dans le coin du salon.

– Content de te revoir, David, le salua Logan en tentant de demeurer détendu. Où as-tu l'intention de m'emmener, ce soir ?

– *Dans la vie la plus importante que tu as vécue après celle de l'Atlantide. Elle s'est déroulée dans un endroit que vous appelez maintenant l'Égypte.*

– J'ai été un pharaon ?

– *Non. Un artiste, un sculpteur.*

– Moi ? Est-ce que j'avais du talent, au moins ? Mes œuvres ont-elles survécu ?

– *Oui, Logan, mais on ne les a pas encore retrouvées. Elles sont toujours enterrées dans le sable du désert.*

– Est-ce que je travaillais pour un pharaon ?

– Il n'y en avait pas encore à cette époque, mais des rois régnaient sur de petits villages. Lorsque l'Atlantide s'est abîmée dans les eaux de l'océan, ses survivants ont cherché refuge sur d'autres continents. Certains se sont établis sur les rives du Nil et ont amadoué leurs voisins pour qu'ils les laissent vivre en paix. Ils ont étudié les crues du fleuve et ils ont appris à les utiliser à leur avantage pour créer une brillante civilisation.

– Est-ce que je me rappelais avoir été le roi Kamrhon, à cette époque ?

– Pas consciemment, mais ton âme s'en souvenait.

– J'ai encore du mal à comprendre pourquoi nous oublions tout en nous réincarnant.

– Nous te l'expliquerons en temps utile. Maintenant, concentre-toi sur le cristal et ralentis davantage ta respiration.

Le mobile éolien tinta d'une étrange façon et, sans faire d'effort, Logan sombra dans une transe profonde. Il se retrouva dans le corps d'un jeune homme debout sur une pirogue naviguant dans les eaux calmes du Nil.

Ce corps étranger était vigoureux et son esprit, en pleine effervescence. Logan se laissa emporter par son enthousiasme et par les battements de plus en plus rapides de son cœur. Graduellement, il redevint Senmet, le plus jeune artiste de toute l'histoire de l'Égypte.

Comme il le faisait tous les matins, lorsque la température était clémente, Senmet traversait le fleuve pour se rendre dans les carrières où il avait installé son atelier. Il aurait pu transporter les pierres dans son village pour les sculpter, mais il préférait travailler seul, loin des yeux curieux de ses compatriotes. Senmet possédait un talent indiscutable, mais il était timide et réservé. Il préférait la solitude aux jeux des garçons de son âge.

Lorsqu'il avait compris que les mains de son fils pouvaient créer des statues d'une beauté incomparable, le père de Senmet ne l'avait pas obligé à travailler le sol avec son frère. Il lui avait plutôt fourni les fonds dont il avait besoin pour acheter des outils et, depuis, le jeune artiste le lui avait bien rendu. Ses œuvres lui rapportaient beaucoup d'argent, car le garçon lui donnait presque tout ce qu'il recevait en échange de ses deux repas par jour. Sa famille possédait donc le plus gros cheptel du village et la plus grande maison aussi. Mais Senmet ne s'enorgueillissait nullement de cette opulence. Il avait une âme simple, qui ne percevait pas vraiment ce qui se passait autour de lui. Il ne vivait que pour sculpter.

La pirogue toucha enfin la berge. Senmet ramassa son sac de toile et sauta sur le sable après s'être assuré qu'aucun crocodile ne s'y prélassait. Il tira l'embarcation plus loin pour qu'elle ne soit pas emportée par le courant, s'essuya les pieds avec le morceau d'étoffe que lui avait tissé sa mère et enfila ses sandales. Il leva les yeux vers les falaises de roc d'où il tirait ses merveilles. C'était un processus inexplicable, comme si une force divine s'emparait de ses mains et les forçait à exécuter sa volonté.

Il se rendit à l'abri que son frère l'avait aidé à fabriquer pour le protéger du soleil pendant qu'il sculptait le roc. Essentiellement, il s'agissait d'un toit supporté par des colonnades de bois, mais les matériaux qu'il avait graduellement empilés sur les côtés commençaient à y former des murs. Il déposa son sac sur le sol et s'approcha de sa dernière œuvre, une statue d'environ un mètre de haut représentant un enfant agenouillé, les bras repliés en prière sur son torse nu. Il l'observa pendant un moment. Quelque chose le tracassait à son sujet.

– Ses yeux ! conclut-il. Ils ne devraient pas être fermés. Ils devraient regarder le ciel parce qu'il s'adresse aux dieux.

Il s'empara de ses outils et se mit à travailler sans savoir qu'une visiteuse se dirigeait vers son sanctuaire.

Nefer, sa jeune sœur, était une véritable peste qui prenait un malin plaisir à le tourmenter. Elle l'avait suivi sur le Nil et avait même rangé sa pirogue près de la sienne. Senmet était tellement distrait qu'il ne s'apercevait de rien. Sur la pointe des pieds, Nefer s'approcha de son frère.

– Je t'ai eu ! s'exclama-t-elle avec plaisir.

Senmet sursauta et ses outils volèrent dans les airs. Il fit volte-face, le visage rouge de colère.

– Combien de fois t'ai-je dit de ne pas m'importuner quand je travaille ? reprocha-t-il à la gamine en tentant de calmer les battements de son cœur.

– Très souvent, répondit Nefer avec un sourire moqueur.

– Alors, pourquoi es-tu ici ?

– Parce que j'aime désobéir, tu ne le sais pas encore ?

Elle s'approcha de la statue et s'émerveilla de la ferveur qui en émanait. S'il n'avait pas été en pierre, elle aurait presque cru cet enfant vivant.

– Celle-ci est différente de toutes les autres, constata-t-elle.

– Je n'ai pas reçu mon inspiration de la même façon. Je l'ai vue dans un rêve et je l'ai créée.

– Je ne pense pas que les prêtres l'aimeront. Elle n'est pas suffisamment lugubre.

– Je ne l'ai pas faite pour eux, je l'ai faite pour mère. Elle sera fâchée d'apprendre que tu as encore traversé la rivière toute seule.

– Pas si tu ne lui dis rien.

Senmet secoua la tête avec découragement.

« Nefer est une enfant impossible : jamais nos parents ne réussiront à lui trouver un mari », songea-t-il en observant la jeune fille qui se promenait parmi toutes les autres statues de dieux et d'oiseaux en les caressant.

– Tu as tellement de talent.

– J'ai seulement appris à tailler le roc et je me suis amélioré en m'exerçant.

– Non, Senmet. Même si on m'enseignait à tailler la pierre et même si je le faisais pendant toute une vie, jamais je n'arriverais à produire de belles pièces comme celles-ci. Ton talent te vient des dieux, c'est évident.

Exaspéré, il exigea qu'elle rentre à la maison avant que toute la famille se mette à sa recherche. Nefer accepta de partir, mais lui fit promettre de ne pas parler de son escapade à leur mère.

Elle quitta l'atelier en gambadant. Senmet la regarda disparaître en direction du fleuve, puis recommença à travailler sur l'enfant en prière en laissant l'inspiration guider ses mains.

Il travailla ainsi jusqu'au milieu de la nuit. Tandis qu'il sculptait à la lumière des flambeaux, on posa la main sur son bras. Il tressaillit en poussant un cri de terreur.

– Ce n'est que moi !

– Nefer ! Mais que fais-tu ici à une heure pareille ? haleta Senmet, le cœur battant la chamade.

– Je suis venue t'annoncer une merveilleuse nouvelle.

– Tu es venue en pirogue ? Toute seule ?

– Évidemment. Je ne suis pas assez stupide pour nager au milieu des crocodiles.

Il voulut ouvrir la bouche pour lui faire d'autres remontrances, mais elle appuya brutalement la main sur ses lèvres pour le faire taire.

– Écoute-moi au lieu de me gronder.

Nefer lui raconta qu'elle était retournée au village sans se presser, car elle aimait sentir le vent dans ses longs cheveux noirs tandis qu'elle naviguait sur le Nil. En général, les filles ne faisaient pas ce genre de choses, mais elle n'était pas comme les autres. Lorsqu'elle était arrivée sur l'autre rive, elle avait vu des hommes armés partout. Craignant qu'il s'agisse d'une invasion et que sa famille n'ait été assassinée en son absence, elle avait couru jusque chez ses parents en se dissimulant derrière les habitations en terre cuite. Deux soldats gardaient la porte de sa maison.

– « Qui es-tu ? » m'a demandé l'un d'eux. Je le lui ai dit et j'ai exigé de savoir pourquoi il m'empêchait de rentrer chez moi. Les hommes ont continué de me regarder sans répondre. Alors, agile comme un chat, je me suis faufilée entre eux et j'ai bondi dans la maison. Il y avait un inconnu assis avec nos parents.

– Un inconnu ? s'alarma Senmet.

– Laisse-moi parler. Tu pourras poser tes questions tout de suite après.

Le sculpteur acquiesça sans cacher sa nervosité.

– Les gardes sont arrivés juste après moi, mais père leur a dit que j'étais sa fille et que j'avais parfaitement le droit d'être là. L'étranger leur a ordonné de retourner à leur poste. Ils ont obéi tout de suite. Père m'a saisi le bras et m'a approchée de lui en me disant de me prosterner devant Jézed, le roi des territoires du Sud, ce que j'ai évidemment fait sur-le-champ.

– Le roi ? Dans notre maison ?

– Mieux encore, c'est toi qu'il est venu rencontrer.

– Quoi ?

– Je lui ai dit que tu te trouvais à ton atelier et que lorsque l'inspiration te frappait, tu rentrais souvent très tard. Père a tout de suite offert au roi d'envoyer notre frère te chercher, mais Jézed a dit qu'il était fatigué. Il préférait attendre que tu reviennes de toi-même au foyer. Il a pris congé de nous et s'est rendu au milieu du village, où on avait commencé à lui ériger un abri temporaire.

– Mais s'il a accepté de rester jusqu'à ce que je rentre, que viens-tu faire ici ?

– Je n'ai pas encore fini ! se fâcha-t-elle.

– Pourrais-tu en venir aux faits ?

– Dès que le roi a quitté la maison, j'ai demandé à père s'il avait l'intention de te faire emprisonner. Il m'a ordonné d'arrêter d'inventer des choses farfelues.

– Alors, là, je dois avouer que je suis d'accord avec lui.

– En fait, tout ce qu'il veut, c'est t'acheter quelques statues.

– Jézed ?

– Il est tellement beau, pour un roi. Mère m'a demandé de l'aider à préparer un festin digne de son rang. Je me suis pliée docilement à sa volonté.

Senmet arqua un sourcil avec incrédulité.

– Mais pendant que je tranchais les légumes, je me suis demandé si je devais aller te prévenir qu'un personnage aussi important séjournait dans notre petit coin du pays. Après une longue soirée de festivités en l'honneur du roi Jézed, les villageois ont regagné leur maison et se sont mis au lit. Mais moi, je ne pouvais pas dormir. Appuyée à la fenêtre de ma chambre, j'ai regardé les étoiles en pensant à toi qui travaillais probablement encore à la lueur des torches. Alors, j'ai attendu que tout le village soit endormi et je me suis faufilée à l'extérieur. Il faisait noir, mais je connais bien ma route jusqu'au Nil. J'ai sauté dans ma pirogue et je me suis dirigée vers les falaises.

– Sans penser à tous les dangers que comporte une traversée à une heure aussi tardive ! s'exclama Senmet.

– Tu sais bien que je n'ai pas peur des crocodiles ! J'ai sauté sur la berge et j'ai couru jusqu'à ton abri, qui brillait dans la nuit comme un feu de joie.

– Quand j'allume les flambeaux, c'est pour éloigner les animaux sauvages et éclairer mon travail.

– J'ai vu que tu avais « ouvert » les yeux de l'enfant de pierre. Quelle œuvre magnifique…

Senmet recula en titubant, les yeux remplis d'effroi.

– Le roi Jézed est chez nous et il veut que je fasse un travail pour lui ?

– C'est bien ce que je viens de dire.

– Il devrait pourtant savoir que je ne travaille que pour les prêtres et les temples…

– Je suis seulement venue te supplier de ne pas passer toute la semaine ici, Senmet. Il ne serait pas sage de faire attendre indéfiniment un homme aussi important. Dépose tes outils et essaie de dormir un peu, afin d'être présentable demain matin.

Elle tourna les talons, mais Senmet lui saisit aussitôt le bras. Il n'était pas question de la laisser affronter une fois de plus les dangers du Nil à l'heure où toutes ses créatures se nourrissaient. Ils dormirent côte à côte, comme lorsqu'ils étaient petits, et s'empressèrent de rentrer au village aux premières lueurs de l'aube, les deux pirogues voguant l'une derrière l'autre.

Dès qu'ils mirent pied à terre, Khaam, leur frère aîné, les accueillit avec tous les autres jeunes gens de leur âge. Ils étaient agités comme lorsque le village célébrait une grande fête religieuse. Senmet commença par les calmer en leur disant que le roi ne voulait que lui commander une ou deux sculptures.

Étonnés par son imperturbabilité, ils regardèrent l'artiste s'éloigner en direction de sa maison, sa jeune sœur sur les talons.

Senmet rentra chez lui et écouta le discours de son père sur les obligations des sujets du roi pendant qu'il se nettoyait sommairement. Sa mère lui apporta un pagne propre, puis lui brossa les cheveux malgré ses grimaces de douleur. Un garde se présenta alors à la porte de la maison et demanda au jeune homme de l'accompagner.

Solennellement, Senmet marcha derrière le colosse. Ils se rendirent jusqu'à l'abri du roi, entouré de soldats armés de lances acérées. L'adolescent se faufila sous la tente et aperçut le roi Jézed, assis sur un gros coussin qu'il avait probablement apporté de son palais. Un sourire amusé étira les lèvres du monarque.

– Devrais-je me prosterner devant vous, monseigneur ? lui demanda le maigrelet, qui devait certainement être Senmet. Je ne suis pas habitué à la royauté.

– Je ne veux pas que tu fasses de cérémonies pour moi, répliqua le personnage royal d'une voix grave. Je ne suis pas un dieu. Je suis seulement un meneur d'hommes. Viens t'asseoir près de moi.

Senmet s'installa devant lui, les joues rouges de timidité. Il ne ressemblait pas à l'image que Jézed s'était faite de lui. Ses œuvres étaient si complexes, si puissantes. Il avait imaginé leur créateur grand, musclé et décidément plus vieux.

– Pardonne mon étonnement, Senmet, mais je ne te croyais pas aussi jeune.

Le sculpteur baissa humblement la tête. C'était sans doute la première fois qu'il se retrouvait en tête à tête avec un roi, mais ce ne serait vraisemblablement pas la dernière.

– Tu es un artiste remarquable, le complimenta le roi en observant son visage écarlate. Les statues du temple d'Ashed m'ont beaucoup ému. On les dirait presque vivantes.

– Je ne mérite pas autant d'éloges, monseigneur, balbutia Senmet. Je ne fais que ce que les dieux attendent de moi.

Jézed était un homme musclé. Ses yeux noirs perçants scrutaient les moindres recoins de l'âme de ses interlocuteurs. Il portait un pagne comme tous les habitants du pays et sa tête était recouverte d'une coiffe en toile tout à fait ordinaire.

– Je suis venu jusqu'ici pour te commander une œuvre très spéciale, déclara-t-il sur un ton amical. Il y a plusieurs nuits, j'ai vu en songe un tombeau creusé dans le roc reposant sur le dos de quatre magnifiques oiseaux de pierre. Tu es le seul qui puisse réaliser ce projet.

Jézed lui avoua avoir fait plusieurs esquisses tellement il était obsédé par cette vision. Mais elles étaient malheureusement restées dans une caisse de son palais. Il lui demanda donc de rassembler ses affaires personnelles et ses outils afin qu'ils puissent se mettre en route dès que possible. Il aperçut alors la terreur sur le visage de l'artiste.

– Il est plus judicieux que tu travailles chez moi plutôt que de m'imposer de longs voyages jusqu'à ton atelier pour constater régulièrement tes progrès.

Senmet savait bien qu'il ne pouvait pas s'opposer à la volonté de Jézed. Il retourna chez ses parents, qui se réjouirent d'apprendre que le roi avait décidé de le prendre avec lui, mais le jeune homme, lui, avait le cœur en pièces.

Pour réfléchir aux paroles du roi, Senmet quitta la maison et erra dans le village. Il s'arrêta finalement au temple. Ce n'était pas un grand bâtiment comme il en existait ailleurs, mais une petite maison de terre cuite. Elle abritait le grand prêtre Misfus et la statue de la déesse qui les protégeait tous. Il entra dans la pièce dénudée où se trouvait leur protectrice et s'agenouilla à ses pieds. Il pria en silence pendant quelques minutes. Une main rassurante se posa alors sur son épaule.

– Je vous avais demandé de ne jamais révéler mon nom aux prêtres des temples où vous avez expédié mes statues, gémit le jeune homme malheureux.

– Tu as reçu des dieux un don qui ne peut plus se limiter à cette région, Senmet, répondit Misfus. Les prêtres m'avaient promis de garder le secret, mais si le roi a insisté pour connaître ton identité, il a bien fallu qu'ils la lui disent.

Senmet se tourna vers l'homme au crâne chauve. Il le connaissait depuis l'enfance et il avait confiance en lui.

– Le roi est bon, poursuivit le prêtre. Il veillera à ce que tu développes ton talent.

Misfus s'agenouilla près du sculpteur et pria avec lui pendant quelques heures, puis il lui demanda de rentrer chez lui.

Pendant que son frère et ses amis rangeaient ses outils dans des caisses en bois, Senmet fit ses adieux à sa famille. Il serra sa petite sœur dans ses bras une dernière fois et se joignit à la caravane du roi. Nefer le regarda partir sans verser une seule larme, car elle savait que c'était la meilleure chose qui pouvait lui arriver.

Senmet suivit les hommes de Jézed en silence, marchant près des chameaux qui transportaient ses effets. Le roi comprenait son désarroi, mais il avait l'intention de bien le traiter pendant toutes les années que durerait la construction du tombeau.

Ils arrivèrent au village de Jézed quelques jours plus tard et Senmet fut bien surpris d'y apercevoir des rangées de maisons de deux étages devant lesquelles s'étendaient de petits jardins. Il suivit le roi à l'intérieur du palais, qui était en fait la juxtaposition de plusieurs maisons communiquant les unes avec les autres. Les porteurs déposèrent ses caisses sur le plancher de terre battue d'une vaste pièce deux fois plus grande que la maison de ses parents. D'un côté s'alignaient des tables de bois et, de l'autre, un petit tertre recouvert de paille qui lui servirait de lit.

– Mes serviteurs t'apporteront de l'eau et des vêtements propres, déclara Jézed, fatigué. L'un d'eux sera à ton service pendant tout ton séjour.

– Mais je n'ai pas besoin d'un serviteur, monseigneur, protesta Senmet.

– Quand tu seras complètement absorbé par ton travail, il faudra bien que quelqu'un s'occupe de toi, jeune homme.

Le roi le laissa s'installer dans ses nouveaux quartiers et ne le revit qu'à la tombée du jour. Un serviteur conduisit le sculpteur sur le toit du palais, où la famille royale partageait un dernier repas. En rougissant, Senmet prit place auprès de la reine Afah, du prince Narmer et de ses jeunes sœurs. Il garda les yeux sur sa nourriture et mangea en silence, sous le regard amusé du roi.

Jézed lui montra ensuite ses esquisses du tombeau et lui permit de les emporter avec lui dans ses nouveaux appartements. Senmet les examina une partie de la nuit, à la lumière d'une lampe. Au matin, il fut réveillé par l'arrivée d'un enfant qui déposa une cruche d'eau sur le sol près de son lit.

– Je suis Hésyré, à votre service, maître.

– Ne m'appelle pas ainsi.

– Mais c'est ce que vous êtes. Laissez-moi vous habiller.

– Je suis parfaitement capable de le faire seul.

Des larmes se mirent à couler sur les joues du garçon, qui ne devait pas avoir plus de dix ans.

– Si vous m'empêchez de faire mon travail, je serai exilé ou pire encore, jeté aux crocodiles.

– Bon, d'accord, tu peux m'aider à me vêtir.

L'artiste se mit tout de suite au travail, inspectant les blocs de pierre que les architectes du roi avaient choisis dans ses carrières. Il les caressa tour à tour sous le regard attentif des ingénieurs, puis fit transporter quatre d'entre eux dans son nouvel atelier. Il examina ensuite l'énorme roc dans lequel devait être creusé le tombeau et demanda aux ouvriers de l'encaver vers l'intérieur. Il se chargerait de la finition en temps voulu. Les hommes se courbèrent docilement devant lui.

Intimidé par le respect qu'il imposait, Senmet s'empressa de quitter les lieux.

Dans son antre, il commença à tailler le premier oiseau, qui prit graduellement la forme d'un aigle noir du Nil. L'artiste s'habitua peu à peu à la présence constante de son jeune serviteur aux grands yeux noirs qui épiait tous ses gestes et, au bout de quelques mois, elle ne le gêna plus du tout. Il lui apportait à boire et à manger et l'aidait à se laver le soir avant de le mettre au lit, car Senmet se rendait toujours au bout de ses forces.

Le roi se présentait souvent à l'atelier pour constater les progrès de Senmet. Lorsque celui-ci n'était pas complètement épuisé, à la fin du jour, il l'invitait à manger avec sa famille. Jézed ne cessait de s'émerveiller du talent du jeune homme : en quelques mois seulement, il avait libéré l'aigle de la pierre. Il avait des proportions si parfaites qu'il aurait pu supporter le poids d'une dizaine de cercueils comme le sien. Une véritable œuvre d'art.

En méditant devant les trois autres blocs, Senmet y sentit la présence d'une chouette, d'un paon et d'une aigrette. Le roi lui apprit alors que l'aigle représentait le pouvoir, la chouette, la sagesse, le paon, la fierté et l'aigrette, la grâce. Senmet s'en étonna beaucoup, car il ne pensait jamais aux symboles que représentaient ses créations. Il ne faisait qu'obéir à son instinct.

Une nuit, alors qu'il faisait très chaud et qu'il n'arrivait pas à dormir, Senmet grimpa sur le toit du palais pour prendre l'air. Il fut bien surpris d'y trouver Jézed, appuyé sur le muret qui délimitait la terrasse. L'artiste voulut faire demi-tour pour ne pas troubler le roi dans ses réflexions sans doute cruciales pour le bien-être de son peuple.

– Approche, Senmet. Viens voir le village qui dort sous les rayons de la lune. Rien au monde n'est plus paisible.

Senmet promena son regard sur les maisons illuminées par la lumière argentée.

– Un jour, j'unirai tous les villages de ce grand pays afin qu'ils puissent jouir de la même paix, ajouta Jézed.

– Vous êtes l'homme tout désigné pour accomplir un tel exploit, monseigneur.

– Inscriras-tu mes accomplissements sur mon tombeau, Senmet ?

– Évidemment, mais je crains de ne pas toujours trouver les mots justes. Je ne suis qu'un sculpteur.

– Alors, je demanderai à Assan, mon scribe, de t'aider.

Le lendemain, tandis que Senmet s'affairait à libérer la chouette de sa prison de pierre, le roi entra dans l'atelier avec trois inconnus. Jézed lui présenta les deux chefs de villages du Nord et la jeune femme qui les accompagnait. Ils complimentèrent l'artiste sur son talent.

– Il sera aussi le créateur de toutes les statues qui orneront le temple du Soleil que j'élèverai bientôt dans ce village, annonça fièrement Jézed.

– Le temple du Soleil ? s'étonna un des étrangers.

Senmet aussi avait ouvert des yeux surpris. Le monarque semblait parfaitement conscient de l'effet qu'il provoquait.

– Ce sera un temple gigantesque où tous les habitants de ce pays pourront prier le plus important de tous les dieux.

– Mais de quel pays parlez-vous, Jézed ? voulut savoir l'autre homme.

– De celui qui naîtra de la fusion de tous ceux qui se nourrissent des crues du Nil. Il viendra bientôt un temps où la seule façon de défendre cet endroit merveilleux sera de ne faire qu'un seul peuple.

Le roi poursuivit sa route dans le palais avec les visiteurs. Senmet songea à ses paroles. Jamais Jézed ne lui avait parlé de ce temple et jamais il ne lui avait commandé d'autres statues.

Il reprit ses outils, mais fut incapable de travailler. Il les rangea et demanda à son serviteur de le laisser seul pendant quelques heures. Hésyré accepta à regret. Senmet s'empressa de quitter le palais avant que l'enfant se mette à le suivre comme son ombre.

Il marcha entre les maisons en pensant qu'il était parti de chez lui depuis très longtemps déjà et que si le roi continuait de lui commander de nouvelles œuvres, jamais il ne reverrait son village natal. Il entendit alors son nom et se retourna. La jeune femme qui avait visité son atelier plus tôt dans la journée se hâtait afin de le rattraper.

– Je suis Shesut de la maison de Hamann, l'un des chefs du Nord. Je n'ai pas eu l'occasion de vous dire à quel point je trouve vos oiseaux de pierre magnifiques. Dans le temple de mon village, au Nord, nous avons une statue de deux enfants qui se tiennent par la main, en prière. Le roi Jézed nous a dit aujourd'hui que vous en étiez l'auteur. Est-ce vrai ?

– Oui, avoua timidement Senmet, mais je croyais que cette statue avait été livrée dans un village du Sud…

– Alliez-vous quelque part, maître Senmet ?

– Non. Je me dégourdissais les jambes.

Il lui expliqua qu'il quittait rarement son atelier, mais qu'au moins une journée tous les mois il éprouvait le besoin de marcher.

Shesut le félicita une fois de plus pour son talent et s'empressa de retourner auprès de son père avant qu'il s'aperçoive qu'elle lui avait faussé compagnie.

Senmet poursuivit sa route jusqu'au Nil en faisant attention de ne pas attirer l'attention des crocodiles. Il observa le coucher de soleil, puis rentra au palais, fit sa toilette et rejoignit la famille royale sur le toit.

Leurs invités du Nord étaient déjà parmi eux. La reine tendit la main au sculpteur pour lui faire comprendre qu'elle lui pardonnait son retard. Senmet la prit avec soulagement et s'assit entre elle et la jeune Shesut.

– Mes hommes ont parcouru tout le Nord afin d'inviter les chefs des villages à venir rencontrer le grand artiste qui nous a donné toutes les magnifiques statues de nos temples, annonça le roi. Certains d'entre eux sont revenus avec des nouvelles alarmantes.

Il avait une fois de plus capté l'attention de son auditoire. Senmet l'observa en pensant qu'il avait décidément devant les yeux l'homme le plus puissant du monde.

– Les tribus du désert se rapprochent du Nil, détruisant tout sur leur passage. Elles envahiront aisément le Nord, où les villages sont nombreux et indépendants, poursuivit Jézed, mais ils feront face à une forte résistance dans le Sud, où la plupart des villages sont réunis sous ma protection.

Les deux hommes échangèrent un regard inquiet en songeant à leur famille qui risquait de se faire massacrer par les barbares.

– Le Sud a formé de jeunes hommes capables de manier la lance et l'arc avec adresse, expliqua le roi. Nous ne craignons plus l'ennemi.

– Les villages du Nord pourraient-ils se joindre à votre royaume et profiter de la même protection ? demanda l'un des deux hommes.

Jézed eut beaucoup de mal à réprimer un sourire triomphant. Tous les peuples allaient bientôt se rallier sous son aile. Ils formeraient un seul peuple, une brillante civilisation capable de se défendre et d'étendre son territoire. Mais Senmet ne suivait plus la conversation. Ses yeux s'étaient arrêtés dans ceux de Shesut. Seule la reine avait capté son regard. « C'est l'occasion rêvée de rapprocher le Nord et le Sud », songea-t-elle.

Au moment d'aller au lit, elle se mit à masser les larges épaules de son mari.

– Ton sculpteur est maintenant en âge de prendre épouse, déclara-t-elle.

– T'a-t-il révélé le nom de celle qui fait battre son cœur ?

– Il est bien trop timide. C'est plutôt une pensée qui m'a traversé l'esprit pendant le repas. Senmet est originaire du Sud et la belle Shesut, du Nord.

– Quelle excellente idée…

La cérémonie eut lieu quelques jours plus tard sur la terrasse du palais devant la famille royale, le prêtre Haat et les deux hommes du Nord. N'ayant pas eu d'autre choix que de se soumettre à la volonté du roi, Senmet répondit à toutes les questions d'usage et promit de chérir et de protéger cette jeune femme qui était désormais sienne. Il ne comprit ce qui venait de lui arriver que lorsqu'il se retrouva couché près de Shesut, après une longue soirée de célébration : il était devenu un homme.

Il continua de sculpter les oiseaux de pierre, mais au lieu d'être surveillé uniquement par son serviteur, il se retrouva sous les soins de deux personnes, et sa nouvelle épouse s'avéra la plus exigeante des deux.

Bien souvent, elle venait le chercher après le coucher du soleil, l'obligeait à déposer ses outils et à la suivre dans leurs appartements, où elle le lavait et le forçait à manger.

– Je ne pensais pas qu'il était aussi difficile de vivre avec une femme, maugréa Senmet pendant qu'elle nettoyait son visage couvert de poussière.

– Ce serait beaucoup moins ardu pour toi si tu collaborais un peu, répliqua son épouse en lui frottant le nez. C'est mon devoir de m'assurer que tu restes en santé. Tu as besoin de nourriture, de sommeil et d'amour comme tous les autres hommes, Senmet. Même le dieu solaire se couche la nuit.

Il mangea le morceau de pain et la viande séchée qu'elle lui servit et but la coupe de vin qu'elle lui tendit. Il lui offrit ensuite une moue d'enfant contrarié, mais cela n'impressionna nullement la jeune femme. Elle le poussa jusqu'à son lit, où elle le fit tomber.

Au matin, lorsqu'elle se réveilla, Shesut ne trouva pas son époux près d'elle. Elle s'habilla et le rejoignit dans son atelier. Il était déjà à l'œuvre sur l'aigrette. Elle s'agenouilla près de lui et glissa les doigts dans ses cheveux noirs. Il ne servait à rien de gronder cet artiste têtu comme une mule.

– J'ai entendu dire que les ouvriers avaient presque terminé le cercueil de pierre du roi, l'informa-t-elle. Ils l'ont poli et ils n'attendent plus que toi pour y graver des scènes de la vie du monarque.

– On dirait bien que tu sais tout ce qui se passe ici, la taquina Senmet.

– J'ai des oreilles et je m'en sers. Est-ce que tu as mangé ?

Il secoua la tête et poursuivit son travail de polissage sur le long cou de l'oiseau. Shesut savait bien qu'elle ne réussirait pas à lui faire avaler quoi que ce soit avant qu'il ait terminé ce travail.

– Mon père aime beaucoup tes statues, déclara-t-elle en continuant de jouer dans les cheveux de Senmet. Il dit qu'elles ressemblent à celles qui se trouvaient sur le continent perdu.

– Ma mère dit la même chose, confessa Senmet, mais je n'ai jamais rien vu qui provenait du pays de nos ancêtres.

– Que t'a-t-elle raconté à leur sujet ?

– Elle nous en parlait souvent pour que nous n'oubliions pas nos origines. Elle disait que nos ancêtres n'avaient pas d'ennemis et qu'ils passaient plus de temps à travailler avec les cristaux qu'à gagner leur vie comme nous sommes obligés de le faire de nos jours.

– Les cristaux ? répéta Shesut. Qu'est-ce que c'est ?

Senmet suspendit son geste et se tourna vers son épouse. Ses grands yeux noirs débordaient de la même curiosité qu'il trouvait jadis dans ceux de sa petite sœur.

– Je n'en ai jamais vu moi-même, avoua-t-il, mais ma mère disait que c'étaient des pierres transparentes. Elle racontait aussi qu'ils nous reliaient aux dieux.

– En faisaient-ils des statues ?

– Je n'en sais rien.

Le prêtre Haat entra dans l'atelier, son long pagne balayant le sol crayeux. C'était un homme plus grand que la moyenne, aux bras musclés. Il avait la peau tannée, même sur son crâne chauve, mais ses yeux, au lieu d'être noirs, avaient la couleur du ciel. « C'est sans doute pour cette raison qu'il peut voir à travers les gens et les mystères », se disait Senmet.

Haat contempla les oiseaux de pierre pendant un moment.

– Ils sont exactement comme je les ai vus, déclara-t-il, satisfait.

– Le roi vous a laissé voir ses croquis ? s'étonna Senmet.

– Non, mon enfant. Je les ai surpris dans une vision, ainsi que le cercueil, les boucliers, les vases et les statues du nouveau temple.

– Les boucliers ? répéta l'artiste, surpris.

– Et plus encore. Ton destin est de créer des œuvres qui dureront éternellement, Senmet. C'est le ciel qui a ordonné ta présence ici. C'est grâce à toi que le Nord et le Sud seront un jour réunis. Les dieux ont placé leur magie dans tes mains pour qu'elles créent des œuvres que tous aimeraient à la folie. Tu représentes le lien entre tous les hommes qui peuplent les rives du Nil.

Senmet entendait ses paroles, mais il ne les comprenait pas. Il s'apercevait bien que ses statues suscitaient l'admiration de tous ceux qui les contemplaient, mais il ne voyait pas pourquoi les dieux avaient choisi un homme aussi modeste que lui pour exécuter leur volonté.

– Il y a fort longtemps, poursuivit Haat, le continent de nos ancêtres s'est abîmé dans l'océan. Beaucoup ont fui avant le cataclysme. Les survivants ont pris des directions différentes. Le plus grand rêve de notre roi bien-aimé est de rassembler leurs descendants et de faire revivre leur brillante civilisation.

Bien après le départ de Haat, ses paroles résonnèrent longtemps dans les oreilles de Senmet, qui comprit que le roi Jézed l'avait recruté pour le bien de tous, non pour sa gloire personnelle. Il s'acharna davantage à son travail et, avant longtemps, le cercueil de pierre s'orna des scènes les plus marquantes de la vie du grand homme. Lorsqu'il fut terminé, Senmet le nettoya et le polit lui-même avec soin. C'est assis sur le couvercle, en train de le frotter avec une pierre douce, que Jézed et son épouse trouvèrent l'artiste.

– Tu y as inscrit ton nom, j'espère ? le taquina Jézed.

– Il a été difficile de le convaincre, monseigneur, avoua Shesut, mais il a finalement accepté d'y graver son cartouche.

– J'ai surtout veillé à ce que le scorpion, votre emblème, y apparaisse partout, balbutia Senmet.

– Je te donnerai ce que tu voudras en remerciement de tes services, offrit le roi, rayonnant.

– J'ai déjà tout ce que mon cœur désire, monseigneur, mais j'ai entendu dire que vos soldats avaient rapporté des pierres étranges des pays du Nord et de l'Ouest. Pourrais-je les examiner ?

– Elles sont à toi !

Senmet baissa la tête sous le regard amusé du monarque. Malgré toutes les années passées sous son toit, l'artiste se montrait aussi humble qu'à leur première rencontre.

– J'imagine que tu voudras rentrer chez toi maintenant que tu as terminé ton travail, s'attrista la reine.

– Je crains qu'il ne soit jamais achevé, Majesté, avoua l'artiste. Le roi projette la construction d'un immense temple et…

Ils entendirent une grande clameur, comme si une armée se précipitait sur le village. Le roi prit les devants et grimpa l'échelle qui menait jusqu'au toit. Son grand prêtre s'y trouvait déjà et observait calmement la foule qui se rassemblait devant le palais.

– Que se passe-t-il, Haat ? s'alarma le roi.

– Le peuple souhaite prêter allégeance à son nouveau roi. Voyez vous-même.

Jézed, Senmet et leurs épouses s'approchèrent du parapet et aperçurent les centaines de paysans venus de partout pour réclamer la protection du roi du Sud. Un large sourire éclaira aussitôt le visage de Jézed. Il leva le bras et signala son plaisir à cette foule en délire.

– J'unifierai le Nord et le Sud, mais ce sera mon fils Narmer qui sera le premier véritable roi de cet empire, annonça Jézed.

Senmet observait cette incroyable scène avec étonnement. C'est alors qu'il sentit qu'on plaçait un objet froid dans la paume de sa main. Il baissa les yeux et aperçut une curieuse pierre transparente au creux de sa paume.

– On m'a dit que vous cherchiez du cristal, murmura Haat pour ne pas interrompre le ravissement du roi.

Senmet écarquilla les yeux en comprenant qu'il tenait entre ses doigts un morceau de la pierre que vénéraient ses ancêtres.

11 Leçons de l'Égypte

Logan ouvrit les yeux et battit des paupières. Il jeta un coup d'œil à sa main, mais la pierre transparente ne s'y trouvait plus. Il releva la tête et vit la silhouette fantomatique de David qui flottait non loin de lui.

– Comment suis-je mort, en Égypte ?

– *Tu as quitté cette vie paisiblement dans ton sommeil.*

– Est-ce que j'ai continué de sculpter pour le roi ?

– *Tu as créé plusieurs belles œuvres d'art. La majorité a été placée dans sa tombe à sa mort.*

– Les a-t-on retrouvées ?

– *Pas encore. La petite pyramide a été ensevelie par plusieurs tempêtes de sable. Mais des archéologues amateurs la découvriront un jour.*

– Est-ce que je reverrai mes créations ?

– *Oui, tu les reverras.*

– C'est fantastique ! Je vais pouvoir poser les yeux sur des objets que j'ai façonnés moi-même il y a des milliers d'années !

– *Ce ne sera pas la dernière fois que cela se produira, Logan. Beaucoup d'événements dans cette vie te convaincront de l'immortalité de ton âme. Je dois te quitter, maintenant.*

– Non, attends ! Dis-moi ce que je devais apprendre dans cette incarnation !

– Dans le corps de Kamrhon, ton âme n'a pas su utiliser le pouvoir qu'elle détenait. Alors, en tant que Senmet, elle a eu l'occasion d'observer le comportement d'un roi qui l'assumait pleinement.

– Au lieu de s'enfouir la tête dans le sable devant la possibilité d'une invasion, Jézed a réussi à réunir tous les villages pour devenir plus fort. Si Kamrhon avait fait la même chose, il aurait pu résister à l'empereur.

– Il s'agissait de ta première vie en tant que roi, Logan. Tu as fait ce que tu as pu, avec le peu d'expérience que tu avais.

– David, pourquoi ai-je l'impression de déjà connaître Jézed ?

– Parce que vous êtes toujours des amis dans cette vie.

– C'est John, n'est-ce pas ? Le roi Jézed est mon ami John Oliver ! Est-ce que je peux lui parler de cette vie antérieure ?

– Mon rôle auprès de toi est de réveiller ton âme. Tous tes choix t'appartiennent.

La silhouette de David s'estompa.

Logan comprit que ces retours en arrière n'étaient pas si terribles que cela. Il avait même hâte d'en apprendre davantage sur ses autres vies. C'était bien plus intéressant que les films et les feuilletons à la télévision, surtout qu'il jouait lui-même le rôle du héros de ces aventures. Il éprouva l'envie de partager son enthousiasme et s'empara du téléphone. Il composa mécaniquement le numéro de Rain. Sans lui demander si elle était occupée ou si elle avait le temps de l'écouter, il lui raconta sa vie d'artiste dans les grandes lignes.

– Nous pourrions réécrire l'histoire grâce à ces contacts avec les êtres de lumière ! s'exclama-t-il joyeusement.

– J'y ai pensé avant toi, mon beau Logan, et j'ai déjà commencé à le faire.

Elle lui raconta que son futur essai commençait avec l'arrivée des Hyperboréens sur la planète et leur enseignement de la Loi de l'Un aux Atlantes et aux Lémuriens.

Logan lui fit tout de suite connaître son désir de lire son ouvrage. Rain lui promit de lui dédicacer le premier exemplaire, dès sa publication.

– As-tu déjà essayé la sculpture dans cette vie-ci ? voulut savoir la médium.

– Non, jamais. Je ne soupçonnais même pas que j'aie pu un jour avoir ce talent.

– Tu serais peut-être surpris du résultat, si tu essayais. L'âme n'oublie aucune de ses expériences. C'est pour cette raison que certains enfants sont capables de composer des symphonies à l'âge de trois ans.

– Je suis en train de découvrir un monde fascinant, Rain.

– Oui, je sais, mon jeune dragon.

Cette image le fit sourire, car il avait en effet l'impression de s'empêtrer dans ses grandes ailes.

– J'ai aussi découvert que John avait été le roi Jézed. Tu ne trouves pas ça étrange que nous nous soyons retrouvés dans cette vie-ci ?

– Les âmes qui se sont connues dans le passé ont tendance à vouloir revenir ensemble dans leurs incarnations subséquentes.

– Arrivent-elles toujours à se retrouver ?

– Non, pas toujours, et cela crée parfois un grand vide dans le cœur de ces hommes et de ces femmes. Par contre, lorsque deux âmes qui se connaissent depuis des milliers d'années se retrouvent, elles deviennent inséparables.

– C'est exactement ce qui nous est arrivé à John et moi dans cette vie-ci.

Il se faisait tard. Logan invita Rain à dîner le lendemain afin de continuer de parler de vies antérieures, puis il raccrocha et constata qu'il n'avait pas du tout sommeil. Il s'empara donc de la télécommande pour regarder les informations.

Le lendemain, il travailla sans beaucoup de conviction. À plusieurs reprises, il s'arrêta pour regarder les petits outils qu'il tenait à la main en se demandant s'il arriverait encore à sculpter la pierre avec la même habileté que Senmet. Les autres employés l'observaient de loin, sans rien dire, mais ils commençaient vraiment à s'inquiéter de sa santé mentale. Seul Sadahei savait qu'il abandonnerait bientôt son travail de technicien pour se consacrer entièrement à son cheminement intérieur.

Logan quitta l'atelier à dix-sept heures, même s'il y avait encore beaucoup de travail à abattre. Il prit une douche, s'habilla convenablement et se rendit chez Rain. Elle lui proposa alors de manger dans un restaurant végétarien. Lorsqu'elle aperçut sa mine déconfite devant le « menu santé », elle s'empressa de choisir son repas pour lui, en lui disant qu'il était bon pour un jeune dragon de brouter un peu de gazon.

Ils bavardèrent longuement de l'exil des Atlantes en Égypte, en Amérique du Sud, dans les Pays basques et dans certaines îles autour du monde. Logan était de plus en plus fasciné par tout ce qu'il apprenait sur le passé. Il reconduisit finalement Rain chez elle vers vingt-trois heures. En la regardant entrer dans son immeuble, il pensa qu'il n'avait jamais été aussi à l'aise avec une femme de toute sa vie.

12
Gardien de la paix

En rentrant de l'atelier, Logan acheta des frites et un hot dog au restaurant du coin et les mangea devant son téléviseur. Il regarda les informations, puis entendit le tintement des cylindres de métal du mobile éolien suspendu dans le coin du salon. Il éteignit l'appareil, alluma les bougies sur la table basse et fit de lentes respirations. La silhouette transparente de David finit par lui apparaître.

– Bonsoir, David.

– *Bonsoir, Logan.*

– As-tu un message pour moi, ce soir ?

– *Tu nourris très mal ton corps.*

– Ouais, je sais, mais je te promets de commencer à manger plus de gazon dorénavant.

– *Une bonne alimentation est nécessaire au maintien de notre contact, Logan.*

– Alors, je redoublerai d'efforts, promis. Parlons plutôt de mes vies antérieures. Je meurs d'envie d'en connaître d'autres.

– *Nous ne devons pas le faire trop rapidement, sinon tu ne valideras pas ces expériences. Nous ne pouvons prendre qu'une seule de tes vies à la fois.*

– Ça me convient. Où m'emmènes-tu, cette fois ?

– *En Mésopotamie, il y a plus de deux mille de vos années, lorsque tu étais un très jeune gardien de la paix.*

– Ça me ressemble davantage que sculpteur, mais n'est-ce pas un concept moderne ?

– *Depuis le début des temps, il y a toujours eu des gens qui ont refusé de vivre dans la violence, mais très peu ont eu du succès.*

– Et moi, est-ce que j'en ai eu ?

– *Ferme les yeux et découvre-le par toi-même.*

Le mobile s'agita doucement et Logan ferma les yeux. Il se retrouva dans le corps d'un adolescent, assis sur le plancher de terre battue d'une maison en briques d'argile. Ce corps était jeune, mais étrangement calme. Il se trouvait aux côtés d'une femme beaucoup plus âgée que lui et d'un autre adolescent. La chaleur était tellement accablante au milieu de l'après-midi que personne dans la province d'Akkadia ne faisait quoi que ce soit avant que le soleil commence à descendre à l'horizon et que le vent du fleuve apporte un peu de fraîcheur. Petit à petit, Logan se fondit dans les schémas de pensée du jeune Hashad-Nassan.

Il était le plus jeune d'une famille de cinq garçons. Leur père avait péri plusieurs années auparavant en combattant pour le roi Naram-Sin. Son frère aîné, Hashad-Zaïs, en plus de devenir le bras droit du souverain, avait hérité de la charge familiale de leur père. Obligé de s'occuper de sa mère et de ses quatre petits frères, il n'avait pas pris d'épouse. Il s'était par contre empressé de trouver de bons partis pour ses deux frères en âge de se marier. Quant aux deux plus jeunes, Lash-Assub et Hashad-Nassan, ils sortaient à peine de l'enfance et devaient d'abord apprendre à se servir d'une arme avant de pouvoir fonder leur propre foyer.

Hashad-Nassan était sur le point de fermer l'œil lorsque le grand général entra dans la maison.

Malgré la chaleur, Hashad-Zaïs portait sa cuirasse par-dessus sa tunique couleur de sable. Il prit place à la table de bois et exigea que sa mère lui serve à boire. La vieille femme se leva avec difficulté pour lui servir un gobelet de vin. Zaïs le vida d'un seul trait.

– Je reviens du palais, déclara-t-il avec enthousiasme. Les éclaireurs ont aperçu des barbares s'apprêtant à franchir les montagnes avec leurs troupeaux. Lash et Nassan sont encore trop jeunes pour combattre aux côtés du roi, mais je prendrai Napanicossor et Bantahessen avec moi. Il y a de grands guerriers dans cette famille.

– N'en sois pas aussi certain, Zaïs, répliqua Nassan. Jamais je ne glorifierai la guerre ou les soldats.

– Quels sont ces mots qui sortent de ta bouche, fils de Hashad-Rahim ? se fâcha l'aîné.

– Tu m'as bien entendu. Je ne me battrai pas, même si je suis le fils d'un grand guerrier, parce que les guerres me paraissent inutiles et cruelles.

– Elles servent à protéger nos familles, jeune fou !

– Elles ne constituent qu'un prétexte pour attaquer et voler des gens qui ne nous ont rien fait.

Zaïs abattit durement son poing sur la table de bois en faisant sursauter sa mère. Les yeux clairs du général étincelaient de colère.

– Je suis le chef de cette famille ! hurla-t-il. Tu feras ce que je te dirai de faire !

– Le fait d'être né le premier ne fait pas de toi un homme sage, le défia son petit frère en se levant.

Toujours assis près de lui, Lash-Assub s'était mis à trembler.

– Retire tout de suite ces paroles ! ordonna Zaïs.

– Non.

– Ne fais pas l'imbécile, Nassan, l'implora Lash-Assub.

– C'est ce que me dicte mon cœur et je ne les retirerai pas.

Zaïs poussa un hurlement de rage, s'empara du poignard attaché à sa ceinture et le lança en direction de ses frères.

La lame acérée s'enfonça dans la paume de Nassan, l'épinglant au mur de briques séchées. L'adolescent poussa un terrible cri de douleur. Zaïs bondit aussitôt vers son petit frère, qui n'arrivait pas à libérer sa main ensanglantée.

– Retire tes paroles ! exigea-t-il.

– Jamais, pleura Nassan en relevant fièrement la tête malgré la douleur qui se propageait maintenant dans tout son bras. J'ai raison et tu as tort.

– Combien de souffrances endureras-tu avant que je te fasse changer d'idée, Nassan ?

– Je ne vivrai pas dans un monde dominé par la haine.

– Tu es donc prêt à mourir pour tes stupides croyances ?

– Zaïs, je t'en prie, pleura la mère. Ce n'est qu'un enfant.

– Il est, comme moi, le fils d'un homme valeureux !

– Tous les hommes sont égaux, poursuivit obstinément Nassan. Ils n'ont pas le droit de s'entretuer.

– Jamais nous ne laisserons les barbares s'emparer de nos terres ! Jamais !

– Qui sont les véritables barbares, Zaïs ? Nous n'avons pas le droit de tuer d'autres hommes parce qu'ils s'habillent différemment ou parce que leurs dieux portent d'autres noms.

– Dans ce cas, je vais te prouver que tu as tort. Tu m'accompagneras lors de la prochaine campagne.

Zaïs retira sèchement son poignard de la main de son frère et quitta la maison d'un pas furieux.

Ayant perdu beaucoup de sang, Nassan sentit ses jambes se dérober sous lui. Il glissa le long du mur pour finalement tomber assis sur le sol. Sa mère enveloppa sa main avec un morceau d'étoffe qu'elle avait arraché à sa robe, puis demanda à Lash de rester avec lui pendant qu'elle allait chercher de l'eau fraîche au puits. Le visage de Nassan était livide. Il avait du mal à garder les yeux ouverts, mais il tenait bon.

– Pourquoi le provoques-tu toujours ainsi ? déplora Lash. Tu sais bien qu'il perd facilement son sang-froid.

– Je ne peux pas le laisser me dicter ma conduite, hoqueta Nassan, à bout de forces. Je ne crois pas aux guerres. Elles ne font qu'envenimer les choses entre les hommes et elles vont devoir cesser si nous voulons que notre race survive.

– Mais où prends-tu toutes ces folles idées ?

– Les voix que j'entends me le répètent sans cesse.

La mère revint avec une cruche d'eau. Elle nettoya la main blessée de son benjamin, puis la pansa solidement et força Nassan à se coucher en caressant ses cheveux noirs. En s'endormant, il lui promit de ne plus jamais provoquer la colère de Zaïs, du moins à la maison. Sa mère resta auprès de lui jusqu'à l'heure du repas, puis demanda à Lash de veiller sur lui pendant qu'elle préparait le pain, les légumes et les fruits.

Elle ne réveilla Nassan que lorsque le repas fut prêt, mais il n'avala qu'une bouchée.

Lorsque Zaïs revint pour manger, le pauvre enfant s'était rendormi. L'obscurité envahit peu à peu Akkadia. Ils s'enroulèrent tous dans des couvertures, chacun dans son coin préféré de la maison. Au milieu de la nuit, Nassan se réveilla en sursaut. Il releva doucement la tête et vit que tout le monde dormait. Il se traîna jusqu'à la fenêtre et contempla le ciel.

– *Les étoiles sont toutes des soleils comme celui qui réchauffe Akkadia,* fit la voix dans son esprit. *Elles éclairent d'autres mondes qui ressemblent au tien.*

– Pourquoi les prêtres disent-ils que les étoiles sont des dieux ? chuchota l'enfant.

– *C'est parce qu'ils ignorent la vérité.*

– Y a-t-il des guerres dans ces autres mondes ?

– *Il y en a déjà eu, mais ils ont depuis longtemps retrouvé la paix. Un jour, ton monde la connaîtra aussi. Obéis toujours à ton cœur. Ne te laisse jamais aveugler par la haine.*

– Jamais, jura Nassan.

Le lendemain matin, sa mère constata avec inquiétude que le jeune blessé était fiévreux. Elle avait déjà vu de grands guerriers mourir d'une blessure semblable. Elle força donc Nassan à boire de l'eau, mais il refusa de manger.

– Je t'ai entendu parler dans ton sommeil, lui dit-elle en replaçant ses mèches trempées autour de son visage.

– Je répondais aux voix qui me disent de ne pas me laisser aveugler par la haine.

– Je ne comprends pas pourquoi le fils d'un aussi grand guerrier parle toujours de paix.

– Mais Lash est aussi pacifique que moi, mère, et il est aussi le fils du grand Hashad-Rahim. Le goût de la guerre ne se transmet pas dans le sang.

– Tu devrais arrêter de parler ainsi. Si Lash croit aux mêmes choses que toi, au moins lui il se tait et il ne se fait pas brutaliser.

– La paix ne s'installera pas d'elle-même sur notre pays. Il faut que les gens commencent à convaincre leurs voisins qu'elle est leur seule chance de survie.

– Mais pourquoi faut-il que ce soit toi ?

– Les dieux m'ont choisi.

Lash entra dans la maison avec les cruches d'eau fraîche. Pendant qu'il s'occupait de faire boire Nassan, leur mère prépara les galettes.

Lorsque le jeune blessé s'endormit à nouveau, Lash sortit de la maison pour s'assurer que Zaïs ne rôdait pas aux alentours. Il alla ensuite chez ses frères mariés pour leur raconter le drame de la veille et pour leur demander d'intervenir, mais connaissant le tempérament enflammé de leur aîné, ils refusèrent.

Les jours passèrent. La plaie de Nassan ne se refermait pas et elle continuait de le faire souffrir. Il ne pouvait accomplir aucune de ses tâches quotidiennes et son frère Lash se voyait dans l'obligation de les cumuler aux siennes. Puis, le blessé ne fut plus capable de rester dans la maison. Malgré la sensibilité de sa paume, il manifesta le désir d'aller se promener le long de la rivière. Sa mère s'affola aussitôt.

– Tu n'es pas guéri ! protesta-t-elle.

– Je ne me sers pas de mes mains pour marcher, mère, plaisanta Nassan.

Elle dut le laisser partir malgré son inquiétude. Il était sans doute préférable qu'il se trouve sur le bord de l'eau plutôt que sur la route de Zaïs.

La main appuyée contre sa poitrine pour la protéger, Nassan suivit le sentier qui menait au grand fleuve. Il aurait pu s'y rendre les yeux fermés. L'eau avait toujours attiré le jeune pacifiste. Il aimait se promener sur ses flots, dans le petit bateau de son ami Mibubema-Assin. Mais ce jour-là, il avait un autre plan en tête. Il connaissait évidemment l'opinion de sa famille au sujet de l'invasion des barbares, mais qu'en pensaient les autres habitants de la ville de Sumer ?

Il porta d'abord ses pas sur la grève, où les pêcheurs préparaient leurs filets, afin de les questionner. Il apprit alors qu'ils ne détestaient pas vraiment les hommes qui descendaient périodiquement de la montagne, mais qu'ils ne désiraient pas mettre la vie de leur famille en danger.

Nassan se rendit ensuite sur la place du marché et posa la même question aux marchands. La plupart s'apprêtaient à former un groupe de réserve, qui défendrait la ville si les soldats n'arrivaient pas à freiner l'avance des barbares.

Nassan vit alors les soldats à l'entrée du palais qui aiguisaient leurs épées et leurs poignards. Cette scène lui brisa le cœur. Il n'était qu'un enfant, mais il ne pouvait pas laisser les pauvres gens des montagnes se faire massacrer sans raison. Il devait au moins les prévenir de ce qui les attendait s'ils descendaient dans la vallée. C'était la seule façon d'éviter la guerre.

Il retourna à la rivière et demanda à son ami de lui prêter son bateau, promettant de le lui rendre avant la tombée de la nuit. En réalité, Nassan ne savait même pas s'il pourrait revenir à Sumer. Son cœur lui disait que ces envahisseurs n'étaient pas des barbares, mais si jamais Zaïs avait raison, il serait sans doute tué en arrivant parmi eux.

Il prit place dans la petite embarcation et hissa la voile en utilisant sa main valide. Le vent la gonfla aussitôt et le poussa en direction de la vallée qui s'étendait au pied des montagnes. Pendant qu'il naviguait sur les eaux du grand fleuve, il recommença à entendre les voix dans sa tête.

– *Ton intervention de la matinée n'est pas passée inaperçue dans la cité. Les pêcheurs en ont parlé aux marchands, qui en ont parlé aux soldats. Tous se demandent pourquoi un fils de la maison de Hashad-Rahim prend ainsi le parti de l'ennemi.*

– Ces hommes ne nous ont rien fait.

– *La nouvelle est finalement parvenue aux oreilles du roi lui-même. Surpris d'apprendre que le jeune frère de son grand général s'élève contre lui, le roi a convoqué son général. Convaincu qu'il allait enfin recevoir l'ordre d'attaquer, Zaïs s'est empressé de se rendre au palais. Dans la salle d'audience, après avoir posé un genou en terre devant Naram-Sin, il a essuyé ses remontrances. Jamais le roi n'avait ainsi adopté un ton rempli de reproche avec lui.*

– Et Zaïs déteste qu'on le blâme pour quoi que ce soit…

– *Le roi lui a demandé où était son jeune frère Nassan. Zaïs te croyait à la maison avec votre mère. Naram-Sin lui a alors appris que tu parcourais la ville en remettant en question sa décision de repousser les barbares dans les montagnes. Il lui a ordonné de te retrouver et de te ramener sur la place publique avant le coucher du soleil afin que tu fasses des excuses devant toute la population.*

– Il ne pourra pas me rattraper.

– Il a dit à Zaïs que si tu refusais d'exprimer publiquement tes regrets, tu mourrais de la main même de ton frère devant tous les sujets du roi, car personne ne doit défier sa volonté divine.

– Surtout le frère de son général…

– Zaïs a reculé jusqu'à la porte en sentant la colère monter en lui. En rentrant à la maison, il n'a trouvé que ta mère et ton frère Lash qui sommeillaient dans la chaleur du jour. Ses hurlements de colère les ont réveillés et il a exigé de savoir où tu étais. Puisqu'ils n'en savaient rien, il a saisi Lash à la gorge et l'a soulevé de terre pour le faire parler.

– Je n'aurais pas dû partir, regretta Nassan, qui ne voulait pas que du mal soit fait à son frère.

– Ta mère a tenté de lui faire lâcher prise, mais Zaïs ne maîtrisait plus ses gestes. Sa main d'acier empêchait ton frère de respirer.

– Est-il mort ? s'affola le jeune pacifiste.

– Heureusement, tandis que Lash se débattait en vain, ton frère Napanicossor a choisi ce moment précis pour rendre visite à votre mère. En voyant ce qui se passait, il a saisi Zaïs par-derrière et l'a obligé à libérer Lash.

– Les dieux soient loués. Que s'est-il passé ensuite ?

– Lash est tombé sur les genoux en cherchant désespérément à remplir ses poumons d'air tandis que Zaïs a fait volte-face en levant le bras pour frapper son assaillant. Heureusement, il a reconnu Napanicossor, qui a réussi à le calmer. Il lui a fait comprendre qu'il n'arriverait jamais à te persuader de le suivre s'il te terrorisait.

– Pourtant, rien ne me fera changer d'idée. Je dois sauver les barbares.

Les voix se turent.

13
Les barbares

Au moment où Nassan posait le pied sur la rive, devant la grande plaine fertile qui s'étendait devant les montagnes, les voix recommencèrent à se manifester.

– *Après avoir parcouru tout Sumer, tes frères ont finalement découvert que tu as emprunté une embarcation pour remonter vers le nord. Zaïs croit que les barbares t'exécuteront à la place du roi et qu'il sera enfin débarrassé de toi.*

– Est-ce vrai ?

– *Non.*

Jamais Nassan ne s'était aventuré aussi loin de chez lui. Il fit quelques pas en se demandant comment aborder les étrangers.

– *Parle-leur avec ton cœur.*

– Et s'ils ne veulent pas m'entendre ?

– *Ne crains rien, nous sommes avec toi.*

Nassan prit une profonde inspiration. Il se mit à avancer vers la montagne d'un pas résolu. Il marcha jusqu'à la tombée de la nuit, puis il s'abrita dans un bosquet pour dormir un peu avant de reprendre sa route. Il avait soif et il avait faim. Le temps s'était refroidi, mais il ne pouvait plus faire demi-tour. En se frottant les bras, il se mit en boule et se laissa gagner par le sommeil. À l'aube, trois éclaireurs araméens le découvrirent. Ils s'étonnèrent de constater qu'il n'était qu'un enfant et, surtout, qu'il n'était pas armé. Les Sumériens étaient vraiment des gens étranges. L'un des éclaireurs secoua doucement le garçon. Nassan ouvrit les yeux et chercha à s'enfoncer dans le bosquet.

– Je ne te veux aucun mal, assura l'homme.

– Que fais-tu seul sur la plaine ? demanda son compagnon.

– Je cherche les barbares qui tentent de descendre des montagnes, répondit Nassan d'une voix tremblante.

– Les barbares ? s'étonna un troisième homme. Est-ce ainsi que nous voient les Sumériens ?

L'enfant hocha doucement la tête.

– Pourriez-vous me conduire à votre chef ? Je dois lui parler de toute urgence.

Les trois Araméens étaient surpris que Naram-Sin utilise un si jeune garçon pour mener des négociations, mais ils le ramenèrent tout de même à leur campement. Nassan marcha entre les innombrables tentes en observant les femmes et les enfants qui mangeaient en petits groupes autour des feux. Personne ne lui porta la moindre attention. Les éclaireurs le conduisirent à un vieil homme assis devant les flammes avec sa famille. Il portait une ample tunique striée de lignes colorées et il avait jeté une cape sur ses épaules.

– Léodéon, nous avons trouvé cet enfant sur la plaine.

Le vieil homme examina Nassan de la tête aux pieds. Son regard s'arrêta sur la main bandée que le gamin serrait contre sa poitrine. Il l'invita à s'asseoir près de lui d'un geste amical. Nassan prit lentement place sur le sol en se demandant pourquoi personne ne l'avait encore agressé.

– Qu'est-il arrivé à ta main ? s'enquit Léodéon d'une voix profonde et rassurante.

– C'est une longue histoire, soupira le jeune étranger.

Les yeux noirs du vieux chef semblèrent lire son âme. Jamais Nassan n'avait vu autant de bonté dans le regard d'un homme. Étaient-ce là les barbares que voulait chasser son frère ?

– Qui es-tu ? Pourquoi étais-tu seul là-bas ?

– Je suis Hashad-Nassan de Sumer. Je suis venu vous implorer de ne pas descendre des montagnes, car les soldats de mon peuple vous massacreront.

– Nous avons malheureusement besoin de nouveaux pâturages pour nos animaux.

– Le roi ne vous permettra pas de vous installer sur la plaine et du sang coulera inutilement.

– Ce conflit dure depuis bien avant ta naissance, Hashad-Nassan. Parfois le roi nous permet de rester, parfois il nous chasse. Mais nous devons courir ce risque pour survivre. Est-ce que tu comprends ?

– Non. Pourquoi risquer vos vies pour quelques brins d'herbe ? Pourquoi ne pas conduire vos animaux ailleurs ? Les soldats de Naram-Sin sont assoiffés de sang.

Nassan défit lentement le bandage de sa main et lui montra l'entaille encore sanglante en lui racontant que c'était son propre frère, le grand général du roi, qui l'avait blessé.

– Imaginez ce qu'il fera à un étranger, les avertit l'enfant.

– Pourquoi t'a-t-il infligé un pareil châtiment ? s'étonna le vieil homme.

– Je lui ai dit que les guerres étaient cruelles et inutiles et il a essayé de me faire changer d'avis.

Nassan tenta de refaire lui-même son bandage. Une jeune fille aux longs cheveux noirs arrêta aussitôt son geste.

– Je suis Myriam, la fille de Léodéon. Suis-moi.

Elle emmena le Sumérien dans une tente afin de soigner sa main à sa façon. Nassan la laissa appliquer des onguents odorants sur sa plaie et la bander avec de l'étoffe propre. Il ne comprenait pas comment la tribu du vieil homme pouvait se montrer si aimable avec lui alors qu'elle était sur le point de se faire massacrer par son peuple.

– C'est une blessure grave, l'informa Myriam. Si elle ne guérit pas, il faudra peut-être couper ta main pour te garder en vie.

Nassan hocha bravement la tête, mais au fond l'idée de perdre un membre le terrifiait. Il aurait voulu être seul pour parler aux voix divines et leur demander la force de terminer sa mission de paix, car elles ne se manifestaient pas lorsqu'il était en compagnie d'autres personnes.

Lorsque Myriam le libéra enfin, il retourna auprès de Léodéon pour l'implorer de retourner sur ses propres terres. Le vieil homme ne voulut rien entendre.

– Mon peuple vit ainsi depuis que Dieu l'a créé, mon enfant. Tu ne peux rien y changer. Je vais demander à deux de mes meilleurs hommes de te reconduire jusqu'aux abords de la ville.

– Non, protesta Nassan. Si vous refusez de m'écouter, alors je veux marcher avec vous sur la plaine et tenter de convaincre mon frère de vous laisser tranquilles.

Léodéon observa l'expression déterminée de l'enfant.

« Est-il un des messagers que Dieu a promis de mettre sur ma route pour me guider ? »

Malgré le danger auquel son peuple faisait face, il lui était tout simplement impossible de retourner dans des pâturages qui ne pouvaient plus nourrir les animaux. S'il obéissait à cet enfant, les siens mourraient de faim.

Ils risquaient certes d'être malmenés par les soldats sumériens et plusieurs perdraient la vie, mais ils obtiendraient probablement le droit de rester sur les plaines pendant l'été en payant un lourd tribut à Naram-Sin.

Il demanda à deux hommes de son clan d'aller au-devant des soldats et de leur faire part de son offre de contribution pendant que le reste de la tribu se préparait à descendre de la montagne.

Nassan baissa la tête. S'il n'avait pas réussi à persuader le chef des Araméens d'éviter le pire, comment arriverait-il à convaincre Naram-Sin de laisser ces gens vivre sur ses terres pendant la belle saison ?

– *Sur son char, le roi de Sumer mène son armée, mais ce ne sont pas les barbares qu'il veut étriper. C'est le jeune Sumérien qui l'a humilié devant toute la ville et qui se trouve maintenant parmi les Araméens.*

– Moi...

– *Le général chevauche en silence à ses côtés, tandis que le reste de l'armée les suit à pied. Ils sont sur le point de rencontrer les deux cavaliers de Léodéon.*

– Que leur feront-ils ?

– *Les Araméens viennent de lui annoncer que leurs intentions sont pacifiques,* racontèrent les voix au bout d'un moment. *Ils assurent qu'ils ne veulent faire paître leurs bêtes dans la vallée que pendant la saison sèche.*

Naram-Sin est furieux. Même si les cavaliers promettent de payer un important tribut pour l'utilisation de ces terres, le roi leur ordonne de retourner dire à leur chef que les Araméens ne sont pas les bienvenus chez lui. Il ajoute que s'ils descendent de la montagne, ils seront anéantis. Leur sang est le seul tribut qu'il acceptera.

Découragé, Nassan attendit le retour des éclaireurs auprès de Léodéon. Le vieil homme les écouta sans afficher la moindre émotion. Il pria ensuite son dieu de les protéger et demanda à ses gens de se mettre en route.

– N'y allez pas, l'implora Nassan.

– Tu peux rester ici, si tu veux, répondit le chef des barbares avec un sourire triste.

Croyant qu'il pouvait encore intervenir pour empêcher le massacre, le jeune pacifiste suivit les bergers. Les deux peuples se rencontrèrent au pied de la montagne, à la fin de la journée.

– Exterminez-les jusqu'au dernier ! ordonna Naram-Sin.

Assis sur le dos d'un mulet, sa main repliée contre sa poitrine, Nassan vit Zaïs lever le bras et l'entendit crier à ses soldats de foncer sur l'ennemi. Les Sumériens chargèrent la ligne de jeunes Araméens qui tentaient de protéger leurs familles.

– Non ! cria Nassan en frappant les flancs de la bête pour qu'elle avance plus rapidement.

Zaïs galopa devant ses soldats en cherchant son jeune frère des yeux. C'est alors qu'un mur de lumière immaculée s'abattit entre lui et les bergers, tel un épais rideau. Des chants retentirent sur la plaine et des milliers de créatures translucides descendirent du ciel sous le regard émerveillé de Nassan. Le cheval du général se cabra de frayeur.

– *Ce sont mes enfants et personne n'a le droit de lever la main sur eux sans s'attirer mon courroux !* tonna une voix.

Zaïs se tourna vers ses hommes et, en état de panique, leur ordonna de se replier.

– Il vous entend ! se réjouit Nassan.

Mais le roi des Sumériens, qui ne voyait rien du spectacle divin, ne comprit pas pourquoi ses soldats revenaient vers lui.

– Je vous ai donné un ordre ! hurla-t-il. Tuez-les tous !

– Nous ne pouvons pas gagner cette bataille ! l'avertit Zaïs, le visage transfiguré par la crainte. Ils sont protégés par Adad lui-même !

– La folie court-elle dans votre famille, général ? Reprenez immédiatement la tête de vos troupes ou vous perdrez la vie !

– Non ! Nassan avait raison !

Impuissant, Nassan vit le roi tirer son glaive et transpercer la cuirasse de son commandant.

Le visage de Zaïs passa de la terreur à la douleur. Naram-Sin retira vivement sa lame de la poitrine du soldat, qui s'effondra à ses pieds, puis leva le bras et guida ses hommes au combat.

Nassan sauta en bas de son mulet et courut en sens inverse des soldats, évitant les glaives des Sumériens et les bâtons des Araméens, pour finalement se jeter à genoux près de Zaïs.

Le général battit des paupières et le fixa pendant quelques secondes. Il n'y avait plus aucune animosité dans ses yeux.

– Pourquoi a-t-il fait ça ? pleura Nassan.

– Il ne comprend pas la volonté d'Adad, murmura le soldat en s'étouffant dans son sang.

– Je vais aller chercher de l'aide.

– Il est trop tard pour moi… ne laisse pas le roi te capturer.

– Je n'ai peur ni de lui ni de personne.

– Je sais… mais mère a besoin de toi… Empêche le roi de se venger sur elle…

Zaïs se mit à tousser violemment et du sang coula sur ses lèvres. Nassan ne savait plus quoi faire. Jamais de toute sa vie il n'avait assisté à autant de violence et de souffrance.

– J'aurais dû t'obliger à devenir fermier, hoqueta son frère aîné. Tu m'aurais causé beaucoup moins de soucis…

– Je n'aurais jamais pu devenir fermier, ni soldat d'ailleurs.

– Mais tu aurais été un bon roi, Nassan.

Le général ferma les yeux et rendit l'âme. Un soldat sumérien surgit alors de nulle part et crut que l'enfant venait de terrasser son chef. En poussant un cri de rage, il enfonça sa lance dans la poitrine de Nassan, qui tomba à la renverse.

14 Leçons de la Mésopotamie

Logan réintégra son corps en sursaut. Il porta aussitôt les mains à sa poitrine en ouvrant des yeux terrifiés, car il ressentait toujours la douleur que lui avait infligée la lance du soldat. « Mais comment est-ce possible ? » s'alarma-t-il. Il était pourtant assis dans son salon, des milliers d'années après cette sanglante bataille sur les plaines de Mésopotamie !

Dans son coin habituel de la pièce, David l'observait avec compassion.

– Je sens encore le fer dans ma chair ! grimaça-t-il, toujours sous le choc de son assassinat.

– *Ces événements se sont produits dans une autre vie.*

Logan déboutonna sa chemise pour examiner sa poitrine. Il n'y avait aucune trace de blessure. Pourtant, il continuait de ressentir une cuisante douleur. Il calma sa respiration pour chasser la souffrance et surtout pour ne pas mettre fin au contact avec son guide. La sensation désagréable s'estompa graduellement.

– Tu as raison, cette blessure n'appartient pas à ma vie présente, acquiesça-t-il finalement.

– *Mais l'âme enregistre les leçons de chaque vie.*

– Que devais-je apprendre à Sumer ?

– *Le courage. Tu as cru à la paix envers et contre tous.*

– Surtout contre tous. Hashad-Nassan est vraiment né au mauvais endroit et au mauvais moment.

– Il n'y a pas de mauvais endroit ni de mauvais moment. L'âme choisit les conditions de toutes ses incarnations.

– J'ai beaucoup de mal à croire que la mienne ait décidé de naître dans une famille de guerriers sanguinaires alors qu'elle ne voulait que la paix.

– Tu constateras, en continuant d'explorer tes vies antérieures, que ton âme n'a jamais suivi le chemin le plus facile.

– Je n'ai pas peur des défis, c'est vrai, mais cet enfant était bien plus têtu que moi. On dirait bien que j'ai perdu cette détermination au fil du temps.

– Ton âme sait depuis longtemps que les hommes sont égaux parce qu'ils proviennent tous de la même grande âme universelle. C'est pour cette raison qu'elle prêchait et qu'elle continue de prêcher la paix.

– Quand le comprendront-ils ?

– Bientôt. À notre avis, ils sont enfin prêts à entendre les paroles de l'oiseau-tonnerre.

– L'oiseau-tonnerre ? Qu'est-ce que c'est ? Une bête mythique ?

– C'était un homme, un gardien de la paix comme Hashad-Nassan. Lui aussi a cru que ses paroles n'atteindraient jamais le cœur des autres hommes, mais il se trompait.

– J'ai peur de te le demander, mais cet homme, était-ce moi ?

– Oui, Logan, mais il est beaucoup trop tôt pour t'en parler maintenant.

– Quand ma mission de paix dans cette vie commencera-t-elle ? Quand j'aurai atteint le dernier palier de mon évolution ?

– *Bientôt. Repose-toi, maintenant.*

La silhouette fantomatique de David se désintégra lentement. Logan était épuisé. Il se mit au lit quelques minutes plus tard et dormit d'un profond sommeil.

Le lendemain, à l'atelier, Logan passa la journée à réfléchir aux dernières paroles de David. Pourquoi lui avait-il parlé de l'oiseau-tonnerre s'il n'avait pas l'intention de lui en dire plus ? Était-ce la carotte qu'il projetait d'utiliser pour l'obliger à se rendre jusqu'au bout de cette curieuse exploration ?

Ce soir-là, John emmena Logan dans un restaurant chinois et le trouva plutôt songeur. Habituellement, il avait toujours un millier de choses à lui raconter, même si ce n'étaient que les points saillants de la partie de base-ball de la veille. Ce soir-là, il mangeait plutôt son riz en silence, le regard absent. John aurait pu lui faire avaler des insectes qu'il ne s'en serait jamais rendu compte.

– Est-ce que l'expression « oiseau-tonnerre » te dit quelque chose ? demanda soudain Logan en levant un regard inquiet sur son ami.

– Je pense que c'est une légende ou un dieu amérindien, répondit John en haussant les épaules.

– Un dieu qui faisait quoi ?

– Je n'en sais rien, Logan. Est-ce que c'est ce volatile qui te préoccupe au point de te faire oublier que je suis assis devant toi ?

– Pardonne-moi. Depuis que mon guide m'a parlé de cet oiseau, je n'arrête pas d'y penser. Apparemment, il serait lié à une autre de mes incarnations. Il a dit que j'avais essayé d'instaurer la paix sur la Terre, mais je ne sais même pas où et il a refusé d'approfondir le sujet.

– Si on regarde ce qui se passe dans le monde actuellement, on dirait bien que tu as manqué ton coup.

– Ouais, admit Logan. Est-ce que je suis revenu pour faire un nouvel essai ?

– Si c'est vraiment le but des êtres de lumière, alors il est étrange que tu ne te sois pas réincarné dans le corps d'un politicien ou d'un prêtre. Comment peux-tu espérer instaurer la paix sur la planète alors que tu passes tout ton temps enfermé dans un petit atelier de réparation d'appareils électroniques ?

– Je me pose la même question.

– Et tu as l'intention d'entreprendre cette mission maintenant ?

– Mais évidemment ! Je n'ai certainement pas envie de revenir ici encore et encore ! Il faut que je réussisse, cette fois !

John ne comprenait tout simplement pas l'empressement de son ami à se lancer dans une aventure aussi dangereuse. Logan lui avait pourtant toujours semblé prudent et rationnel. Pourquoi voulait-il sauver le monde, tout à coup ?

– Savais-tu que nous avons eu une vie ensemble en Égypte ? fit soudain Logan.

– Ne me dis pas que nous avons été des danseuses du ventre ! le taquina John.

– Loin de là. J'étais un sculpteur à ton service.

– À mon service ?

– Au risque de te causer tout un choc, sache que tu as été le roi Scorpion, le père de celui qui a unifié l'Égypte.

– Moi ? s'exclama John en riant. Tu sais pourtant à quel point je déteste me battre.

– Tu n'étais pas du tout comme celui qu'on nous a montré au cinéma. En fait, tu avais la même personnalité que maintenant.

– Elle est bien bonne, celle-là.

Lorsque John eut déposé Logan chez lui, à la fin de la soirée, celui-ci décrocha le récepteur et composa le numéro de Rain en espérant qu'elle soit chez elle. Sa voix chaude et amicale le rassura sur-le-champ.

– Pourquoi ton esprit est-il obsédé par l'oiseau-tonnerre ? s'informa-t-elle sans qu'il lui en ait glissé un seul mot.

– Comment fais-tu pour lire mes pensées même quand je ne suis pas près de toi ?

– Les pensées sont de l'énergie et je sais comment les déchiffrer, même à distance.

– Est-ce que j'y arriverai moi aussi, un de ces jours ?

– Probablement.

– Rain, je t'en prie, dis-moi ce que tu sais au sujet de l'oiseau-tonnerre.

Elle lui raconta que c'était une créature surnaturelle qui faisait partie du folklore amérindien depuis toujours. Elle ressemblait à un aigle géant qui possédait des serres suffisamment puissantes pour soulever une baleine dans les airs. Ses battements d'ailes produisaient des roulements de tonnerre pétrifiants annonçant son arrivée et son bec lançait des éclairs qui s'abattaient sur les hommes.

– Mais pourquoi les Amérindiens vénèrent-ils une créature aussi terrifiante ? s'étonna Logan.

– L'oiseau-tonnerre n'apparaît dans le ciel que pour faire comprendre aux hommes qu'ils doivent reprendre le droit chemin. C'est un guide, en fait.

– Mais pourquoi m'appelait-on ainsi ?

– Je ne peux pas te le dire tout de suite, Logan. Tu dois passer par plusieurs autres vies avant de pouvoir comprendre le rôle que tu as joué auprès des Amérindiens. Je t'en prie, sois patient.

Il allait continuer de la bombarder de questions au sujet de cet aigle redoutable lorsqu'elle prit les devants et lui demanda plutôt de lui parler de son incarnation à Sumer. Logan mordit à l'hameçon comme un collégien. Il lui raconta en détail la vie tragique de Nassan et ajouta qu'il ne comprenait pas pourquoi les pacifistes avaient des penchants aussi suicidaires. Rain l'écouta sans dire un mot. Logan lui avoua que les voix étranges entendues par Nassan l'intriguaient beaucoup. D'où venaient-elles ? Étaient-elles réelles ? Cet enfant avait-il été terrorisé au point de les inventer pour se rassurer lui-même ?

– Elles sont sans doute authentiques et proviennent de l'au-delà, avança-t-elle. Les enfants que la société n'a pas encore contaminés conservent souvent leur lien avec le ciel. Tous les petits ont la faculté d'entendre les anges, mais ils la perdent en vieillissant, à cause des pressions de la société.

Ils mirent fin à cette intéressante conversation un peu avant minuit. Logan parvint à s'endormir, mais à son réveil, il ressentait à nouveau la présence désagréable de la pointe de la lance juste en dessous de son sternum. Il fit des exercices d'étirement avant de partir pour l'atelier et la douleur finit par s'estomper. Mais au milieu de la journée, tandis qu'il se concentrait sur les petits circuits d'un agenda électronique, la lance s'enfonça de nouveau dans sa chair, lui coupant le souffle.

Logan fit reculer bruyamment sa chaise, laissa tomber ses outils et porta les mains à sa poitrine. Persuadé qu'il allait mourir d'une crise cardiaque au beau milieu de son atelier, Peter accourut, mais Sadahei fut plus rapide que lui. Il s'accroupit près de Logan et lui demanda de retenir sa respiration en posant le bout de ses doigts sur des points précis de sa poitrine. Les autres employés s'approchèrent pour offrir leur aide, même Ian. Une fois de plus, le malaise disparut.

Peter voulut appeler les ambulanciers, mais Logan l'assura qu'il se sentait déjà mieux. D'ailleurs, il avait repris des couleurs. Le patron obtempéra, mais refusa de laisser Logan poursuivre sa journée de travail. Il le renvoya chez lui en pensant que s'il devait mourir ce jour-là, il était préférable que ce soit dans son appartement. Logan ne répliqua pas. Il enfila son veston et quitta l'atelier sous les regards inquiets de ses collègues.

15 Shensereseb

En rentrant chez lui, Logan commença par s'apaiser, car Rain lui avait dit que les émotions négatives, comme la colère, la peur et la tristesse, rendaient impossibles les communications entre les deux dimensions. Il fit d'autres exercices de respiration, relaxa les muscles de son corps et éleva lentement ses vibrations. Le tintement mélodieux des cylindres de métal lui signala qu'il avait réussi à attirer David.

– *Je sens beaucoup de colère en toi, Logan.*

– Quel sens de l'observation, maugréa l'électronicien. Je suis en effet plutôt traumatisé par ma dernière mort. Je n'arrête pas de ressentir la douleur que m'a causée cette satanée lance.

– *Tant que tu demeureras attaché à cette autre vie qui n'est plus la tienne, tu continueras d'en ressentir ses expériences. Nous ne te montrons ces incarnations que pour te faire voir la route que tu as parcourue. Tu dois te contenter d'être un spectateur si tu veux valider ces expériences.*

« Plus facile à dire qu'à faire », pensa Logan. Sa courte vie dans le corps de Hashad-Nassan l'avait fortement éprouvé et, pire encore, il était mort sans avoir accompli quoi que ce soit. Peut-être s'endurcirait-il en visionnant d'autres vies...

– Où m'emmènes-tu, ce soir ?

– En Mésopotamie, mais plusieurs années plus tard, tandis que le roi Hammourabi régnait sur la région. Tu es né dans un village de pêcheurs, en Phénicie, mais des soldats de Mitanni ont envahi la côte et enlevé des enfants à leur famille pour les vendre à Babylone.

– J'ai été un esclave ? s'étonna Logan. C'est ainsi que mon âme croyait apprendre à devenir roi ?

– Tu as été acheté par la maison d'Hammourabi, où tu es devenu une personne-ressource importante de son royaume.

– Donc, une fois de plus, j'ai assisté au règne d'un autre roi, sans m'embarrasser des responsabilités d'un meneur d'hommes, c'est bien ça ?

– Souvent, les jeunes âmes apprennent par l'observation.

Logan accepta de se laisser une fois de plus entraîner dans le passé. Le mobile éolien se remit à vibrer et il sombra dans une transe profonde. Il ouvrit les yeux dans le corps d'un homme qui n'avait pas encore vingt ans. Il était mince, vigoureux et en santé. Ce qui surprit le plus Logan, c'était l'activité intense de son mental. Tandis qu'il entrait dans une grande pièce aux murs recouverts d'étagères en bois et au centre de laquelle se trouvaient plusieurs tables carrées, il s'habitua au tumulte de l'esprit de Shensereseb, l'esclave d'un scribe. Il s'approcha du vieil homme debout devant un pupitre où reposaient plusieurs petites plaques en terre cuite.

– Vous vouliez me voir, maître ?

– Oui, mon enfant, répondit le clerc en levant des yeux fatigués sur lui. Le roi a reçu ce message de la part du gouverneur d'une région qui se situe au-delà des grandes montagnes. Il n'est pas écrit en akkadien, la langue usuelle de la correspondance entre monarques. En fait, je n'ai jamais vu cette écriture auparavant.

Le jeune esclave se pencha sur les tablettes et les examina avec attention. Il était arrivé au palais alors qu'il n'était qu'un enfant et le roi l'avait tout de suite assigné à la maison du copiste. Shensereseb avait donc grandi au milieu des parchemins et des stylets. Il avait appris à lire et à écrire, privilège rarement accordé à un esclave. L'érudit l'avait gardé auprès de lui pour qu'il l'aide à déchiffrer les nombreux messages que recevait Hammourabi et à les classer. L'enfant avait démontré une facilité d'apprentissage étonnante et beaucoup de méthode. Sa mémoire était phénoménale et son caractère, doux et affectueux.

Samanal, l'épouse du scribe, l'avait toujours traité comme un fils plutôt qu'en esclave. Elle l'envoyait chercher l'eau au puits et exigeait qu'il l'accompagne au marché pour transporter ses paniers, mais le reste du temps, elle le laissait entre les mains de son époux pour qu'il continue de développer ses talents.

– J'ai déjà vu quelque chose de semblable, affirma le jeune homme en plissant le front.

Cela n'étonna nullement le scribe, car il savait que Shensereseb avait lu tout ce que contenait la bibliothèque. Il lui demanda donc de retrouver ces textes et ne l'importuna plus.

À la fin de la journée, le vieil homme rentra chez lui pour se reposer. Il avait une telle confiance en son jeune esclave qu'il acceptait de le laisser sans surveillance sur son lieu de travail. Il ignorait cependant que Shensereseb avait rapporté quelques tablettes à la maison et qu'il les lisait à la lumière d'une lampe dans la petite pièce sans fenêtre qui lui servait de chambre et dont la porte donnait sur la cuisine. C'est là que le scribe trouva d'ailleurs son épouse en train de décider du repas du soir avec ses servantes.

– Shensereseb possède vraiment des dons exceptionnels, lui dit-il. Rien ne lui semble jamais trop compliqué.

Le jeune homme dressa l'oreille.

– Il est bien malheureux qu'il soit notre esclave et non notre fils, déplora Samanal.

– Mais nous l'avons élevé comme s'il faisait partie de la famille.

– Ce n'est pas la même chose. Je ne peux pas l'emmener au marché et dire aux autres femmes : voici mon fils.

– Nous ne pouvons rien y changer, femme. Il aurait fallu que nous l'adoptions lorsqu'il était petit. Maintenant, je vais aller me reposer. Fais-moi quérir pour le repas.

Le scribe poursuivit sa route à l'intérieur de la maison, jusqu'à la pièce fraîche où il aimait faire la sieste. Se composant un visage serein malgré sa déception, Samanal décida d'aller chercher ce dont elle avait besoin au marché. Elle passa la tête dans la porte de la chambre de Shensereseb. Assis par terre devant plusieurs tablettes de correspondance, il mâchait le bout d'un stylet en les comparant les unes avec les autres. Samanal ne comprenait pas l'attirance des scribes pour les mots et la solitude. Elle préférait l'activité bourdonnante du marché, les beaux tissus, les bijoux brillants et les conversations légères avec les autres dames riches de Babylone.

– Je suis prête à partir, Shensé.

Il déposa docilement son stylet et se leva en lui offrant le magnifique sourire qui la faisait fondre. Samanal était fière de parcourir les rues en compagnie de ce jeune homme plus grand que la majorité des Sumériens, aux cheveux noirs, fins et légèrement bouclés et aux yeux de la couleur du crépuscule. Il avait tout pour lui, sauf la liberté.

Shensereseb s'empara des deux paniers d'osier et marcha près de sa maîtresse en gardant la tête baissée, comme devaient le faire les esclaves. Il lui arrivait parfois de lever les yeux sur elle lorsqu'elle s'adressait à lui, mais jamais elle ne le punissait de cette audace. En arrivant au marché, Samanal aperçut quelques-unes de ses amies devant l'étal du bijoutier. Elle demanda à Shensereseb d'aller lui chercher des fruits pendant qu'elle s'entretenait avec les femmes.

Obéissant, il avança jusqu'à l'étal suivant, fier de se voir confier cette responsabilité, et se mit à examiner les fruits. C'est alors qu'un doux parfum lui fit relever la tête.

– Je ne t'ai jamais vu ici avant aujourd'hui, murmura une voix féminine derrière lui.

– Pourtant, je viens au marché toutes les semaines, répondit Shensereseb en faisant bien attention de ne pas élever la voix ou de se retourner pour la regarder.

– Alors, nous avons dû choisir des jours différents pour faire nos emplettes. Je suis Hisbashiana, fille d'Assurbanammi.

– Et moi, Shensereseb de la maison du scribe du roi.

Une vieille femme, probablement le chaperon de l'inconnue, rappela aussitôt celle-ci près d'elle. Shensereseb aperçut à peine son visage tandis qu'elle s'éloignait, mais il n'oublierait plus jamais son parfum. Il choisit les meilleurs fruits et rejoignit sa maîtresse quelques minutes plus tard. Samanal était si absorbée dans sa conversation mondaine qu'elle ne remarqua pas le nouvel éclat qui brillait dans les yeux de son esclave. Ils firent ensuite le tour de tous les commerces, puis rentrèrent à la maison.

Shensereseb retourna à la bibliothèque, où il avait déniché des textes dont l'écriture s'apparentait à celle du curieux message adressé au roi. Il s'installa à sa table et compara les symboles entre les tablettes. Au bout de quelques heures, il parvint à traduire la première partie de la missive.

Affamé, il alla chercher son repas à la cuisine, où les servantes tentèrent de lui arracher un baiser avant de lui tendre son plateau, et retourna à son travail. Il mangea lentement tout en continuant de déchiffrer le message, puis, à la lueur de plusieurs lampes à huile, il commença à le transcrire en akkadien sur une tablette vierge. À l'heure où presque tous les habitants de Babylone dormaient déjà, le scribe trouva Shensereseb seul au milieu de la vaste pièce à travailler comme une abeille.

– Il est tard, mon enfant.

– J'ai presque terminé, maître. De plus, il s'agit d'un message urgent qui devra être remis au roi dès que possible.

– De quoi s'agit-il ?

– Des marchands de Babylone ont été assassinés par des voleurs dans ce pays cousin de la Phénicie et son roi veut informer le nôtre qu'il a capturé les coupables et les a punis pour leur geste. Il ne veut pas que la guerre éclate entre nos deux peuples à cause de ces fâcheux incidents.

Le jeune esclave avait raison, il fallait absolument informer Hammourabi de ces événements avant qu'il reçoive les plaintes des familles de ces marchands, car la justice du roi de Babylone était plutôt expéditive. Il le laissa donc poursuivre son travail toute la nuit et présenta lui-même au roi la traduction du message étranger dès le matin.

Shensereseb ne le revit qu'au repas du midi. Le vieil homme vint s'asseoir devant lui, à la table où les servantes venaient de déposer des galettes, des bols d'huile d'olive, des figues et des dattes.

– Hammourabi a lu la missive et m'a félicité pour ma célérité. Je lui ai humblement avoué que je n'en étais pas le traducteur. Il m'a demandé de lui parler du jeune scribe qui avait fait un aussi bon travail. Je lui ai donc parlé de toi. Je lui ai raconté que je t'avais enseigné à lire et à écrire lorsque tu étais enfant et que ta formidable intelligence t'avait permis d'apprendre plusieurs langues par toi-même.

– Lui avez-vous aussi révélé que je suis un esclave ?

– Certainement, mais Hammourabi admire les hommes à l'intellect aiguisé, peu importe d'où ils viennent. Il a évidemment demandé à te rencontrer.

– Moi ?

– Lorsque le roi nous donne un ordre, nous devons y obéir, jeune homme. Nous le rencontrerons après la sieste. Le roi n'accorde pas d'entrevue privée à n'importe qui. C'est un grand honneur d'être convoqué devant lui.

Le jeune esclave comprenait le privilège qu'on lui accordait, mais dans son esprit Hammourabi était un homme puissant qui n'avait certes pas de temps à perdre avec un esclave. Néanmoins, il prit un bain et revêtit une tunique propre, puis tourna en rond dans sa petite chambre jusqu'à ce que le scribe vienne le chercher pour l'emmener au palais.

Shensereseb pénétra dans une salle privée et se courba devant le souverain. Il jeta un coup d'œil furtif à cet homme qu'il n'avait vu qu'une fois dans sa vie. Hammourabi était assis dans une montagne de coussins et l'observait avec curiosité. Le jeune esclave baissa aussitôt les yeux en se demandant combien de temps durerait ce supplice.

– Approche, ordonna le roi. Je ne mords pas.

Shensereseb fit quelques pas, le regard fixé sur le sol. « Le scribe lui a inculqué de bonnes manières », pensa Hammourabi en le voyant avancer avec autant de respect.

– Je ne crois pas que nous ayons déjà été présentés.

– Je suis Shensereseb de la maison du scribe, monseigneur. Je ne suis venu qu'une fois au palais, dans la grande salle d'audience, quand j'étais enfant, mais vous étiez trop occupé pour vous souvenir de moi. Ce jour-là, vous deviez régler une dispute entre deux pêcheurs. Vous avez rendu une décision juste et équitable.

– Tu savais, à un si jeune âge, ce qui était juste et équitable ? s'amusa le roi.

– Pas à cette époque, non. Mais j'ai relu votre jugement quelques années plus tard.

– Tu sembles bénéficier d'une étonnante liberté dans la maison du scribe, Shensereseb.

Le jeune esclave garda la tête basse en sentant sa gorge se serrer, car il ne voulait pas être revendu dans une autre maison où on traitait les esclaves comme des bêtes de somme. Si on l'empêchait de lire, il en mourrait.

– J'aimerais que tu traduises ma réponse à ce roi, poursuivit Hammourabi.

– Je suis à votre entière disposition.

– J'aurais dû te demander d'apporter du matériel d'écriture, pour que tu puisses la transcrire dès maintenant.

– J'ai une excellente mémoire, monseigneur.

Hammourabi lui dicta alors sa missive, qui remerciait le roi de cette lointaine contrée de l'avoir informé de la mort tragique des marchands babyloniens. Il lui demanda ensuite de prendre des mesures plus adéquates afin d'assurer la sécurité des étrangers dans son pays.

– Écris ce message en akkadien, puis traduis-le dans la langue de mon correspondant.

– Il en sera fait selon votre volonté, monseigneur.

Shensereseb se courba respectueusement et quitta le palais. Il s'installa à sa table préférée de la bibliothèque et se mit au travail. C'est alors qu'un des jeunes apprentis du vieux scribe vint le prévenir qu'un enfant désirait le voir à l'extérieur du bâtiment. Pourtant, Shensereseb n'en connaissait aucun.

Sa curiosité étant piquée, il déposa son stylet et sortit de la bibliothèque. Le gamin était en effet très jeune et il portait une vieille tunique, certainement un paysan. Il l'informa qu'une dame qui s'appelait Hisbashiana lui avait donné de l'argent pour qu'il vienne lui dire qu'elle le rencontrerait dans le jardin des roses, près de la grande fontaine, avant le lever du soleil, le lendemain. Puis il se sauva en courant.

Étonné, Shensereseb le regarda disparaître entre les maisons de briques séchées. Il termina le travail que le roi lui avait confié, mais ses pensées étaient désormais hantées par le merveilleux parfum de la jeune femme. Il eut beaucoup de mal à dormir cette nuit-là, car c'était son premier rendez-vous galant. Jamais ses maîtres ne lui avaient parlé du comportement qu'il devait adopter avec l'autre sexe, car peu d'esclaves avaient le droit de se marier et encore moins d'entretenir des relations amoureuses. Il revêtit sa tunique et quitta silencieusement la maison avant le lever du soleil.

Le jardin des roses se trouvait de l'autre côté de la ville, dans le quartier riche de Babylone. Il y était déjà allé une fois avec sa maîtresse, mais il n'avait pas pu visiter la maison de son amie, car les esclaves devaient rester dans la cour. Toutefois, il se rappelait la splendeur des fleurs qui entouraient cette fontaine incrustée de petits morceaux de verre brillants.

Lorsqu'il arriva dans le jardin, il trouva la jeune fille assise sur un banc de pierre à contempler une fleur qu'elle tenait à la main. Elle portait un châle sur la tête et les épaules. Il ne vit donc pas tout de suite ses traits. Rassemblant son courage, il marcha jusqu'à elle en se demandant pourquoi les dieux lui faisaient une telle faveur.

– Vous m'avez fait appeler, belle dame ?

Elle se tourna vers lui et il contempla son visage pour la première fois. Elle avait de grands yeux noirs en amande, de très longs cils légèrement recourbés, un nez fin et délicat et des lèvres rouges comme des cerises. Était-elle une femme de chair et de sang ou une déesse ? Devait-il s'asseoir près d'elle ou se prosterner sur le sol ?

– J'espérais que tu viendrais. Je t'en prie, assieds-toi.

Shensereseb prit place sur le banc, incapable de détacher son regard du sien. On lui avait pourtant appris, depuis son jeune âge, qu'il ne devait jamais regarder les gens dans les yeux. Curieusement, Hisbashiana ne lui inspirait aucune gêne, aucune honte. Il avait même l'impression de la connaître depuis toujours.

– Je ne parle jamais aux étrangers, avoua-t-elle d'une voix presque timide, et je n'ai jamais invité un homme à me rejoindre ainsi, mais quelque chose en toi m'attire, Shensereseb. Je n'arrive pas à comprendre ce que c'est.

– Faut-il vraiment interpréter tout ce que nous ressentons ?

– Mon père est très conservateur. Nous ne pourrons nous fréquenter qu'en secret jusqu'à ce que je sois en âge de me marier.

– Ce sera pour moi un privilège de vous rencontrer ainsi, mais je ne veux pour rien au monde vous mettre dans l'embarras.

Il se surprit à déposer un baiser pudique sur les lèvres d'Hisbashiana. Elle baissa timidement la tête. « Je suis trop pressé », se reprocha Shensereseb. Il ne voulait surtout pas qu'elle disparaisse à tout jamais de sa vie. Il ne savait rien de l'amour, mais il sentait que c'était une émotion fragile qu'il ne fallait pas brusquer. Le soleil commença à poindre à l'horizon et les deux jeunes gens se séparèrent à regret.

Shensereseb rentra à la maison avant qu'on s'aperçoive de son absence.

Il prit une collation à la cuisine avec les servantes et retourna à la bibliothèque pour terminer son travail. Il enveloppa les tablettes qu'il avait préparées pour le roi et alla demander audience à la porte du palais. On le fit attendre quelques minutes, puis un des gardiens l'accompagna jusqu'à la grande salle où, curieusement, le roi était seul.

Gardant la tête basse, Shensereseb marcha jusqu'à la chaise qu'occupait Hammourabi et déposa les missives à ses pieds.

– Pourquoi trois tablettes pour un aussi court message ?

– Il n'en a fallu que deux, monseigneur, expliqua Shensereseb. Je les ai divisées en deux colonnes. D'un côté j'y ai inscrit votre message dans la langue du roi étranger et de l'autre, sa traduction en akkadien. Sur la troisième tablette, je lui transmets notre alphabet afin que son scribe apprenne la langue usuelle de la correspondance entre les rois.

– Excellente idée.

Le roi s'adossa dans le fauteuil en observant le jeune homme courbé devant lui. Il était intelligent, perspicace et entreprenant. Hammourabi aimait s'entourer de gens comme lui.

– Il n'y a pas beaucoup d'avenir pour un esclave dans la maison d'un scribe, même lorsque ce dernier est au service du roi, déclara-t-il, semant la panique dans le cœur de Shensereseb.

– J'y suis bien traité, monseigneur, murmura-t-il en essayant de dompter la peur qui lui serrait la gorge.

– Aimerais-tu travailler pour moi ?

– Vous êtes le roi. Vos désirs sont des ordres.

– Il y a longtemps que je cherche quelqu'un qui pourrait m'aider à codifier le système de justice de mon royaume. Tu connais apparemment tous les écrits de la bibliothèque et tu as une excellente mémoire. Tu pourrais m'épargner beaucoup de temps.

– Je ferai ce que vous me demanderez.

– Alors, reste avec moi, ce matin. Les audiences sont sur le point de commencer et je veux que tu y prêtes attention.

– Mes nouvelles responsabilités m'obligeront-elles à quitter la maison du scribe ?

– Non, mon petit. Mais je m'assurerai que le vieux sage te donne moins de travail.

L'esclave sentit une vague de soulagement parcourir son corps. Il n'avait aucune envie de faire partie de la foule des serviteurs du roi, car il avait entendu dire qu'on ne les traitait pas très bien. Hammourabi lui demanda de s'asseoir à ses pieds et d'écouter attentivement tout ce qui se dirait. Intimidé, Shensereseb lui obéit. Il n'avait jamais été aussi près du roi de toute sa vie et il craignait de le décevoir.

Hammourabi laissa entrer ses conseillers et les citoyens qui avaient demandé audience. Un premier couple se courba devant lui. La femme avait quitté l'homme debout près d'elle pour en épouser un autre. Elle avait eu un enfant de son premier époux mais le second l'avait ensuite adopté. Plusieurs années plus tard, son premier mari s'était présenté chez elle et avait repris son fils.

– Cet homme ne pouvait pas adopter cet enfant, monseigneur, se défendit le premier mari, parce que je suis toujours vivant et que j'en suis le père.

Le roi les observa tous les deux en réfléchissant. Il lui ordonna finalement de redonner l'enfant à sa mère en attendant qu'il rende sa décision.

Hammourabi entendit encore quelques cas de disputes entre mari et femme, certains déclarant que leur divorce n'était pas légal, d'autres cherchant à établir la paternité de leurs enfants. C'était un véritable tourbillon de liens matrimoniaux incertains et de droits compliqués sur de pauvres petits êtres qui ne savaient plus quel nom porter.

Après avoir écouté le dernier couple, le roi chassa tout le monde et ne garda que Shensereseb près de lui.

Il avala le contenu de son hanap et baissa le regard sur le jeune esclave.

– Et c'est comme ça tous les jours, soupira Hammourabi avec découragement.

– Vous trancheriez beaucoup plus facilement ces cas si vous possédiez des lois gouvernant le mariage, monseigneur.

– Va au bout de ton idée, jeune homme.

– Le mariage n'est somme toute qu'un contrat. Les enfants devraient appartenir à l'homme l'ayant signé et si la femme désire se remarier, leur propriété ne devrait pas changer à moins qu'ils soient adoptés au moyen d'un écrit signé par toutes les parties.

– Mais où trouves-tu ces idées brillantes ?

– Elles découlent simplement de toutes les décisions que vous avez rendues sur le mariage durant les dernières années, monseigneur.

Impressionné par la mémoire de cet esclave, le roi lui demanda de se présenter aux audiences du lendemain, puis le laissa rentrer chez lui.

16
Le code de loi

Shensereseb revit sa belle le lendemain matin sur le bord de la rivière. Il importait que leurs rendez-vous aient lieu à des endroits différents pour ne pas attirer l'attention de leurs aînés. Le jeune homme s'adossa à un arbre, à quelques pas de l'eau. Hisbashiana prit place devant lui et s'appuya le dos contre sa poitrine. Jamais elle ne s'était sentie aussi bien.

– Parle-moi de ta famille, chuchota Shensereseb à son oreille.

– Je suis la dernière de sept enfants, toutes des filles. Mon père est un marchand d'épices rares et de parfums précieux. Notre famille habite Babylone depuis plusieurs générations et elle est respectée dans la communauté. Et toi ? Parle-moi de ta famille.

– Je ne la connais pas, avoua Shensereseb. On m'en a séparé lors d'une invasion quand j'étais très jeune, alors je ne m'en souviens que vaguement. On m'a emmené à Babylone, où on m'a vendu au scribe du roi.

– Vendu ? s'étonna-t-elle. Tu es un esclave ?

Hisbashiana pivota et prit le visage de Shensereseb entre ses mains en lui demandant si c'était une plaisanterie, car il parlait et agissait comme un homme libre.

– Le scribe et sa femme m'ont élevé comme leur propre enfant. Je sais qu'aux yeux de la loi je suis un esclave, mais j'ai vécu la même vie que les enfants riches. J'ai appris à lire et à écrire et on m'a enseigné les bonnes manières.

– Shensé, je t'en prie, serre-moi dans tes bras et dis-moi que ce n'est pas vrai.

Il l'attira contre lui et l'étreignit avec amour, mais il ne pouvait pas lui mentir. Il était un esclave et il ne pouvait rien y changer. Déchirés, les jeunes gens se quittèrent aux premiers rayons du soleil. Shensereseb traîna les pieds jusqu'à la maison du scribe et fut surpris par Samanal alors qu'il rentrait.

– Mais où es-tu allé de si bonne heure ?

– Je n'arrivais pas à dormir, alors j'ai commencé mes corvées plus tôt afin de pouvoir assister aux audiences du roi.

Samanal trouva étrange qu'il ne l'ait pas regardée dans les yeux en lui faisant cette réponse, mais avant qu'elle puisse le questionner davantage, il avait foncé vers sa chambre. Le cœur en pièces, Shensereseb se présenta dans la grande salle où Hammourabi était seul. Il s'agenouilla devant lui en gardant la tête basse, de plus en plus conscient qu'il ne serait jamais comme les autres.

– J'ai eu une idée, cette nuit, commença Hammourabi.

Shensereseb ne réagit pas : il en était incapable.

– Rassemble tous mes arrêts par thèmes et mets par écrit les règles générales qui s'en dégagent de façon à ce que je puisse toujours rendre la même justice pour mon peuple.

– Un jeu d'enfant, monseigneur.

– Si tu le peux, sépare ces règles en articles de loi pour l'administration de la justice, la propriété mobilière et immobilière, les transactions commerciales, le droit familial, les pénalités pour les crimes, les salaires, l'agriculture et la propriété des esclaves.

– Quand devrai-je vous livrer le fruit de mon travail ?

– Je sais que ce sera long et fastidieux, alors je ne t'impose aucune restriction de temps. Fais du mieux que tu peux.

– Il en sera fait selon vos désirs.

Le jeune scribe se mit à l'ouvrage la journée même et, une semaine plus tard, il présenta à Hammourabi le sommaire de ses décisions sur la propriété et l'agriculture sous forme d'articles clairs et concis.

– Merveilleux ! s'exclama le roi, ravi.

– Ces tablettes ne représentent qu'une partie du travail que vous m'avez commandé, mais je voulais vous les soumettre tout de suite pour que vous puissiez me dire si je vais dans la bonne direction.

Hammourabi prit le temps de les parcourir.

– C'est exactement ce que je voulais. Maintenant, vois ce que tu peux faire avec les transactions commerciales, car elles ont été le sujet de plusieurs disputes ces derniers temps.

Shensereseb s'enferma à la bibliothèque. Le roi avait raison : il y avait beaucoup plus de différends traitant du commerce que de la propriété, qui était le plus souvent léguée de père en fils. Il transcrivit donc ces règles sans interruption tous les jours, jusqu'à ce qu'il ne puisse plus garder l'œil ouvert. Il tombait ensuite dans son lit, où il dormait d'un sommeil profond.

Il ne revit Hisbashiana que le mois suivant, à l'endroit même où il lui avait avoué la vérité. Elle ne chercha pas à s'enfuir en le voyant approcher.

– Je pensais que tu ne reviendrais jamais, murmura-t-elle.

– Et moi, je croyais que tu ne voudrais plus jamais me revoir.

– Sais-tu ce que tu risques si on te surprend ici ?

– Je ne suis pas venu t'embrasser, mais seulement te dire que le roi m'a confié l'importante tâche de rédiger un code de loi. C'est une tâche grandiose et difficile et, lorsque je l'aurai terminée, je demanderai à Hammourabi de m'affranchir en récompense de mes services.

– Les rois sont incapables de se séparer de leurs esclaves, Shensereseb.

– Alors, je trouverai une façon de racheter ma liberté avant que tu sois en âge de te marier et je demanderai au roi d'intercéder auprès de ton père pour qu'il m'accorde ta main.

– C'est un rêve impossible.

– Mais nous devons nous y accrocher, car c'est tout ce que nous avons.

Shensereseb retourna au palais et demanda au souverain un délai supplémentaire pour terminer la section sur le commerce. Hammourabi éclata de rire et l'esclave crut qu'il allait mourir de honte. Il ne devait pas décevoir le roi, son avenir en dépendait.

– Mais tu travailles déjà plus rapidement que tous les scribes qui ont été à mon service, Shensereseb. Lorsque je t'ai demandé de rédiger ces articles, je ne pensais pas pouvoir en lire les premières tablettes avant la saison des pluies ! Évidemment que je t'accorde ce délai ! Prends tout le temps que tu voudras !

Soulagé, le jeune esclave se courba respectueusement devant son souverain et quitta le palais pour retourner à la bibliothèque. Il étudia les décisions d'Hammourabi sur le commerce, puis en dégagea les règles générales. Heureusement, son maître, le scribe, ne lui donnait aucune autre tâche cléricale, car il savait que le roi ne voulait pas qu'on le dérange. Et Samanal ne lui posait pas trop de questions, enfin, pas encore.

La vie du jeune Phénicien était enfin devenue intéressante. Il faisait un travail important, il aimait la plus belle femme du monde et il serait bientôt un homme libre.

La semaine suivante, il retrouva Hisbashiana dans une oliveraie à quelques minutes du quartier riche. Elle se jeta dans ses bras.

– Je ne peux plus m'arrêter de penser à toi, chuchota-t-elle.

– C'est la même chose pour moi. Le souvenir de ton doux visage me donne le courage de poursuivre l'énorme tâche que le roi m'a confiée.

La jeune fille effleura les lèvres de l'esclave et ils s'embrassèrent comme s'ils n'allaient jamais plus se revoir. Quatre hommes surgirent alors d'entre les arbres, faisant sursauter les amoureux. Hisbashiana se plaça aussitôt devant son amant.

– Que viens-tu faire ici, cousin ? fit-elle en adoptant un ton autoritaire.

– Nous voulions savoir où tu allais tous les matins de si bonne heure.

– Je rencontre mon ami Shensereseb avec qui j'ai des conversations intéressantes sur la loi et sur les jardins.

– Ton ami est un esclave, Hisba. Je l'ai souvent vu au marché avec une vieille dame riche. Avant que tu déshonores le nom de ton père à tout jamais, je vais te ramener chez toi.

Le cousin la saisit par un bras et l'obligea à le suivre. Shensereseb voulut l'en empêcher, alors les autres hommes s'interposèrent et le rouèrent de coups jusqu'à ce qu'il s'effondre sur le sol, le visage couvert de sang et le corps meurtri, puis le quittèrent en riant.

Affaibli et tremblant de tous ses membres, le jeune homme tituba jusqu'au palais. Ceux qu'il croisa le regardèrent passer sans lui venir en aide, car il n'était qu'un moins que rien. Il entra finalement chez lui et, à bout de forces, s'écroula devant Samanal. La pauvre femme poussa un cri de terreur et réclama l'aide de ses servantes. Ensemble, elles transportèrent le blessé dans sa petite chambre.

Samanal déshabilla son esclave et découvrit avec horreur les innombrables blessures sur son corps. En pleurant, elle nettoya les plaies et les pansa. Shensereseb ouvrait et fermait les yeux, luttant pour ne pas perdre connaissance. Elle envoya une servante prévenir son mari et le roi de ce qui venait de se passer et demeura à son chevet. Le scribe fut le premier à se présenter dans la chambre du jeune homme. Il examina son visage bleui en se demandant comment il avait pu se blesser de la sorte en effectuant ses corvées.

– On dirait qu'il est tombé dans un escalier, avança Samanal.

Le scribe essaya de faire boire un peu d'eau à Shensereseb. Il battit des paupières et posa sur ses bienfaiteurs un regard chargé de souffrance.

– Dis-nous ce qui s'est passé, le pria Samanal.

Shensereseb se mit à trembler et éclata en sanglots.

– Il faut lui laisser le temps de récupérer, décida le scribe.

Hammourabi se présenta en personne à la maison du scribe au début de la soirée, après s'être acquitté de tous ses devoirs. Il laissa ses gardes du corps à la porte et suivit le vieil homme jusqu'à la chambre où reposait Shensereseb, à demi-conscient. Près de lui, Samanal sanglotait comme s'il avait péri.

– Savez-vous ce qui lui est arrivé ? demanda Hammourabi.

Le jeune homme était trop faible pour contenter lui-même la curiosité du roi.

– Personne ne le sait, monseigneur, répondit le scribe. J'ai questionné tout le monde.

– Il sort très tôt le matin depuis plusieurs jours, hoqueta Samanal, mais il évite nos questions.

– Les voleurs n'assaillent jamais les gens à cette heure, affirma Hammourabi.

– Et pourquoi s'attaqueraient-ils à un esclave qui ne porte sur lui rien de valeur ?

– Shensé est le seul qui puisse répondre à ces questions, conclut le scribe. Nous devrons attendre qu'il se rétablisse, si telle est la volonté des dieux.

Hammourabi exigea d'être tenu au courant de l'état de santé du jeune esclave et retourna au palais.

Samanal demeura auprès de Shensereseb toute la nuit. Au matin, elle réussit à lui faire boire un peu de potage chaud. Confus, il regardait autour de lui comme s'il ne savait pas où il se trouvait. À la fin de la journée, il sembla reprendre ses sens.

– Les dieux soient bénis, se réjouit Samanal. Nous avons eu peur de te perdre.

– Où suis-je ?

– Mais chez toi, bien sûr. Que t'est-il arrivé ?

Shensereseb plissa le front en s'efforçant de fouiller sa mémoire.

– J'ai mal... réussit-il à articuler.

– Alors, n'essaie plus de parler et repose-toi.

Lorsque Hammourabi apprit que l'esclave avait repris conscience, il se leva au milieu du repas qu'il partageait avec ses dignitaires et se rendit à son chevet.

– Tu es vraiment dans un piteux état, fit-il en s'asseyant près du lit.

– Monseigneur, je suis désolé... Je n'ai pas encore commencé le droit familial.

– Mais il n'est pas question que tu travailles pour l'instant, mon petit. Dis-moi plutôt ce qui s'est passé. Qui t'a assené tous ces coups ?

– Des coups ? s'effraya Samanal.

– Trois hommes, dans une oliveraie... J'ai voulu revoir Hisba...

– Hisbashiana ? La fille d'Assurbanammi ?

– Tu as été battu à cause d'une femme ? crut comprendre Hammourabi. Dis-moi qui ils sont et je les ferai fouetter publiquement.

– Vous ne le pourriez pas... ils sont riches... et je ne suis qu'un esclave.

– Tu fais partie de mon entourage et personne n'a le droit de lever la main sur les gens de mon palais.

Shensereseb éclata en sanglots amers et détourna la tête.

Peiné par le corps meurtri du jeune homme et irrité par le geste de ses assaillants, Hammourabi quitta la maison du scribe. Il ordonna à ses soldats de se renseigner sur l'agression et de lui ramener les coupables.

Parce qu'il était jeune et vigoureux, Shensereseb reprit rapidement des forces et parvint même à s'asseoir à la table du scribe et de son épouse pour manger.

– Mais où avais-tu la tête ? éclata soudain Samanal. Ne savais-tu pas à quoi tu t'exposais en te liant d'amitié avec la fille d'un riche marchand ?

– Pardonnez-moi, se repentit l'esclave. J'ai oublié qui j'étais.

– Et comment as-tu pu faire sa connaissance ?

– Au marché, tandis que je choisissais des fruits pour vous...

– T'a-t-elle parlé la première ?

Shensereseb ne répondit pas, afin de ne pas mettre la jeune femme dans l'embarras, car c'était elle qui l'avait accosté.

– Elle a donc tout manigancé.

– Veuillez m'excuser, maîtresse, je n'ai plus faim...

En gardant la tête baissée, il clopina jusqu'à la porte et sortit de la maison. Il poursuivit sa route jusqu'au puits, où il ne serait pas importuné. S'installant à l'ombre d'un épais buisson, tout près de la muraille qui protégeait la cité, il pleura amèrement en maudissant les soldats de Mitanni qui ne l'avaient pas tué en même temps que ses parents. Il ne retourna chez ses maîtres que le soir venu. Il n'était qu'un esclave, mais il était aussi un homme de parole. Il terminerait le travail qu'il avait commencé pour le roi. Après s'être acquitté de cette tâche, il s'enlèverait la vie pour échapper à sa honte.

Il se leva tôt le lendemain, prit un morceau de pain et quelques dattes à la cuisine et alla se réfugier dans la bibliothèque. C'était le seul endroit où il se sentait l'égal des hommes libres. En commençant à répertorier les décisions en matière de droit familial, il se demanda à quoi aurait ressemblé sa vie si on ne l'avait pas arraché à sa patrie. Que serait-il devenu ? Un marchand ? Un scribe ? Il aurait tellement aimé se souvenir de son passé.

Il travailla avec acharnement pendant plusieurs jours, puis demanda à des apprentis de transporter pour lui le panier d'osier contenant toutes les tablettes d'argile qu'il devait remettre à Hammourabi. Tout le monde au palais avait entendu parler de sa mésaventure. Shensereseb portait d'ailleurs encore au visage, au cou, aux bras et aux jambes des marques de sa terrifiante rencontre dans l'oliveraie. Les jeunes gens se précipitèrent tous pour l'aider car, tout comme lui, certains avaient connu les périls de l'amour défendu.

Ils déposèrent les tablettes aux pieds du roi et reculèrent pour laisser l'esclave seul avec le souverain.

Shensereseb demeura profondément courbé devant Hammourabi, immobile et tremblant. Ce n'était plus le jeune scribe vibrant d'enthousiasme à qui il avait confié une tâche colossale : c'était désormais un homme brisé.

Le roi avait connu d'autres esclaves qui avaient subi le même sort que Shensereseb. La plupart avaient mis fin à leurs jours, incapables de supporter leur terrible humiliation. Il se demanda ce qu'il pouvait faire pour lui rendre son entrain.

– Comment te sens-tu, Shensé ? demanda Hammourabi avec affection.

– De mieux en mieux, monseigneur.

– Y a-t-il quelque chose que je puisse faire pour accélérer ta guérison ?

– Non, rien, je le crains. Avec votre permission, j'aimerais commencer à rassembler vos arrêts en matière pénale.

– Et moi, j'aimerais que tu prennes le temps de te reposer, sinon tu n'arriveras jamais à finir ce travail.

La tête toujours baissée, Shensereseb recula jusqu'à la porte de la grande salle. Tous les dignitaires l'observèrent en pensant, comme le roi, que c'était un fantôme qui quittait le palais. Le jeune homme retourna à la bibliothèque et alluma des lampes à huile. Il n'avait pas faim, pas sommeil. En fait, il ne ressentait plus rien. Au lieu de souffler un peu, comme le lui avait demandé le roi, il parcourut les rayons et en retira les décisions dont il avait besoin pour poursuivre son labeur. À l'entrée de la pièce, le scribe et sa femme l'épiaient en se demandant comment alléger sa peine.

– C'est en faisant ce qu'il aime qu'il se consolera, Samanal, chuchota le vieil homme. Allez, retournons à la maison. Il finira bien par rentrer.

Samanal suivit docilement son époux, mais lorsqu'il fut endormi, elle alla retrouver Shensereseb à la bibliothèque. Il était assis à sa table, appuyé sur un coude, un stylet dans l'autre main, mais il n'écrivait pas. Des larmes coulaient en silence sur ses joues.

– Tu es le fils que nous n'avons jamais eu, tu le sais bien, lui dit Samanal en s'approchant de lui.

– Je ne suis pas votre fils. Vous m'avez acheté comme on achète du poisson et des fruits au marché. Je n'ai aucun droit civique. Je le sais parce que j'ai lu toutes les décisions du roi sur le sujet. Je suis une chose vivante que la loi ne peut même pas définir. Je ne peux signer aucun contrat. Je ne peux pas me marier ni me préparer à une carrière. En d'autres mots, je n'existe même pas.

Il lança son stylet à l'autre bout de la pièce et prit la fuite, mais Samanal savait exactement où il avait l'intention de se réfugier. Le seul endroit où il se sentait en sûreté, à part la bibliothèque, était sa petite chambre à coucher. C'est exactement là qu'elle le trouva, quelques minutes plus tard. Il était couché sur le ventre et pleurait, le visage caché dans ses couvertures. Samanal s'assit à côté de lui et lui frotta le dos comme elle l'avait fait si souvent à son arrivée dans leur maison, alors qu'il n'était qu'un petit enfant qui parlait une autre langue et qui réclamait ses parents.

– Ces hommes t'ont-ils battu parce que tu étais un esclave ou parce que tu entretenais une relation avec cette femme ?

– Je vous en prie, cessez de me torturer…

– Je veux que les choses s'arrangent, Shensé.

– Les choses ne s'arrangeront jamais ! Pourquoi refusez-vous de le comprendre ? Vous êtes mes maîtres et je suis votre possession. Rien ne pourra changer mon état, rien.

– Et si nous t'adoptions ?

– Les couples mariés peuvent adopter de jeunes enfants. Ils ne peuvent pas adopter des garçons de mon âge. Cette règle n'existe pas.

– Le roi n'a-t-il pas la prérogative de modifier ses décisions ?

– Je vous en prie, n'ajoutez pas à mes souffrances.

Rien ne parvenant à le calmer, Samanal le quitta à regret. Au matin, les servantes informèrent Shensereseb qu'elle s'était rendue au palais afin de demander une audience privée avec le roi. Il retourna à la bibliothèque et se plongea dans son travail. Comme cela lui arrivait si souvent, il ne vit pas le temps passer et sursauta quand Samanal déposa un goûter entre ses tablettes.

– Mange, petite abeille, lui dit-elle sur un ton affectueux.

– On m'a dit que vous êtes allée voir le roi.

– C'est vrai. Je suis allée lui demander une faveur et il en a profité pour s'informer de toi. En me voyant arriver, il a eu peur que ton état se soit aggravé. Il tient à toi, jeune homme. Je l'ai assuré que les blessures de ton corps étaient en train de se refermer, mais pas celles de ton cœur. Je lui ai dit que tu venais de te rendre compte que tu n'as pas de famille, pas de droits et pas de véritable existence.

– Cela fait longtemps que je le sais, maîtresse.

– Je lui ai dit que nous t'avions toujours traité comme notre propre enfant, même si tu étais un esclave, mais que si tu étais notre fils légitime, tu pourrais te marier et nous donner des petits-enfants. Tu hériterais également de tous nos biens après notre mort. Je lui ai avoué que ce que je crains le plus, dans l'état actuel des choses, c'est que s'il nous arrivait malheur, tu pourrais être vendu au plus offrant.

– Pourquoi avez-vous embêté le roi avec cette situation à laquelle nous ne pouvons rien changer ?

– Il a promis d'y réfléchir. C'est déjà beaucoup. Maintenant, mange.

Même s'il n'avait pas faim, Shensereseb avala quelques figues pour lui faire plaisir. Dès qu'elle fut partie, il repoussa l'écuelle et se remit au travail. Quelques minutes plus tard, Hammourabi entra dans la bibliothèque sans avoir prévenu personne de sa visite. Il trouva son jeune scribe assis à sa table, devant des piles de tablettes et de parchemins qui formaient presque une muraille autour de lui. Lorsqu'il aperçut finalement le roi, le visage de Shensereseb devint aussi pâle que de la craie. Il baissa aussitôt la tête avec honte.

– Je le regrette infiniment si je suis en retard dans mon travail, monseigneur, s'excusa-t-il. J'aurais dû vous livrer le sommaire de vos décisions en matière pénale depuis longtemps. Je subirai le châtiment que vous choisirez pour moi.

– Je suis simplement venu te demander d'effectuer une recherche supplémentaire pour moi.

– Vous me voyez à votre entière disposition.

– Un citoyen vient de s'adresser à moi, car il désire procéder à une adoption, commença le roi en observant la réaction de l'esclave. Malheureusement, l'enfant que ce dernier désire prendre légalement pour fils a presque l'âge d'être un homme et, de plus, c'est un esclave.

Les épaules de Shensereseb s'affaissèrent, car il venait de deviner que ce citoyen ne pouvait être que Samanal.

– Je n'ai jamais lu quoi que ce soit à ce sujet, affirma-t-il, la gorge serrée.

– Donc, si je comprends bien, je suis entièrement libre de trancher selon mon bon vouloir dans cette affaire.

– Juridiquement, oui.

– Je vais donc commencer par te rendre ta liberté.

Le jeune homme tressaillit.

– Et lorsque tu seras devenu un homme libre, Samanal et son époux t'adopteront même si, théoriquement, tu as l'âge de prendre tes propres décisions.

– Monseigneur ?

– Ensuite, je te nommerai officier de la cour.

Shensereseb leva un regard stupéfait sur le roi, puis, embarrassé par son geste déplacé, il détourna aussitôt le regard.

– Et il va falloir que tu corriges cette vilaine habitude, Shensé. Je ne baisse pas la tête lorsque j'ai un litige à trancher.

– Mais vous êtes le roi…

– Et toi, tu seras le premier juge de Babylone.

– Un juge ?

– Tu sais mieux que quiconque que je ne peux pas rendre seul toutes ces décisions. J'ai besoin d'aide.

– Votre bonté me touche profondément…

– Et peut-être bien que cette jeune dame acceptera de t'épouser, surtout si je paye la note du mariage.

Shensereseb se demanda s'il ne rêvait pas.

– Sache aussi que tous les articles de loi que tu as rédigés à ma demande seront gravés sur un monument que je ferai dresser au milieu de la place publique. J'aimerais donc que tu composes un paragraphe introductif qui les précédera. Ne me déçois pas.

Plutôt fier de son intervention, Hammourabi quitta la bibliothèque sans laisser à son scribe l'occasion de protester.

Interdit, Shensereseb demeura un long moment immobile devant ses tablettes. Il ne savait plus comment réagir. Au bout d'un moment, il prit son stylet et laissa libre cours à son imagination afin de composer le texte qui servirait d'introduction au nouveau code de loi.

Quelques jours plus tard, devant toute sa Cour et devant les citoyens de Babylone, Hammourabi rendit à Shensereseb sa liberté et le nomma premier juge du royaume. Lorsqu'il lui demanda s'il avait quelque chose à ajouter, Shensereseb s'approcha et lui tendit une tablette.

– Voici le paragraphe introductif que vous m'avez demandé, monseigneur.

Hammourabi commença par y jeter un coup d'œil, puis décida de le lire à voix haute :

– « Que l'homme oppressé qui a été lésé s'arrête devant cette statue du roi de justice et qu'il demande à un autre homme de lire à haute voix les lois qui par ma volonté y ont été inscrites et qu'il entende mes paroles sacrées afin que ce monument lui fasse clairement connaître ses droits et que son cœur en soit apaisé. »

Le roi ne pouvait être plus satisfait. Il ordonna qu'on organise une grande fête à l'intention de son nouveau juge et fit porter une invitation à Hisbashiana. Shensereseb fut anéanti en apprenant qu'elle l'avait déclinée, puisqu'elle était désormais mariée à un homme puissant qui habitait un autre quartier de Babylone.

Malgré tout, le lendemain de la réception, il décida de revoir une dernière fois la femme qu'il aimait. Il se rendit donc chez son mari, au risque de se faire encore une fois casser tous les os. Il s'arrêta à l'entrée de la cour de sa maison et demanda à une servante d'aller chercher sa maîtresse, refusant de s'identifier. Quelques minutes plus tard, Hisbashiana s'approcha, le visage voilé.

– Je suis enfin un homme libre, Hisba, annonça-t-il fièrement.

– Je l'ai entendu dire, mon bel amour, mais mon père m'a forcée à épouser un homme de son choix. D'ailleurs, tu ne devrais pas te présenter chez une femme quand son mari n'y est pas. Si tu m'aimes vraiment, ne reviens plus jamais ici. C'est trop dangereux pour toi et pour moi. Je ne veux plus qu'on te fasse de mal.

– Je t'aime, Hisba, et j'attendrai la mort de ton mari pour t'épouser.

Hisbashiana éclata en sanglots et courut vers sa maison.

17 Leçons de Sumer

Lorsque Logan revint à lui, il avait tellement de chagrin qu'il était incapable de parler. Il essuya ses larmes et vit que David flottait dans le coin du salon, impassible. Toutefois, il risquait de disparaître s'il ne parvenait pas à maîtriser rapidement ses émotions.

– *Tu as refusé d'épouser cette femme lorsque tu étais le roi Kamrhon, même si elle t'aimait profondément. Tu as choisi une autre femme pour le bien du royaume. Pour que votre lien karmique soit dénoué, tu avais besoin de ressentir la même douleur qu'elle.*

– Alors elle me l'a fait payer en me brisant le cœur ?

– *Le but du karma n'est pas de récompenser ou de punir l'âme, mais de l'éduquer.*

– L'ai-je revue dans une autre vie ? Avons-nous enfin été réunis ?

– *À plusieurs reprises, mais jamais en tant qu'amants.*

– À cause de notre foutu karma ?

– *Vous êtes des compagnons de tâches, Logan, des âmes qui se réincarnent ensemble pour accomplir une mission précise, mais vous avez toujours un peu de mal à reconnaître votre véritable rôle karmique.*

– Et puisque à votre avis la passion nous empêche de faire notre travail, vous avez décidé de nous laisser souffrir ?

– *Nous ne décidons rien pour vous. Vos âmes sont parfaitement capables de surmonter leurs difficultés. Ce sont vos personnalités terrestres qui n'y parviennent pas toujours.*

– Est-ce que je la reverrai dans cette vie-ci ?

– *Elle s'est incarnée en même temps que toi, mais il est encore trop tôt pour affirmer que tu la reverras. Bien des vecteurs pourraient empêcher ces retrouvailles.*

– Alors, je vais vous prouver que j'ai évolué depuis Babylone. Je vais sagement attendre Hisba et quand je l'aurai rencontrée, j'accomplirai cette tâche avec elle pour que nous soyons ensuite libres de nous aimer à la folie.

– *Tu dois maintenant te reposer, Logan.*

– Attends ! Quelle était ma leçon dans cette vie à Babylone ?

– *Une leçon d'amour et de confiance.*

– Vraiment ?

– *Le roi t'aimait beaucoup, tes parents adoptifs aussi, et ils te faisaient tous confiance. Tu as reconnu et validé leur amour.*

– Mais pas celui d'Hisba. Est-ce que ce n'était qu'une dette karmique à payer et rien de plus ?

– *Elle t'a permis d'apprendre à aimer de façon inconditionnelle. C'est une leçon très importante.*

– Me suis-je marié, à Babylone ?

– *Non, jamais.*

– Ai-je revu Hisba ?

– *Elle est morte très jeune.*

– Elle m'a brisé le cœur et elle est passée à la vie suivante ?

– *Elle avait d'autres leçons à apprendre sur d'autres plans. Ton corps est de plus en plus fatigué. Tu dois te reposer.*

La silhouette transparente de David disparut. Logan n'arrivait pas à croire qu'il avait poursuivi inutilement l'amour pendant toute cette vie en Mésopotamie. Et ensuite ? Dans ses autres vies ? Ses relations amoureuses avaient-elles toutes connu un lamentable dénouement ? Son divorce d'avec Lydia, la mère de Sabrina, semblait indiquer que oui. Non seulement il n'était jamais devenu le roi que les êtres de lumière voulaient faire de lui, mais il n'avait jamais réussi à rendre une femme heureuse… Désœuvré, Logan demeura un long moment assis sur le sofa, incapable de bouger un seul de ses muscles, laissant le discours empoisonné de son ego enfoncer un autre pieu dans son cœur.

Rain, qui était reliée à Logan de façon télépathique depuis qu'elle avait accepté de lui venir en aide, ressentit immédiatement son profond désespoir. Elle enfila son manteau et se rendit chez lui sans perdre une seconde. Une locataire qui rentrait chez elle lui ouvrit la porte de l'immeuble. En repérant l'énergie de Logan, Rain trouva rapidement son appartement. Elle tourna la poignée de la porte qui, heureusement, n'était pas verrouillée.

La jeune femme s'assit près du pauvre homme, lui prit doucement les épaules et le força à se coucher sur le sofa en posant la tête sur ses genoux. Il ne lui opposa aucune résistance. Elle se mit à lui masser les tempes jusqu'à ce qu'elle le sente plus détendu. « Elle n'est pas médium, elle est sorcière », pensa Logan. Il y avait dans ses doigts une énergie qui rechargeait la sienne.

– Je ne me considère pas comme un homme romantique, murmura-t-il, au bout d'un moment. Je ne pleure pas quand je regarde un film triste. Mais à Babylone, j'ai vraiment eu le cœur brisé. Maintenant, je ne suis plus capable de penser à autre chose, ce qui est plutôt étonnant, étant donné que je ne me laisse pas facilement emporter par mes émotions…

– Dis-moi ce qui t'obsède : les événements particuliers de cette vie antérieure ou la souffrance que tu ressens toujours au fond de toi ?

– Je me sens trahi. Je lui ai donné mon cœur et je pensais qu'elle ressentait la même chose que moi.

– Mais comment peux-tu être aussi sûr qu'elle ne partageait pas tes sentiments ?

– Elle n'a pas attendu que je devienne un homme libre. Elle en a épousé un autre.

– Les femmes ne pouvaient pas choisir leur mari à cette époque, Logan. Cette décision appartenait à leur père et celui d'Hisba avait sans doute pressenti un bon parti pour elle avant même qu'elle te rencontre. En apprenant qu'elle s'était éprise d'un esclave, il a sans doute hâté le mariage.

– Tu connais toutes mes vies, n'est-ce pas ?

Rain ne répondit pas. Elle se mit à lui masser doucement le crâne.

– Il faut que tu apprennes à oublier ton passé, lui dit-elle enfin.

– Comment veux-tu que j'y parvienne alors que tout ce qui m'est arrivé jadis me fait encore mal ? David m'a dit que cette femme s'est incarnée dans cette vie-ci. Il faut que je la retrouve et que je lui dise à quel point sa décision m'a déchiré.

– Et si elle ne se rappelait pas avoir vécu à Babylone ? Mieux encore, que feras-tu si elle s'est réincarnée dans la peau d'un homme ?

Rain avait raison : il était en effet plutôt délicat de déclarer son amour à un autre homme qui ne se souvenait pas de ses vies antérieures.

– Tu dois arriver à te guérir toi-même, mon petit dragon. David va te ramener dans plusieurs de tes incarnations. Efforce-toi de les observer comme un spectateur impartial. Tu dois te détacher de ces émotions qui n'ont plus leur place dans cette vie-ci. Mais ce ne devrait pas être trop difficile pour toi, puisque tu n'es pas un homme romantique.

– Ne te moque pas de moi, pas ce soir.

– Nul besoin de pleurer en regardant un film triste pour être romantique, Logan. Il suffit seulement d'être tendre et doux. Et je pense que tu l'es.

– Où en suis-je sur l'échelle d'évolution des dragons ?

– Tu commences à pousser de petits cris rauques et tu t'es même aventuré à quelques pas du nid. Tu as également découvert tes ailes. Tu penses qu'elles sont superbes, mais tu ne sais pas encore comment t'en servir.

– Tu es une femme particulièrement cruelle, Rain Taylor, maugréa-t-il.

– Je sais.

– Avons-nous déjà été des amants dans d'autres vies ?

– Plusieurs fois, mais nous étions surtout des amis, des complices.

– Dans laquelle de mes incarnations ?

– Je ne suis pas censée t'en parler avant que tu sois capable de te détacher émotionnellement de tes expériences du passé. Tu es beaucoup trop fragile, en ce moment.

– Seulement une, je t'en prie.

– Bon, d'accord. J'ai été Shesut en Égypte et j'ai épousé Senmet, l'artiste.

– J'aurais dû m'en douter ! Tu agis de la même façon qu'elle avec moi !

Rain lui expliqua que les âmes adoptaient des corps et des sexes différents d'une vie à l'autre, mais que le fondement de leur personnalité demeurait constant.

Elle lui avoua qu'il avait toujours été un roi qui n'acceptait pas de prendre ses responsabilités, qui voulait demeurer anonyme, qui ne voulait pas vivre sous les feux de la rampe, mais qui s'y était toujours retrouvé malgré lui.

– Shensereseb était parfaitement heureux, enterré sous des tonnes de tablettes d'argile dans la grande bibliothèque, loin du pouvoir et des responsabilités, mais il est quand même devenu un excellent juge grâce à sa perspicacité.

– Je ne connais pas encore toutes mes vies, admit Logan, mais je commence à percevoir une constante. On me dit que je suis un meneur d'hommes, mais tout ce que je veux, c'est être un gars ordinaire qui se contente d'une vie normale. Mais si je suis si fixé dans mes vieilles habitudes, pourquoi les êtres de lumière m'ont-ils choisi, moi ?

– Pour tes grandes qualités. Tu es honnête, simple et affectueux. Les autres se rallient facilement à tes idées. Tu as d'ailleurs accepté cette mission avant même de t'incarner.

– J'ai toujours cru qu'il fallait être flamboyant et éloquent pour devenir chef.

– Ces attributs n'attirent que les guerriers. Tu as des manières qui plaisent à tout le monde. Mais arrête de t'en faire avec ta mission. Elle ne commencera pas avant que tu sois prêt et, à ce moment-là, tu seras un homme différent. Allez, retourne-toi. Je vais te masser les épaules.

Logan ne se fit pas prier. Il retira son pull et s'allongea sur le ventre. Rain le frictionna en douceur jusqu'à ce qu'il finisse par s'endormir.

18
HIRVAD

Lorsque Logan se réveilla, Rain n'était plus là. Elle l'avait recouvert d'une épaisse couverture pour qu'il ne prenne pas froid. Il se redressa en se demandant comment elle avait su, la veille, qu'il avait besoin d'elle. Et comment l'avait-elle trouvé ? Il ne lui avait pourtant jamais donné son adresse. « Plus de doute, c'est une sorcière », conclut-il.

Il prit une douche et se rendit à l'atelier. Le massage lui avait fait le plus grand bien physiquement et émotionnellement. Il travailla à son propre rythme, sans se préoccuper de Peter, qui continuait de le surveiller étroitement. Logan n'avait plus mal nulle part. Il ne cessait de remercier silencieusement Rain de son intervention, même s'il ignorait ce qu'elle avait fait.

Ce soir-là, il mangea une salade dans un restaurant non loin de l'appartement et acheta des jus de fruits à l'épicerie avant de monter chez lui. Il vida presque la bouteille de jus de raisin et s'installa confortablement sur le sofa en pensant que s'il avait plusieurs vies à visionner, autant s'en acquitter tout de suite. Il n'eut à faire aucun effort pour attirer David dans son salon.

L'entité transparente apparut sous le mobile éolien, qui émettait des tintements presque imperceptibles.

« Rain m'a sans doute installé dans la tête un mécanisme pour appeler instantanément les êtres de lumière », pensa Logan, amusé.

Il déclara à David qu'il voulait poursuivre son incursion dans ses autres vies et lui promit de faire de gros efforts pour maîtriser ses émotions à son retour. Le jugeant apte à continuer, son guide accéda à sa demande.

– *Je vais te faire voir ta vie en Phénicie, alors que tu étais un constructeur de bateaux.*

– Moi ? s'étonna Logan. Je ne suis même pas capable de me servir d'un marteau pour planter un clou !

– *Tu ne les construisais pas toi-même. Tu les concevais et tu supervisais le travail des charpentiers.*

– Je jouais le rôle du patron, cette fois-ci ? Une autre leçon de leadership, donc ? Comme c'est intéressant.

– *Tu avais beaucoup d'ambition.*

– Ça, c'est nouveau.

– *Ton père était capitaine d'un vaisseau commercial. Tu as vogué avec lui pendant toute ta jeunesse. Tu as été matelot, rameur et même capitaine toi-même pendant quelques années. Cette expérience t'a donné une profonde compréhension de ce qu'un bateau pouvait et ne pouvait pas faire. Tu as donc développé de nouveaux modèles d'embarcations commerciales capables de couvrir de plus grandes distances.*

– C'est vrai que j'aime beaucoup l'eau, même si j'ai grandi dans les Prairies.

– *En constatant ton intérêt pour la construction navale, ton père t'a envoyé étudier le bois et le métier de charpentier auprès d'un vieil ami. En peu de temps, tu es devenu son bras droit. Ayant intégré tous les aspects de la fabrication de toutes sortes d'embarcations, tu as établi ton propre chantier et embauché des ouvriers.*

– Est-ce que j'étais marié ? demanda Logan avec un brin d'inquiétude.

– Oui, mais pas avec la femme que tu aimais à Babylone.

Avant que Logan ne recommence à se laisser emporter par ses émotions, David le plongea dans une transe profonde. L'électronicien n'entendit même pas le tintement mélodieux du mobile métallique tandis qu'il s'insinuait dans le corps robuste d'Hirvad, un spécialiste phénicien de la construction navale.

Autour de lui, des ouvriers s'affairaient à aplanir des planches, à fabriquer des rivets et des cordages ou à façonner des ornements de métal. Hirvad marchait vers un abri de bois au milieu du chantier tout en complimentant ses hommes sur leur travail. Ce qui frappa le plus Logan, c'était l'honnêteté et l'ouverture d'esprit du Phénicien. Lentement, il se fondit en lui et découvrit ses idées révolutionnaires.

Hirvad s'arrêta devant Lomar, son second, en qui il avait une confiance absolue. Comme lui, Lomar avait passé sa vie sur la mer et dans les chantiers de construction. Non seulement il connaissait toutes les étapes de la fabrication d'une embarcation, mais il avait également acquis le respect des autres ouvriers.

– Pardonne mon retard, Lomar, s'excusa Hirvad, mais mon fils a fait ses premiers pas ce matin. Je ne pouvais pas manquer ça.

– Quand l'emmèneras-tu travailler avec nous ?

– La semaine prochaine, bien sûr !

Ils se mirent en route pour aller inspecter un vaisseau commercial qu'une de leurs équipes avait presque terminé. Il ne restait que quelques mises au point à effectuer avant que son propriétaire puisse en prendre livraison. Les deux hommes examinèrent la coque, puis montèrent à bord pour scruter chaque recoin de l'intérieur. Contents du résultat, ils se dirigèrent vers un autre chantier, où un groupe d'ouvriers achevait la quille d'un bateau de guerre commandé par un général égyptien. Tandis que Lomar discutait avec eux, Hirvad s'arrêta près des menuisiers en train d'équarrir les dernières planches qui formeraient la quille de la longue galère. Domon, son jeune frère, se trouvait parmi eux. Il ressemblait physiquement à Hirvad : mêmes cheveux châtains, mêmes yeux sombres. Mais Domon était plus frêle et plus délicat que son aîné.

Leur père avait apprécié ses talents de navigateur, mais son manque d'endurance lui avait fait comprendre qu'il ne serait jamais marin. Il avait donc confié Domon à Hirvad afin qu'il lui fasse apprendre un autre métier. Le benjamin avait accepté cette décision avec docilité, mais il était évident que la mer lui manquait. Domon avait appris à travailler le bois et y avait même pris plaisir. Voyant qu'il se montrait aussi perfectionniste que lui, Hirvad lui avait confié la partie la plus importante de la construction de ses vaisseaux.

– Arriverez-vous à finir le travail dans le temps alloué, Domon ? demanda Hirvad en levant les yeux vers la quille du vaisseau coincé dans un berceau de bois.

– Sans aucune difficulté. Les hommes ont compris les modifications que tu souhaitais apporter au plan initial et ils sont contents de travailler sur la plus longue galère jamais construite.

– Un jour, ils fabriqueront un vaisseau encore plus puissant.

– Je ne veux pas te décourager, Hirvad, mais le riche Faram refusera d'investir dans un bateau qui n'a jamais fait ses preuves.

– Même plus rapide et plus robuste que tous ceux que nous avons construits jusqu'à présent ?

– Ce n'est pas moi que tu dois convaincre, mais lui.

« Il a raison », songea Hirvad. Tous ceux à qui il avait parlé de ce prototype savaient qu'il représentait le vaisseau de l'avenir, mais ni lui ni ses ouvriers n'étaient des financiers. Hirvad poursuivit son inspection des planches, des joints et des cordages. Avant la fin de l'été, il serait en mesure de livrer tous les vaisseaux qu'on lui avait commandés.

Il rentra chez lui au crépuscule et trouva sa femme assise près du berceau de leur fils unique. La grande pièce était éclairée par une lampe à huile. Assilia lui jeta un regard réprobateur, car il était encore arrivé trop tard pour manger avec elle et jouer avec son fils. Pourtant, elle savait que lorsqu'il mettait les pieds sur les chantiers, il perdait la notion du temps.

– Je rentrerai plus tôt demain, promit-il en trempant son pain dans de l'huile d'olive.

Une fois repu, Hirvad s'assit près du berceau et admira le visage paisible de Jesam.

Assilia comprenait son amour de la mer et des bateaux, mais il n'était plus un jeune célibataire, désormais. Il avait de nouvelles responsabilités et il devait faire plus d'efforts pour concilier sa vie personnelle et sa vie professionnelle.

– Mon père aura toute une surprise en découvrant qu'il a enfin un petit-fils lorsqu'il se décidera à rentrer à la maison, laissa tomber Hirvad.

– Il est en mer depuis si longtemps, s'inquiéta Assilia. Je ne sais pas comment ta mère a pu endurer toutes ses absences.

– Presque tous les hommes de mon village sont des pêcheurs ou des marins, Assilia. Leurs femmes le savaient avant de les épouser et elles ont organisé leur vie en conséquence. Ici, c'est différent. Un homme peut gagner sa vie sur la terre ferme et retourner auprès de sa famille tous les soirs.

– Est-ce que la mer te manque, Hirvad ?

– Parfois, mais lorsque je me sens nostalgique, je pense à toi et à notre petit Jesam et j'oublie les flots. J'aime ma vie à Gebal et je ne veux pour rien au monde la changer.

Tel qu'il l'avait promis à sa femme, le lendemain, Hirvad s'occupa de son fils. Une fois que l'enfant fut rassasié et ses langes changés, il l'emmena avec lui sur la plage, non loin de leur maison. Il lui montra l'immensité de l'océan en lui précisant que c'était son domaine, car elle avait toujours nourri ses ancêtres.

– Peut-être deviendras-tu un grand capitaine comme ton grand-père ou ton oncle Kitham. Ou peut-être deviendras-tu un constructeur de bateaux comme ton père ou ton oncle Domon. Peu importe ce que tu choisiras de faire, je t'appuierai.

Il marcha sur la grève en pointant à son fils les voiliers qui passaient au loin et les crustacés qui fuyaient dans les galets à leur approche.

Tout intéressait ce bambin d'un peu plus d'un an. Le poing dans la bouche, il babillait sans cesse, en réponse aux commentaires de son père. Hirvad le ramena à la maison avant que le soleil ne soit trop haut dans le ciel afin de protéger sa peau sensible. Lorsqu'il le remit enfin à sa mère, Jesam était affamé. Assilia le fit boire et le mit au lit pour sa sieste. Hirvad en profita pour aller chercher le modèle miniature d'un voilier à deux mâts, qui reposait sur une étagère entre la vaisselle et les provisions. Il s'assit à la table et étudia la maquette sous tous ses angles.

– Maintenant que je l'ai amélioré, il est temps de voir s'il flotte toujours, annonça-t-il.

– Et s'il se comporte bien cette fois encore, iras-tu demander à Faram qu'il t'en commande un ? s'enquit Assilia en remuant doucement le berceau de bois de leur fils.

– Je n'en sais rien. La dernière fois que je lui ai parlé, il m'a laissé entendre qu'il n'aimait pas le risque.

– Alors, montre-lui que ton bateau peut vraiment affronter les flots et parcourir le monde en moins de temps que tous ses autres vaisseaux de marchandise.

Assilia avait raison, mais comment prouver cela au financier, puisqu'il n'en existait pas encore de version grandeur nature ? Il embrassa sa femme sur la joue et se rendit sur la plage après avoir attaché une nouvelle ficelle sur la proue du prototype. Il entra dans l'eau jusqu'aux genoux et le déposa sur les vagues. Il observa son roulis et son tangage pendant quelques minutes, puis ouvrit les petites voiles des deux mâts.

– Je m'absente pendant deux ans et qu'est-ce que je trouve à mon retour ? s'exclama quelqu'un sur la plage.

Reconnaissant la voix de son père, Hirvad fit volte-face. Jevad n'avait pas du tout changé. Il portait ses cheveux châtains parsemés de mèches grises attachés sur sa nuque et il avait la peau profondément tannée par le soleil. Il portait une tunique couleur sable attachée à la taille par une ceinture de cuir ouvré qu'il avait dû acheter dans un pays lointain.

– Est-ce bien mon fils aîné qui s'amuse avec un jouet ?

– Ce n'est pas un jouet, père. C'est un modèle réduit.

– Et à quoi sert-il ? À transporter des marchandises miniatures dans de tout petits royaumes ?

– Je l'ai construit pour voir si ses proportions lui permettraient de flotter.

Hirvad souleva le voilier et marcha jusqu'à son père, qui fronçait les sourcils avec intérêt. Le capitaine examina alors le bateau dans tous les sens.

– Toujours obsédé par tes deux-mâts, on dirait…

– Avec deux mâts, je peux concevoir un navire plus rapide, affirma Hirvad.

– Il n'y a aucune ouverture pour les rames. Penses-tu vraiment le faire naviguer uniquement grâce à la force du vent ? Que se passera-t-il s'il ne souffle pas dans la direction où tu veux aller ?

– J'ai passé des nuits blanches à réfléchir à cette éventualité et c'est pour cette raison que ses voiles seront mobiles. Elles pourront être tournées dans toutes les directions.

– Hum…

Hirvad lui fit la démonstration de sa technique en utilisant de petites cordes attachées à la voilure.

– Le concept est très intéressant. Un hardi marchand a-t-il proposé de financer ton nouveau projet ?

– Pas encore, mais je finirai bien par en trouver un. Je suis tenace.

– Si tu as besoin d'un équipage pour en faire l'essai, une fois que tu l'auras construit, n'hésite pas à faire appel à moi. Maintenant, si tu as fini de jouer dans l'eau comme un gamin, allons chez toi pour que j'embrasse ma belle-fille adorée.

– Elle sera ravie de te revoir, père, et surtout de te présenter notre fils.

– Vous avez un enfant ! se réjouit le capitaine.

Aucun de ses trois garçons ne lui avait encore donné de petits-enfants, mais dans le cas de Kitham et de Domon, c'était normal, puisqu'ils n'étaient pas encore mariés. Son cadet parcourait les mers avec lui alors que son benjamin reluquait toujours les belles Phéniciennes de son village.

Pendant qu'ils marchaient en direction de la maison d'Hirvad, celui-ci lui raconta la naissance de Jesam pendant un terrible orage ainsi que ses premiers pas.

– On s'excite toujours pour le premier, se rappela Jevad.

– Kitham n'est pas avec toi ?

– Je l'ai vendu à un roi étranger qui m'en offrait un bon prix, fit très sérieusement le père.

En apercevant l'horreur sur le visage de son fils aîné, Jevad éclata de rire. Il lui donna une bonne claque dans le dos et lui avoua que jamais il ne se séparerait de Kitham, un marin hors pair.

– En descendant du navire, il était si persuadé de trouver ses deux frères sur le chantier de construction qu'il s'y est rendu directement, expliqua le père. Moi, mon instinct m'a plutôt poussé vers la plage. Il va être déçu de ne trouver que Domon là-bas.

– Je n'ai plus besoin d'y aller tous les jours. J'ai des ouvriers aptes à superviser le travail à ma place.

– Oh… te voilà un homme important, maintenant, le taquina Jevad.

Ils entrèrent dans la maison en faisant tellement de bruit qu'ils réveillèrent le bébé. Jesam se releva en s'accrochant au bord du berceau et observa l'étranger qui serrait sa mère dans ses bras avec presque autant d'ardeur que son père. En apercevant sa frimousse, le grand-père s'agenouilla devant lui.

– Il sera blond comme Kitham, affirma-t-il. Peut-être pourrai-je en faire un marin, lui aussi.

Assilia lui servit une boisson aux fleurs de sureau.

– Vous devrez patienter encore quelques années avant de l'emmener en mer, l'avertit-elle.

Jevad se désaltéra et écouta les dernières nouvelles de la région, que son fils et sa belle-fille se firent un plaisir de lui raconter. Il fut bien content d'apprendre que Domon semblait enfin amoureux d'une jeune fille du village.

– Je veux des dizaines de petits-enfants ! se réjouit Jevad.

Il se rendit ensuite au chantier avec Hirvad et trouva ses deux autres fils en train d'étudier les plans d'une galère guerrière. Kitham était aussi bronzé que leur père et ses cheveux avaient encore pâli depuis la dernière fois qu'il l'avait vu. Les deux hommes s'étreignirent avec affection.

– Est-ce que père te traite bien ? voulut savoir Hirvad.

– Absolument pas ! s'exclama Kitham en riant. Tu devrais savoir qu'il ne traite pas ses fils différemment du reste de son équipage, puisque tu as toi aussi vogué sous ses ordres.

– Je pensais qu'il deviendrait plus compréhensif au fil des ans.

– Jamais de la vie ! affirma Jevad. Je cesserai d'être exigeant quand on m'aura enterré !

Ce soir-là, Jevad mangea sur la plage devant la maison d'Hirvad, entouré de ses trois fils et de sa belle-fille. Le petit Jesam se mêla d'abord à la fête, puis s'endormit dans les bras d'Assilia. Assis devant le feu, Jevad leur raconta qu'il avait voyagé d'Ugarit aux confins de l'Égypte et qu'il avait établi de bons contacts dans plusieurs petites villes au pied des grandes montagnes du Taureau. Il avait aussi fait escale à Chypre, où il avait déniché des marchandises uniques au monde.

– As-tu vu des monstres marins, Kitham ? le taquina Domon.

– Arrête de te moquer de moi, l'avertit le cadet, qui ne pardonnait pas à ses frères les nuits de terreur passées sur le bateau à craindre ces bêtes qui n'existaient même pas.

– J'ai sillonné toutes les mers du monde et je n'ai jamais rien vu de tel, affirma Jevad, le regard perdu dans les flammes. Il y a bien des poissons de taille gigantesque, mais ils n'incommodent jamais les bateaux. Arrêtez d'agacer votre frère avec cette histoire de monstres. Kitham est un excellent marin. L'an passé, au milieu d'une terrible tempête, j'ai été blessé à la tête par un baril qu'on avait mal attaché sur le pont. Kitham s'est empressé de prendre ma relève et d'aboyer ses ordres. Il a dirigé mon vaisseau d'une main de maître et nous n'avons perdu ni homme, ni marchandise durant la tourmente. Je pense qu'il ferait un excellent capitaine pour ton voilier à deux mâts.

– Avec le peu d'enthousiasme qu'il suscite en ce moment chez les financiers, ce pourrait bien être Jesam dans vingt ans, soupira Hirvad.

– N'abandonne jamais tes rêves, fiston, lui dit très sérieusement le père. Si tu y crois vraiment, quelqu'un finira par t'appuyer. C'est une grande loi de l'univers.

Le vieux capitaine continua de leur narrer ses péripéties jusqu'à ce qu'Assilia l'invite à dormir dans la maison. Il avait promis de se rendre au village au matin afin de rencontrer les parents de la future épouse de Domon et d'approuver ce mariage.

Pendant ce temps, Hirvad était retourné sur les chantiers pour s'assurer que tout allait bien et que Kitham ne distrayait pas trop ses hommes avec ses récits d'aventures en mer. Il trouva Lomar sous leur abri en planches.

– Mon père est finalement rentré au port, lui apprit Hirvad.

– Je m'en suis douté quand j'ai vu arriver Kitham.

Lomar fit alors signe à son patron que quelqu'un approchait. Il arrivait souvent que des hommes se présentent à l'improviste sur le chantier, à la recherche de travail. Hirvad n'avait jamais refusé les services de bons artisans. Toutefois, un seul coup d'œil aux mains de l'étranger lui fit comprendre qu'il ne s'agissait pas d'un ouvrier. Elles étaient soignées comme celles d'un homme de la haute société.

– Je cherche Hirvad de Gebal.

– Vous l'avez trouvé.

– Mon maître Faram m'envoie vers vous. Il aimerait que vous lui construisiez un deuxième navire comme celui que vous avez fabriqué pour lui l'an dernier.

– Dites-lui que j'irai le rencontrer bientôt pour discuter des termes de ce nouveau contrat.

Le messager se courba devant Hirvad et s'éloigna en évitant plutôt maladroitement les matériaux qui traînaient partout sur la grève. Ce n'était pas un esclave, mais nul doute un des rapaces qui rôdaient autour des hommes riches pour glaner tout ce qu'ils pouvaient. Hirvad n'avait pas une bonne opinion de ceux qui ne gagnaient pas honnêtement leur vie.

Après une longue journée de travail, Hirvad trouva son père chez lui. Il ne fut pas surpris de l'entendre dire qu'il voulait reprendre la mer sans tarder.

– Peut-être que tu auras un deuxième enfant quand je reviendrai, lança Jevad.

– Ce n'est pas impossible.

Il reconduisit le capitaine jusqu'au port, où mouillait son bateau. Assilia et le petit Jesam les accompagnèrent. Hirvad étreignit Kitham en lui recommandant de veiller sur le vieux marin, puis observa Jevad tandis qu'il grimpait sur le pont de son vaisseau, où il se mouvait décidément plus aisément que sur la terre ferme. Le vieux loup de mer donna des ordres à ses hommes, qui se mirent à fendre l'eau avec leurs rames pour pousser l'embarcation au large. « La mer me manque », pensa Hirvad. Il jeta un coup d'œil à son fils, qui regardait le bateau s'éloigner avec de grands yeux curieux. « Mais je veux aussi le voir grandir », décida-t-il.

Le lendemain, il rassembla son courage et déposa dans un sac de toile le modèle réduit du deux-mâts qu'il avait inventé, ainsi que les quelques plans qu'il avait dessinés sur du papyrus, puis se rendit chez Faram. Le marchand habitait une grande maison au centre de laquelle s'étendait un magnifique jardin. Personne ne possédait une aussi belle habitation dans tout Gebal et Faram s'en enorgueillissait. Il obligeait tous ses invités à la traverser d'un bout à l'autre avant d'arriver au salon où il entretenait sa cour.

Hirvad suivit les serviteurs sans prêter attention à toutes les fleurs exotiques ni aux petits étangs.

Lorsqu'il se présenta finalement devant Faram, il le trouva assis au milieu d'innombrables coussins colorés, entouré de jolies jeunes filles et d'hommes au regard dédaigneux. Tous étaient vêtus d'étoffes précieuses qui avaient dû leur coûter le prix d'un vaisseau. En simple tunique brune attachée à la taille par un morceau de corde, Hirvad offrait un curieux contraste avec cette jeunesse dorée. Il déposa son sac sur le sol et salua le maître des lieux d'un mouvement de la tête.

– Tu n'avais pas besoin de venir jusqu'ici, mon jeune ami. Tu aurais pu envoyer un messager me porter ton contrat. Mais puisque tu tenais à me rencontrer, sache que j'ai besoin d'un nouveau vaisseau et que certains de mes amis ont également manifesté l'intérêt d'investir dans le commerce maritime. Ils aimeraient que tu leur construises trois bateaux de marchandise.

– Ce sera avec grand plaisir, mais si vous me le permettez, j'aimerais vous parler d'un nouveau type de voilier deux fois plus gros que les vaisseaux de commerce usuels, et aussi deux fois plus rapide.

– Si un tel bateau existe, pourquoi est-ce la première fois que nous en entendons parler ?

Hirvad sortit le prototype du deux-mâts de son sac de toile. Après un premier moment de surprise, toute la cour s'esclaffa.

– Il s'agit d'un modèle réduit, expliqua-t-il, refusant de se laisser intimider par leur manque de respect. Ce genre de navire n'utilise pas de rameurs et il ne se déplace que grâce à ses voiles mobiles.

– J'aimerais le voir dans sa véritable taille, Hirvad.

– Il n'a pas encore été construit.

– Alors, comment sais-tu qu'il peut soutenir les hautes vagues et les tempêtes ?

– Je connais les voiliers mieux que quiconque à Gebal et ce modèle m'a prouvé que j'ai raison.

– Mais ce n'est qu'un jouet. Je ne peux pas demander à mes amis d'investir leur fortune dans un vaisseau qui n'existe pas. Même moi, j'hésiterais à employer la mienne dans ce projet, car je n'ai aucune assurance que ton bateau ne se retrouvera pas au fond de l'eau à son premier voyage. Je t'en prie, tiens-t'en aux modèles qui ont déjà fait leurs preuves.

– Dans ce cas, je n'ai plus rien à ajouter, fit Hirvad en s'efforçant de conserver sa fierté.

– Je te ferai porter la liste des biens que mes amis et moi avons à t'offrir pour ton travail. Tu peux partir, maintenant.

Hirvad retourna sans se presser à son chantier. Faram était le seul investisseur sérieux de la région. S'il ne voulait pas tenter le coup, alors il devait renoncer à son voilier à deux mâts. Il donnerait la version miniature à son fils pour qu'il puisse jouer avec lorsqu'il serait plus vieux. Domon vint alors à sa rencontre en courant.

– Faram a-t-il accepté de financer ta nouvelle embarcation ?

– Non. Il a peur qu'elle ne puisse pas soutenir l'assaut de la haute mer.

– Mais c'est toi le constructeur de bateaux ! se fâcha Domon. Si tu affirmes que ton voilier est solide, alors tu as forcément raison !

– Ta confiance en moi me touche beaucoup, Domon, mais ni toi ni moi ne pouvons financer ce projet, enfin, pas encore. Arrêtons d'y penser et remettons-nous au travail. Nous allons bientôt recevoir trois nouvelles commandes pour des embarcations ordinaires et nous avons l'habitude de satisfaire nos clients.

Hirvad poursuivit son chemin, la tête basse. Domon ne le suivit pas.

Le lendemain, lorsque Hirvad se présenta sur le chantier naval, il le trouva désert. Il tendit l'oreille et n'entendit aucun son, pas même le murmure de conversations d'ouvriers en train de prendre une pause entre deux coques. Stupéfait, il fonça vers l'abri, où il trouva au moins Lomar.

– Est-il arrivé un malheur ? s'alarma le constructeur de bateaux.

– Oui et non.

– Mais parle, Lomar !

– Tes hommes sont allés faire des menaces à Faram.

– Quoi ? Mais il est notre principal acheteur ! Nous mourrons tous de faim s'il décide de faire construire ses vaisseaux ailleurs !

– Nos concurrents sont à des lieues d'ici et tes ouvriers savent pertinemment qu'il en coûterait le double à Faram de faire construire ses bateaux là-bas. Ils savent ce qu'ils risquent, Hirvad, mais ils ont décidé que ton voilier valait la peine d'être construit.

Déconcerté, Hirvad se laissa tomber sur un banc, cherchant à remettre ses idées en ordre. L'appui de ses hommes lui réchauffait le cœur, mais il ne voulait surtout pas qu'ils se retrouvent sans travail. Il erra sur le chantier, terrifié à l'idée de perdre d'aussi importants contrats, puis alla s'asseoir sur un banc, les bras pendants et le regard vide. C'est là que Domon le rejoignit quelques heures plus tard.

– Je suis allé chez Faram, avoua-t-il.

Hirvad leva un regard effrayé sur son frère.

– Je lui ai dit que tu as une connaissance approfondie de tout ce qui peut flotter et que si tu affirmes que ton voilier peut rapporter deux fois plus d'argent à un marchand, tu dis la vérité. J'ai ajouté que s'il ne veut pas te fournir l'appui que tu recherches, nous irons offrir le voilier à deux mâts à d'autres financiers sur la côte. Nous ne te laisserons pas tomber, Hirvad, peu importe ce qu'il nous en coûtera.

– Nous pourrions tout perdre...

– Alors, nous le saurons demain, car c'est à ce moment-là qu'il nous répondra.

– Pourquoi as-tu fait ça, Domon ?

– Parce que, contrairement à Faram, nous croyons à ton rêve. Tu as toujours été juste et honnête envers nous et c'est maintenant à notre tour de te rendre tes bontés. Nous avons dit à Faram que s'il refusait de financer ton voilier, nous ne ferions plus rien pour lui. Il ne nous reste qu'à attendre sa réponse.

– Te rends-tu compte de ce qui attend ce village s'il décide d'aller faire construire ses bateaux ailleurs ?

– Nous trouverons d'autres clients. J'irai moi-même en Égypte vanter ton talent.

– Domon...

– Fais-moi confiance, je t'en prie. Faram n'a pas le choix et il le sait. Son orgueil en prendra un coup, c'est certain, mais il s'en remettra rapidement quand ton voilier lui rapportera deux fois plus de richesses que ceux de ses amis. Profite plutôt de ce temps libre pour jouer avec ton fils, mon frère. Nous risquons de ne plus avoir de répit pendant longtemps lorsque le messager de Faram viendra nous porter sa réponse.

Ne partageant pas l'enthousiasme de son frère, Hirvad laissa ce dernier poursuivre sa route vers le village, où il pourrait continuer de courtiser sa future épouse. Il resta plutôt assis sous l'abri à se demander ce qu'il ferait si Faram décidait de ne pas céder au chantage de ses ouvriers et de commander ses navires ailleurs. Comment nourriraient-ils leur famille ? Il ne bougea pas de la journée, tentant de trouver une solution où tout le monde serait gagnant.

Le soleil commençait à descendre lorsqu'un représentant de la maison de Faram se présenta devant lui. Après une interminable introduction, il lui annonça que son maître demandait à le voir. Désireux de réparer les pots cassés, Hirvad suivit le messager. Lorsqu'il arriva finalement dans le salon du financier, il trouva ce dernier seul, ce qui était plutôt inhabituel, puisqu'il aimait se donner en spectacle.

– Ce que tes hommes ont fait me trouble beaucoup, Hirvad, laissa-t-il tomber, contrarié.

– Moi aussi, Faram, mais je vous assure que je n'ai rien à voir avec leur décision. En fait, je ne sais même pas comment les persuader de se remettre au travail. Ils ne veulent plus rien entendre.

Faram garda le silence pendant un moment, dardant sur Hirvad un regard rancunier.

– Comment peux-tu affirmer avec certitude que ce curieux vaisseau ne coulera pas dès qu'il sera en haute mer ? demanda-t-il enfin.

– Depuis que je construis des bateaux, aucun d'entre eux n'a coulé. Si je puis me permettre de l'ajouter, mon père pense également qu'il sera un formidable concurrent dans la région.

– Ton père est un excellent capitaine et habituellement un bon juge de vaisseaux.

– J'ai tout appris de lui.

Faram accepta à contrecœur de financer son invention, à condition que ses autres commandes soient livrées à temps. En dissimulant son enthousiasme, Hirvad esquissa une révérence et rentra chez lui en courant. Fou de joie, il cueillit Assilia dans ses bras et la fit tourner dans les airs. Il avait enfin la chance de prouver sa valeur.

Lorsque Jevad revint au port, un an plus tard, il trouva le deux-mâts en construction sur un ber. Hirvad en supervisait les moindres étapes et les ouvriers le menaçaient constamment de l'attacher dans son abri pour pouvoir enfin travailler en paix. Domon était marié, mais Hirvad n'avait toujours pas de deuxième enfant.

Le petit Jesam, âgé de deux ans et blond comme les blés, ressemblait à s'y méprendre à son oncle Kitham. Sa curiosité ne connaissait pas de borne et sa mère passait la journée à courir derrière lui, sauf lorsque venait le moment des repas. Tout comme son grand-père, il aimait manger. C'était le seul moment de la journée où Assilia pouvait souffler un peu. Hirvad restant le plus clair de la journée sur le chantier, la jeune Phénicienne avait vite compris que pour passer un peu de temps avec lui, il lui fallait le rejoindre sur la plage. Elle apportait donc un panier de victuailles tous les jours et le forçait à descendre de la coque en construction pour manger avec elle et son fils. Hirvad se pliait volontiers à cette requête, car il savait qu'il négligeait sa famille depuis le début de la fabrication du voilier.

– Tes hommes font des progrès remarquables, nota Assilia en lui tendant un bol de légumes crus et un gobelet de vin.

– Ils savent que j'ai hâte de voir ce vaisseau faire ses preuves sur l'eau.

– Comme nous tous.

– Leur comportement envers moi me paraît vraiment étrange, Assilia. Ils me traitent comme un roi, alors qu'en réalité je ne suis qu'un ouvrier comme eux.

– Ils te font confiance parce que tu les traites bien et que tu prends de bonnes décisions. La plupart des rois ne se montrent pas aussi magnanimes, en fait.

« Elle est d'une telle sagesse », pensa Hirvad en caressant sa joue. Elle méritait certainement qu'il passe plus de temps dans son lit et qu'il lui fasse un deuxième enfant, mais tous ces chantiers qui bourdonnaient en même temps l'occupaient tellement que lorsqu'il arrivait à la maison, le soir, il était éreinté. Il se promit tout de même de rattraper le temps perdu dès que le deux-mâts prendrait la mer.

Une autre année passa avant que le voilier soit terminé. Hirvad l'inspecta attentivement avant de demander aux hommes de le pousser à l'eau. Avec beaucoup d'enthousiasme, ils le firent rouler sur les billots de bois en scandant le nom de son inventeur. Puis, tous gardèrent le silence tandis que la coque s'enfonçait dans la mer.

En constatant que le voilier se laissait bercer mollement par les vagues du port et qu'il ne risquait plus de s'abîmer dans les galets, les ouvriers poussèrent des cris de joie. De petites embarcations remplies de rameurs prirent alors le voilier en remorquage et le conduisirent en eau plus profonde pour l'ancrer.

Tel que promis, Jevad était revenu à Gebal à temps pour faire le premier essai de l'étrange bête à deux mâts. Les trois fils de Jevad y montèrent avec leur père et ses marins, mais Assilia préféra rester sur la terre ferme avec son enfant. Hirvad expliqua à l'équipage le fonctionnement des voiles mobiles, puis on détacha le vaisseau. Dès que le vent gonfla les voiles, l'embarcation nouveau genre prit de la vitesse.

– Tu avais raison ! cria le vieux capitaine à son fils.

Gonflé d'orgueil, Hirvad se rendit à la barre que tenait fièrement Jevad.

– J'ai hérité cette qualité de toi, le taquina-t-il.

– Tu devrais en être le capitaine, conseilla le père.

Hirvad se tourna vers la ville côtière de Gebal et vit les silhouettes de sa femme et de son garçon sur le quai.

– Non, répondit-il. Ma place est ici, avec ma famille et mes hommes. Je suggère que nous offrions cette responsabilité à Kitham. Il l'a bien mérité.

19

Leçons de Phénicie

Logan revint à la réalité tout en douceur. Il sentait toujours le vent frais de la mer jouant dans ses cheveux et la fierté d'avoir accompli du bon travail. Il ouvrit les yeux en prenant une profonde inspiration. Sous le mobile éolien, son guide translucide attendait patiemment son retour.

– J'aimerais que toutes mes autres vies soient aussi agréables que celle-là, fit remarquer Logan.

– *En Phénicie, tu as bravement accepté les responsabilités qui incombent à un chef. Ton âme est celle d'un meneur d'hommes, Logan. Elle a l'essence de celle d'un roi. Les gens qui t'entouraient, dans toutes tes vies, ont toujours admiré tes qualités de dirigeant et ils continueront de le faire dans cette vie-ci.*

– Dirigeant ? Roi ? Pourtant, je ne me sens pas différent de mes amis. Il me semble même que je suis plutôt ordinaire.

– *Toutes ces vertus dorment à l'intérieur de toi, mais elles ne se manifesteront que lorsque le temps sera venu. Tu as encore plusieurs vies à explorer avant d'accepter ta véritable identité.*

– David, tu m'as parlé de compagnons de tâches avant de me ramener dans cette vie sur le bord de la mer. Explique-moi ce que ça veut dire.

– Les âmes compagnons ont une mission à accomplir ensemble, même si parfois elles ne le font que sur le plan astral, au moment du sommeil de leur corps humain. Mais si elles se rencontrent sur le plan physique, leur relation est amicale et très énergique. Elles ont l'impression de se connaître depuis toujours et elles se mettent tout de suite au travail.

– Peuvent-elles aussi être des amants ?

– Cela se produit parfois, mais la plupart du temps l'amour, tel qu'il s'exprime sur votre plan d'existence, les empêche d'achever leur mission. L'amour inconditionnel, par contre, peut leur faire accomplir des miracles.

– Qu'arrive-t-il lorsque les compagnons de tâches sont deux adultes conscients que leurs sentiments risquent de les faire tomber dans ce piège ?

– Ils peuvent alors devenir de formidables alliés.

– Donc, si j'avais été plus « conscient » à Babylone, j'aurais pu accomplir ma mission avec la femme que j'aimais ?

– Il existait d'autres difficultés dans cette relation, Logan, puisque vous étiez non seulement des compagnons de tâches, mais également des jumeaux d'essence.

– Des quoi ?

– Ce sont des âmes qui se ressemblent en tous points. Habituellement, elles ne deviennent pas des compagnons de tâches, parce qu'elles se craignent. Les essences jumelles sont si semblables qu'elles ont l'impression de se retrouver devant un miroir lorsqu'elles se rencontrent. Elles cessent alors d'évoluer, préférant s'observer l'une l'autre jusqu'à leur mort physique.

– Au lieu de remplir leur mission, comprit Logan. Mais qu'étais-je censé accomplir avec Hisba à Babylone ?

– *Elle devait s'assurer que tu deviennes un officier de justice, une tâche que ton âme avait choisie avant son incarnation. Elle devait t'épouser et te procurer des conditions sociales acceptables qui auraient facilité l'accomplissement de ta mission.*

– Mais son âme a eu peur du puissant lien que nous ressentions tous les deux, c'est bien ça ?

– *La vie sur le plan physique est composée de choix. L'âme n'a jamais peur, Logan. C'est la personnalité, l'ego, qui est aux prises avec les choix. Cette femme t'aurait sans doute épousé si son père le lui avait permis. Non seulement vous avez des choix à faire, mais parfois vous ne pouvez éviter ceux des gens qui vous entourent.*

– Lorsque ça se produit, doit-on revenir dans une autre incarnation pour se rattraper ?

– *Oui, mais habituellement pas dans les mêmes circonstances. N'oublie pas que tu es devenu juge sans l'aide qu'elle t'avait promise avant votre naissance. Afin de terminer son karma avec toi, par contre, elle devra te fournir une aide similaire dans une autre vie.*

– Que c'est compliqué, ces histoires d'âmes ! soupira Logan en s'adossant dans le sofa.

– *Les âmes interagissent les unes avec les autres sur le plan physique, parfois pour leur bien commun, parfois non. Avant de pouvoir reconquérir leur place dans les plans supérieurs, elles doivent se débarrasser de toutes les obligations qu'elles ont contractées entre leurs incarnations et de toutes les dettes qu'elles ont accumulées d'une vie à l'autre.*

– M'en reste-t-il beaucoup ?

– *Il ne servirait à rien que je t'en révèle le nombre exact. Cependant, sache que je suis avec toi pour t'en faire prendre conscience en te ramenant progressivement dans ton passé. Il ne tiendra qu'à toi de terminer ton karma dans cette vie avec les âmes qui se sont réincarnées près de toi. Il te faudra aussi faire de gros efforts pour apprendre à respecter ton essence jumelle tout en accomplissant ton importante tâche sur la Terre.*

– Je suis sûr que je peux y arriver.

– *Il se pourrait aussi que ce soit au-dessus de tes forces, Logan. De terribles souvenirs de vos autres vies communes pourraient vous empêcher de terminer ce que vous avez commencé ensemble.*

– Je suis plus têtu que ça, David.

Le guide éthéré lui sourit et disparut. Logan demeura un long moment à réfléchir. Si son âme ne pouvait pas retourner au ciel avant d'avoir effacé toutes ses dettes karmiques, il serait obligé, tôt ou tard, d'affronter son essence jumelle et de régler ses comptes avec elle.

Le lendemain, un samedi, il donna un coup de fil à Rain pour lui demander de l'accompagner au parc. Elle accepta volontiers et, au milieu de l'après-midi, le retrouva sur son banc face à une petite fontaine. Ils marchèrent côte à côte le long du sentier. D'abord silencieux, Logan se mit enfin à la questionner sur les âmes jumelles.

– On les appelle ainsi parce qu'elles ont été créées exactement au même moment, expliqua-t-elle.

– Créées par qui ?

– Par Dieu, bien sûr, peu importe le nom que tu lui donnes. Je fais référence à la grande intelligence cosmique qui a tiré tout ce que tu vois du néant.

– Créées pour quoi ?

– Mon petit dragon est bien curieux, aujourd'hui.

– Je t'en prie, réponds-moi. J'ai besoin de comprendre.

– J'imagine qu'il ne voulait pas demeurer seul. Il a façonné des milliers de petites flammes autour de lui, mais puisqu'elles s'ennuyaient, il leur a permis d'aller vivre des expériences dans d'autres univers, à condition que, le jour où elles auraient envie de revenir auprès de lui, elles soient aussi pures que le jour où il les avait laissées partir.

– Il me semble que moi, j'aurais préféré rester avec lui...

– Apparemment, ce n'est pas ce que tu as choisi.

– Touché.

– Notre âme jumelle nous ressemble à tous points de vue. Si ces âmes ne choisissent pas toujours de s'incarner dans les mêmes circonstances, par contre elles ont des parcours plutôt similaires en ce qui concerne leurs goûts, leurs ambitions, leurs lectures, parfois même leurs études et leur choix de profession.

– Pourquoi l'âme jumelle d'un homme peut-elle être une femme ?

– Puisqu'elles ne sont pas dans la même classe céleste, elles ne savent rien de la prochaine incarnation que l'autre a choisie de son côté, alors il arrive qu'elles ne soient pas du même sexe ou même qu'elles habitent aux antipodes sur Terre.

– Un petit instant ! C'est quoi cette histoire de classe céleste ?

– Tout de suite après leur naissance, les âmes sont confiées à un professeur angélique dans ce qui ressemble à une grande bulle. Ces classes ne contiennent en général qu'une trentaine d'âmes tout au plus, parfois moins.

– Une grande bulle ?

– Tout ce qui est en haut est comme ce qui est en bas.

– Ce qui veut dire ?

– Tout ce qui existe est formé de cellules, même nos corps. Eh bien, le ciel aussi. Nous appartenons tous à l'une d'entre elles et nous y retournons après chaque incarnation pour analyser nos expériences terrestres avec nos copains et notre professeur angélique.

– C'est plus clair.

– L'âme sœur fait toujours partie de notre classe, tandis que l'âme jumelle fait partie d'une classe différente.

– Mais il y a des milliards de gens sur la Terre ! Il doit certainement y avoir une tonne d'âmes qui sont « nées » en même temps !

– Pas nécessairement, puisqu'elles doivent avoir été créées à la même seconde. Cela réduit grandement les probabilités. Mais tu as raison : il y a beaucoup d'âmes jumelles. Cependant, la plupart ne se rencontreront jamais.

– Parce que les êtres de lumière s'y opposent ?

– Ils n'ont rien à voir là-dedans. C'est parce que ces âmes ne peuvent pas communiquer dans l'au-delà qu'elles ont de la difficulté à se retrouver sur le plan terrestre.

– Dis-moi encore pourquoi deux personnes qui sont des âmes jumelles ne peuvent pas être heureuses ensemble.

– Parce qu'elles sont si absorbées l'une par l'autre qu'elles s'empêchent d'accomplir leurs tâches respectives sur la Terre. En d'autres mots, elles cessent d'évoluer.

Ils arrivèrent devant des balançoires et Rain se défit de Logan pour aller s'y asseoir.

– Ton âme jumelle se balade quelque part dans le monde et, comme toi, elle se demande pourquoi elle ressent un aussi grand vide, poursuivit-elle en se balançant.

– Ce n'est pas tout à fait ce que je voulais entendre.

– Je sais, mais il faut que tu le saches.

Logan alla se placer derrière Rain et se mit à pousser l'escarpolette. « Comme dans les vieux films », pensa-t-il.

– Est-ce que tu connais des âmes jumelles qui se sont rencontrées sur Terre ? s'enquit-il.

– Un de mes amis a retrouvé la sienne et il n'y a plus moyen de les séparer. Il est très difficile d'accomplir sa tâche en présence de son âme jumelle, Logan. Tu as la mission de montrer aux autres hommes comment sauver cette planète. Si tu rencontrais la tienne maintenant, tu pourrais mettre ce monde en péril.

– Vraiment ?

– Je ne te dis pas ça pour te décourager. C'est la stricte vérité.

– Désolé de t'embêter avec toutes mes questions stupides…

– Si elles étaient stupides, je n'y répondrais pas. Comment as-tu aimé la Phénicie ?

– Décidément, tu sais toujours tout.

– Non, je ne sais pas tout, sinon je serais aussi un ange, comme David.

– Tu es un ange dans ma vie à moi, en tout cas.

Il immobilisa la balançoire et l'embrassa sur la joue. Elle lui prit la main et l'entraîna une fois de plus vers le sentier qui parcourait tout le parc. « Tout semble si facile avec elle », pensa-t-il. Elle ne prenait jamais rien au sérieux comme lui. Elle savait s'amuser et elle savait rire. Peut-être que cela constituait sa prochaine leçon…

20

Ramosis

Logan reconduisit Rain chez elle, puis s'arrêta dans un magasin de hobbies où il acheta un modèle réduit de bateau à construire. Il revint chez lui et s'amusa à coller les innombrables pièces les unes aux autres. Ce n'était pas une embarcation phénicienne comme celles qu'il avait construites des milliers d'années auparavant, mais cette activité lui apporta beaucoup de satisfaction.

Après un copieux repas de spaghettis et de salade verte, il s'installa sur le sofa et alluma les bougies sur la table basse. Il relaxa son corps en pensant que quelques semaines plus tôt il ne savait même pas comment respirer correctement. Son guide lui apparut sous le mobile éolien.

– Bonsoir, David. Où m'emmènes-tu, ce soir ?

– *Dans le pays que vous appelez l'Égypte.*

– Encore ?

– *C'est une incarnation différente. Il arrive souvent qu'une âme choisisse de retourner plusieurs fois dans la même région pour poursuivre son évolution.*

– Est-ce que je suis revenu dans le corps d'un artiste ?

– *Non. Plutôt dans celui d'un soldat qui servait un pharaon très différent de tous les autres avant et après lui. Il s'appelait Akhenaton. Tu étais son meilleur ami. C'est pour cette raison qu'il t'a confié ses six filles.*

– Quoi ? J'étais le garde du corps d'un troupeau de filles !

– *Des princesses, Logan. Akhenaton les aimait plus que tout au monde. C'était un grand honneur de veiller sur leur vie. Tu as même réussi à en sauver quelques-unes lorsque le pharaon est mort et que ses ennemis ont détruit sa cité bien-aimée. Ton âme avait choisi cette vie pour apprécier l'innocence et la pureté des enfants.*

Avant qu'il puisse le questionner davantage, David le plongea dans une transe profonde. Logan ferma les yeux et se retrouva dans le corps puissant de Ramosis. Il portait une tunique rouge par-dessus laquelle était attachée une cuirasse épaisse qui lui donnait un air redoutable. Ce qui surprit le plus Logan, c'était l'attention intense avec laquelle cet homme regardait tout ce qui l'entourait. Rien ne lui échappait. Il était assis sur le plancher de marbre d'une salle remplie de jouets et de jeux. Cinq fillettes de trois à onze ans sautillaient autour du pharaon et lui posaient mille questions. Ramosis n'écoutait pas leur conversation. Il surveillait les grandes fenêtres percées dans le marbre et la porte qui donnait sur le couloir, la main posée en permanence sur le pommeau de son glaive. Logan fusionna son esprit à celui du soldat et comprit aussitôt son inquiétude.

Akhenaton avait rompu avec les traditions de ses ancêtres. Contrairement aux pharaons avant lui, il ne prônait pas l'agression et ne voyait pas la nécessité de protéger les frontières de son grand pays. Il n'était pas un guerrier, mais un pacifiste et un amoureux de toutes les formes d'art. Il avait accepté avec grand plaisir que certains de ses soldats quittent son armée pour se consacrer à la poésie ou à la sculpture. Pour lui, l'art représentait la forme la plus pure de communication avec le dieu unique qu'il adorait.

Avant son départ de Thèbes, Akhenaton avait fait détruire toutes les statues des divinités d'antan pour les remplacer par celle d'Aton, le dieu solaire. Il avait aussi fait construire une nouvelle ville dans le désert pour célébrer son règne. Il s'y était installé avec sa femme, la séduisante Néfertiti, et leurs filles, Merit-aton, Makit-aton, Ankhsenpa-aton, Neferneferu-aton et la petite Neferneferu-re. La reine était d'ailleurs enceinte et allait donner naissance à un sixième enfant d'un jour à l'autre. Secrètement, Akhenaton espérait que le benjamin serait un garçon qui hériterait un jour du trône, mais l'arrivée d'une autre fille ne le décevrait pas non plus.

– Pourquoi n'y a-t-il pas de statues dans le Temple ? demanda Ankhsenpa-aton, qui avait sept ans.

– Nous n'en avons nul besoin, puisque l'absence de toit nous permet d'adorer Aton directement lorsqu'il l'inonde de sa lumière et de sa chaleur, expliqua le pharaon à ses filles. Un sanctuaire ne doit pas être un endroit sombre et mystérieux.

– C'est quoi « mystérieux » ? demanda la petite Neferneferu-re, qui n'avait que trois ans.

– C'est quelque chose dont tu n'auras jamais besoin de te soucier, petite princesse, parce que tu es belle, charmante et innocente.

– Et moi ? demanda Ankhsenpa-aton.

– Toi, tu es douce, sensible et tendre comme une fleur.

– Et moi ? demanda Neferneferu-aton, âgée de cinq ans.

– Toi, tu es mon petit guerrier, sourit le pharaon en caressant la tête de la gamine. Tu es remplie d'énergie et de détermination.

– Je n'ai peur de personne et je peux me battre aussi bien qu'un garçon !

– Mais tu n'auras jamais besoin de te battre, parce que rien ne te menacera jamais, ici.

Akhenaton leva les yeux sur Ramosis, assis derrière les filles. Le soldat acquiesça d'un léger mouvement de la tête. Jamais il ne laisserait qui que ce soit s'en prendre aux princesses.

– Mais les ennemis du royaume, eux ? répliqua l'enfant. Il faudra bien les repousser un jour !

– Tous les hommes sont égaux devant Aton, déclara le pharaon en baissant les yeux sur la petite. Nous n'attaquons pas nos frères.

Un serviteur se présenta à la porte pour annoncer au pharaon que c'était maintenant l'heure de présider à la cérémonie du coucher du soleil. Les filles insistèrent pour accompagner leur père, mais il refusa de les emmener, parce qu'elles devaient se mettre au lit. Il leur promit toutefois de les faire chercher pour la cérémonie du matin. Neferneferu-aton se mit à gémir, alors Ramosis s'empressa de la prendre dans ses bras.

– Allez-y, Majesté. Je me charge d'elles.

– Merci, mon ami.

Le pharaon suivit le serviteur dans le couloir et Neferneferu-aton se débattit dans les bras du soldat.

– Les enfants sont injustement traités dans ce palais !

– Ils sont surtout trop gâtés, Neferneferu-aton, répliqua Ramosis. Il y a un temps et un âge pour chaque chose. Et à cette heure, les princesses vont au lit.

Il la garda dans ses bras, pour qu'elle ne prenne pas la fuite dans les couloirs du palais, et prit la main de Neferneferu-re, la plus jeune. Les trois plus vieilles ne lui donnaient jamais de fil à retordre. Elles avaient appris avec le temps qu'il était inutile de s'opposer à lui.

Ramosis remit les filles aux servantes qui les baignèrent, leur firent enfiler des tuniques d'étoffe soyeuse et peignèrent leurs cheveux noirs. Elles les reconduisirent ensuite à leurs lits, qui se trouvaient dans une seule grande pièce, facilitant la tâche du soldat. Ramosis s'assura qu'aucun danger ne les y guettait, comme un scorpion ou un serpent, puis les laissa s'installer. Il y avait des barreaux aux fenêtres et cette chambre se situait à l'étage le plus haut du palais, de façon que personne ne puisse s'y rendre en escaladant le mur extérieur. Pour quitter la pièce, les filles devaient traverser celle du soldat, et il avait l'oreille fine. Aucune d'elles n'aurait pu s'échapper sans qu'il le sache et personne n'aurait pu s'infiltrer dans cette aile du palais sans le réveiller.

Ce soir-là, alors qu'il lisait, assis sur son lit, Ramosis entendit des pas affolés dans les couloirs du palais, mais il n'alerta pas tout de suite les princesses. Il tendit l'oreille et comprit que la reine venait de donner naissance à son sixième enfant. Les servantes, qui couraient devant sa porte, annonçaient à tout le monde qu'il s'agissait d'une autre fille. Elle s'ajouterait donc aux cinq princesses dont il avait déjà la garde.

Au matin, Ramosis annonça à ses protégées qu'elles avaient une nouvelle sœur.

– Comment s'appellera-t-elle ? demanda Neferneferuaton.

– Je n'en sais rien, ma petite chérie.

Il les aida à enfiler leur plus belle tunique pour les emmener faire sa connaissance. Il les fit marcher devant lui en se tenant par la main dans le large couloir de marbre qui menait aux appartements royaux, et les arrêta sur le seuil de la chambre de la reine, retenant Neferneferu-aton par la manche pour l'empêcher de se précipiter à l'intérieur. Akhenaton lui-même vint chercher les petites.

– L'accouchement a été long et difficile et votre mère est très fatiguée. Si vous voulez voir votre petite sœur, vous devez me promettre d'être sages.

– Mais nous le sommes toujours ! s'exclama spontanément Neferneferu-aton.

Il mena les princesses au chevet de la reine, qui tenait dans les bras un petit bébé emmailloté. Ramosis demeura en retrait, tous ses sens aux aguets.

– Voici Setpen-re, annonça le pharaon en caressant la tête du nouveau-né.

– Pourquoi ce n'est pas un garçon ? voulut savoir Ankhsenpa-aton.

– Parce que Aton semble préférer les petites filles.

Le pharaon répondit patiemment à toutes leurs questions, puis il demanda à Ramosis de les conduire à l'école et à la salle de jeux. Le soldat se courba devant Akhenaton et rassembla les filles.

L'école lui donnait un répit, puisqu'il ne surveillait que les deux plus jeunes pendant que les trois plus vieilles recevaient leur instruction dans une pièce fermée au fond de la salle de jeux. Au milieu de la journée, tandis que les petites jouaient avec des poupées de bois et des berceaux dorés, Ramosis vit Makit-aton sortir en chancelant de la salle de cours. Il bondit et la cueillit dans ses bras avant qu'elle ne s'effondre sur le sol.

– Neferneferu-aton ! Neferneferu-re ! Accrochez-vous à mon pagne !

Il avait si souvent répété cette procédure d'urgence avec les princesses qu'il n'eut pas à répéter ses ordres. Elles empoignèrent l'étoffe à deux mains et volèrent presque dans les airs pendant qu'il courait chez le médecin du roi. Il déposa la fillette de neuf ans sur la table d'examen et sentit les mains des jeunes princesses s'accrocher à ses jambes. Il les emmena tout de suite s'asseoir dans un grand fauteuil de soie à l'entrée de la pièce. Les petites se collèrent l'une contre l'autre pour se rassurer. Ramosis marchait nerveusement de long en large devant elles.

– Je n'ai rien pu faire pour elle, général, lui apprit tristement le médecin en revenant vers lui.

Ramosis sentit ses jambes céder sous lui et s'appuya contre le mur de marbre. Le médecin lui offrit une potion pour atténuer sa douleur, mais le soldat la refusa en secouant vivement la tête. Il souleva les deux petites dans ses bras et les transporta à la salle de jeux. Il les déposa sur le plancher jonché de jouets, mais elles demeurèrent immobiles devant lui.

– Qu'est-ce qui se passe, Ramosis ? demanda Neferneferu-aton, très inquiète.

Merit-aton et Ankhsenpa-aton sortirent de la salle de classe à ce moment-là. Les yeux de leur gardien étaient remplis de larmes, mais il essayait de se montrer courageux.

– Makit-aton est allée rejoindre Aton dans son grand royaume, hoqueta Ramosis. Ce sera lui qui prendra désormais soin d'elle. Nous devrions tous nous réjouir qu'elle soit entre de si bonnes mains.

– Si c'est aussi réjouissant que tu le dis, pourquoi pleures-tu ? s'étonna Neferneferu-aton.

Ramosis les poussa devant lui. Il les confia aux servantes et s'isola dans la pièce adjacente pour pleurer en paix. Dès qu'elles furent changées, il conduisit les princesses dans la grande salle où elles mangeaient avec leurs parents. La reine était toujours alitée et le bébé dormait sous l'œil vigilant des nourrices. Les quatre princesses s'installèrent à leur place habituelle.

Ramosis ressentit une grande tristesse en voyant la chaise vide de Makit-aton.

Il recula près de la porte pendant que les cuisiniers déposaient les plats devant les filles. Une main se posa alors sur son épaule. Ramosis tourna vivement la tête. Les yeux sombres du pharaon plongèrent dans les siens.

– Comment les petites ont pris la nouvelle ? murmura Akhenaton.

– Merit-aton est la seule qui comprend vraiment ce qui est arrivé aujourd'hui, Majesté.

– Je ne mangerai pas avec mes filles ce soir, mon ami. Je dois me retirer dans le temple et prier pour l'âme de mon enfant.

Il s'esquiva avant que les princesses ne l'aperçoivent. Ramosis demeura fidèlement à son poste.

Ce fut finalement la routine qui lui permit de traverser ce deuil éprouvant. Les mois passèrent et il se retrouva avec une nouvelle protégée sur les bras, lorsqu'elle n'était pas sous les soins de ses nourrices.

Un matin, une grande effervescence s'empara de la cité et les princesses voulurent évidemment savoir ce qui se passait.

Tandis que Ramosis les emmenait à la salle de jeux, les trois plus vieilles se précipitèrent sur un balcon. Tenant la petite Setpen-re d'à peine un an sur un bras et Neferneferu-re de quatre ans par la main, le soldat fut incapable de les empêcher de s'élancer devant lui et dut donc les suivre. Les petites curieuses se penchaient à la balustrade : elles observaient les artisans qui accrochaient des fleurs partout et nettoyaient le pas des portes.

– Y a-t-il une fête ? demanda Ankhsenpa-aton.

– Pas vraiment. Votre grand-mère, la reine Tiye, nous rend visite.

– C'est étonnant, puisqu'elle n'aime ni notre père ni notre mère, lança Neferneferu-aton.

– Elle vient surtout pour des raisons politiques, expliqua Ramosis en cachant son amusement.

– C'est à cause des révoltes en Asie, n'est-ce pas ? s'enquit Ankhsenpa-aton.

– Mais où as-tu entendu une chose pareille ?

Se sentant coupables d'avoir écouté aux portes, les princesses gardèrent le silence.

– Je ne veux plus que vous prêtiez attention aux rumeurs qui circulent dans le palais. Tout ce qu'il vous importe de savoir, c'est que les ailes divines d'Aton vous protègent.

– J'espère qu'il a de très très longues ailes, murmura Neferneferu-aton.

– Il est tout-puissant, la reprit Ramosis, surpris par son manque de foi.

Il leur ordonna de retourner tout de suite à l'intérieur. Son ton convainquit même l'indomptable Neferneferu-aton d'obéir. Il rassembla les princesses dans la salle de jeux puis, quelques heures plus tard, les ramena aux servantes. Ces dernières les préparèrent pour leur importante rencontre avec leur grand-mère.

Ramosis laissa les deux plus jeunes sous la surveillance d'un de ses hommes de confiance et emmena les trois plus vieilles dans un char qu'il conduisit lui-même, suivant de près celui du pharaon et de la reine.

Ramosis arrêta les chevaux à proximité de ceux d'Akhenaton et surveilla attentivement les soldats et les serviteurs qui entouraient la reine mère. Un seul mouvement menaçant de leur part et il rebrousserait prestement chemin avec ses protégées. Le quadrige de la reine Tiye s'arrêta devant le comité d'accueil. Smenkhere, un beau jeune homme de dix-neuf ans, l'accompagnait. Les princesses n'en avaient jamais entendu parler et se demandèrent de qui il pouvait bien s'agir.

– Soyez la bienvenue dans la cité bien-aimée d'Aton, mère, le salua poliment le pharaon.

– Je n'ai nul besoin de toutes ces cérémonies quand j'arrive chez toi. Je suis venue jusqu'ici pour te parler de choses sérieuses, pas pour célébrer quelque mystérieuse fête de ton invention.

– J'en suis parfaitement conscient, mère, mais vous avez choisi d'arriver le jour où je reçois les tributs des Syriens et des Nubiens du désert. Voulez-vous les attendre ici avec nous ou préférez-vous vous retirer maintenant dans vos appartements ?

Tous les yeux étaient rivés sur elle, alors la vieille reine se vit forcée d'accepter de demeurer sous les rayons brûlants du soleil qu'elle ne vénérait d'aucune façon. Une heure plus tard, des hommes surgirent en effet du désert. Ramosis redoubla d'attention, car certains d'entre eux portaient des armes. Il fit signe à ses soldats d'entourer Akhenaton et de surveiller de près les étrangers qui se prosternaient devant lui. La cérémonie dura une bonne partie de la journée. Le pharaon écouta les discours des représentants de ces peuples asservis et reçut patiemment tous les présents qu'on lui présentait. Puis les Syriens et les Nubiens reprirent la direction de leur patrie et les Égyptiens retournèrent à l'intérieur de la cité.

Après un copieux repas en compagnie de leur grand-mère et de Smenkhere, qui finalement n'était nul autre que le jeune frère de leur père, les princesses suivirent Ramosis dans leur chambre. En peu de temps, de nouvelles rumeurs circulèrent dans le palais. On disait que la reine était venue demander à Akhenaton d'autoriser le mariage de Smenkhere avec Merit-aton, la plus âgée de ses filles. Akhenaton comprit alors le véritable but de la visite de sa mère : elle souhaitait s'assurer qu'un mâle de leur lignée puisse régner sur l'Égypte après lui. Le pharaon avait eu un fils avec une concubine quelques années plus tôt, mais Toutankhaton n'était qu'un bâtard aux yeux du peuple. La reine Tiye voulait du sang pur sur le trône.

Ramosis mit les princesses au lit et s'installa dans sa chambre pour les surveiller. Il s'assit sur le bord de sa fenêtre et observa les étoiles en attendant que le palais retrouve sa quiétude nocturne. C'est alors qu'il entendit de petits pieds nus courant sur le marbre. Merit-aton apparut dans un rayon de lune et grimpa sur le lit du soldat.

– Je n'arrive pas à trouver le sommeil, Ramosis.

– Dis-moi ce qui te trouble, petite princesse.

– C'est la rumeur de mon mariage avec mon oncle et de mon départ pour Thèbes. Je veux savoir ce que tu en penses, Ramosis.

– Ton père est un homme sage. S'il l'autorise, il faut en conclure que c'est une bonne chose pour toi et pour l'Égypte.

– Es-tu d'accord avec lui ?

– Je pense tout comme le pharaon que tu feras une reine magnifique, mais j'aurai de la peine de te voir partir.

L'enfant se réfugia dans les bras de son gardien. Ramosis la serra avec un amour tout aussi paternel que celui d'Akhenaton. Il expliqua à Merit-aton que Thèbes ne se trouvait pas si loin, en fin de compte, et qu'il pourrait certainement lui rendre visite prochainement. Il l'étreignit encore un peu, puis lui demanda de retourner au lit et d'essayer de fermer l'œil, car les prochains jours seraient éprouvants pour elle.

Au matin, Ramosis conduisit les filles dans la grande salle à manger, où elles déjeunèrent avec leur oncle de dix-neuf ans en le bombardant de questions sur sa vie, ses goûts et ses aspirations.

Ramosis ne lui vint aucunement en aide. Debout près de la porte, il se contenta de sourire et de le laisser se débattre seul. Il sentit alors une présence et fit volte-face, surpris de trouver la reine Tiye à deux pas de lui, sans escorte.

– N'êtes-vous pas le grand général Ramosis qui a jadis mené notre puissante armée à la conquête de plusieurs royaumes voisins ?

– Celui-là même, Divine Majesté, confirma-t-il en se courbant devant elle.

– Pourquoi vous a-t-on rabaissé au rang de gardien d'enfants ?

– Notre pharaon bien-aimé me croyait suffisamment qualifié pour protéger la vie de ses précieuses filles, répondit Ramosis en s'efforçant de conserver un ton neutre.

– Ne savez-vous pas que des conflits importants ont éclaté dans l'Est et qu'ils requièrent une intervention militaire ?

– Je ne suis plus impliqué dans les affaires politiques de l'État, mais je suis certain que votre fils fera tout en son pouvoir pour rectifier la situation.

– Vous avez tort, Ramosis. Mon fils est un très mauvais stratège. Il ne sait pas reconnaître le danger même lorsqu'il l'a sous le nez. Il a besoin de conseillers en qui il peut avoir confiance. Vous devriez laisser le gardiennage aux servantes et reprendre votre véritable rôle dans son royaume.

– Ma place est auprès des princesses et, avec tout le respect que je vous dois, je pense que personne ne peut les protéger aussi bien que moi.

– Vous n'êtes même pas égyptien. Vous venez de Mitanni, comme cette femme que mon fils a épousée.

– Je suis né là-bas, c'est vrai, mais j'ai grandi parmi vos sujets.

– Est-ce la raison pour laquelle on vous a choisi pour ce travail indigne de vous ? Parce que Néfertiti aime s'entourer de gens de son propre peuple ?

– La seule personne qui puisse répondre à cette question, c'est la reine.

– J'implore les dieux de vous ouvrir les yeux avant qu'il ne reste plus rien de l'empire de mon fils.

Elle lui tourna froidement le dos et disparut dans le couloir. Un sourire amusé se dessina sur les lèvres de Ramosis, qui savait qu'elle n'aurait aucun succès auprès du pharaon.

21
L'EXIL

Si Akhenaton refusa de déployer l'armée pour défendre ses frontières, il acquiesça cependant au mariage de Merit-aton et de Smenkhere, qui furent emmenés à Thèbes par la reine Tiye. Trois années passèrent sans que les problèmes anticipés par la reine mère dans l'Est se concrétisent. Ramosis poursuivait scrupuleusement sa routine avec les quatre princesses qui restaient. Lorsque les trois plus vieilles étaient à l'école, il ne lui restait plus que la petite Setpen-re à surveiller dans la salle de jeux. Elles grandissaient si rapidement…

Puis, Armana, la ville chérie du pharaon, connut des événements tragiques. Un messager vint d'abord leur apprendre que le prince Smenkhere avait succombé à une maladie étrange à Thèbes puis, quelques mois plus tard, ce fut le pharaon lui-même qui en fut atteint. Akhenaton devint si faible qu'il ne pouvait plus quitter son lit. Ramosis redoubla de prudence, car, habituellement, lorsqu'un roi mourait, les vautours se manifestaient assez rapidement dans son palais pour emporter tout ce qu'ils pouvaient. De nombreux prétendants au trône d'Égypte chercheraient à enlever les princesses ou, pire encore, à les éliminer.

Quand Akhenaton rendit finalement l'âme, Néfertiti fit appeler le général dans ses appartements privés avant de répandre la nouvelle de la mort du pharaon. Le Mitannien la trouva dans une pièce sombre, éclairée par une unique lampe. Elle avait les traits tendus, mais elle se redressa dignement à son arrivée.

– Vous avez demandé à me voir, Majesté.

– Oui, Ramosis. Je t'en prie, assieds-toi. Il y a plusieurs choses que tu dois maintenant savoir.

Inquiet, le soldat prit place sur un banc de bois.

– Mon époux n'est plus.

– Qu'Aton le reçoive avec joie au royaume des morts, s'attrista le soldat.

– Comme tu le sais déjà, il a de puissants ennemis qui n'hésiteront plus à s'attaquer à ses héritières.

– Dites-moi ce que je dois faire.

– Mes sources m'ont informée que Merit-aton s'est remariée, à Thèbes. Elle a choisi son nouveau mari parmi le peuple et, ainsi, elle ne constitue plus une menace pour les anciens prêtres d'Amon. Ankhsenpa-aton sera donc la prochaine à monter sur le trône, mais elle ne peut pas régner seule. Mon époux a eu un fils avec une concubine. Son nom est Toutankhaton. Il est encore très jeune, mais nous ne pouvons pas attendre qu'il vieillisse. Je vais annoncer son mariage à Ankhsenpa-aton dès que le pharaon aura été reconduit à sa dernière demeure près de notre bien-aimée Makit-aton. Tu dois veiller sur les princesses avec encore plus d'ardeur, Ramosis. Fais tout ce qu'il faut pour les garder en vie, même si tu dois les emmener loin d'ici. Je te fais confiance.

– Que l'amour infini d'Aton vous accompagne dans ces temps difficiles, Majesté.

Ramosis retourna dans la chambre des princesses en se jurant que personne ne toucherait un seul cheveu de leur tête tant et aussi longtemps qu'il respirerait.

La reine organisa les funérailles du pharaon, puis, lorsqu'on l'eut déposé dans son tombeau, attendit quelques jours avant d'annoncer le mariage d'Ankhsenpa-aton avec son demi-frère Toutankhaton. Le futur souverain n'était qu'un gamin et il avait encore beaucoup à apprendre avant de pouvoir prendre la place de Néfertiti sur le trône, mais les dignitaires fidèles à la reine acceptèrent sa décision sans poser de questions.

Le futur pharaon commença donc à s'initier à la politique, à la stratégie, au culte, au maniement des armes et au char de guerre. Pour distraire les princesses, Ramosis les emmenait observer les leçons militaires de leur demi-frère. Dans la cour de la cité, sous un dais rouge clair, elles regardaient le garçon apprendre à courser avec son char et ses chevaux.

– Je suis certaine que je pourrais faire mieux que Toutankhaton ! s'écria Neferneferu-aton, découragée par le manque d'habileté du prince.

– Probablement, admit Ramosis, mais il n'est pas approprié pour une princesse de se conduire comme un garçon.

– Je ne vois pas pourquoi, le défia l'adolescente de douze ans.

– Parce que le protocole le défend.

– Je n'en ai rien à faire, moi, du protocole.

Ramosis détourna la tête pour qu'elle ne le voie pas sourire. Il ne doutait pas une minute que cette adolescente aurait été un meilleur pharaon que son demi-frère, mais il ne pouvait rien y changer. Ce n'était pas elle la prochaine en lice.

– Ramosis, est-ce vrai que tu es un soldat ? lui demanda Ankhsenpa-aton, avec sa douceur habituelle.

– Oui, c'est vrai.

– Alors, pourquoi ne fais-tu pas partie de l'armée ?

– Parce que votre père m'a demandé de veiller sur vous jusqu'à mon dernier souffle. Nous étions de bons amis, gamins. Il est devenu pharaon et je suis devenu soldat. Avant de nous séparer, il m'a dit que je serais le garde du corps de ses héritiers lorsqu'ils naîtraient. Nous ignorions à l'époque qu'il s'agirait de six filles.

– La vie militaire te manque-t-elle ? s'enquit Neferneferu-re, maintenant âgée de dix ans.

– Non. Je préfère la compagnie des belles princesses.

– D'où viens-tu, Ramosis ? voulut savoir Ankhsenpa-aton.

– De Mitanni, une contrée lointaine au nord. Je n'étais qu'un enfant lorsque mes parents sont venus vivre en Égypte.

– Est-ce que tu aimerais retourner chez toi ? demanda Neferneferu-re.

– L'Égypte est désormais ma patrie.

– Nous perdons notre temps à observer ce maladroit sur son char, maugréa Neferneferu-aton. Trouvons autre chose à faire.

Au grand bonheur des aînées, Ramosis les ramena à l'intérieur en leur proposant des jeux plus intellectuels.

Les mois passèrent sans que les craintes de Néfertiti se matérialisent. La pauvre femme était épuisée, mais elle résistait bravement aux incessantes requêtes des prêtres, qui attendaient à Thèbes le moment de s'élancer sur la cité du soleil. Puis, une nuit, tandis que les princesses dormaient depuis quelques heures, le vizir fit demander le général dans ses appartements. Ramosis posta un de ses hommes de confiance devant la porte de la chambre des filles, avec l'ordre de ne laisser entrer personne et de ne pas hésiter à utiliser son glaive au besoin, et se rendit auprès du ministre.

– Je veux que vous soyez le premier à apprendre que la reine a rendu l'âme ce soir, annonça ce dernier sans la moindre émotion.

– Rendu l'âme... répéta Ramosis, incrédule. De quelle façon ?

– Dans son sommeil.

– Puis-je la voir ?

– Non.

Ramosis comprit aussitôt qu'on l'avait probablement assassinée.

– Le Grand Prêtre Aye assumera temporairement la régence, poursuivit l'homme comme s'il récitait un texte. Il t'ordonne de ne pas quitter le palais jusqu'à ce qu'il ait décidé du sort des princesses.

Ramosis dissimula sa profonde inquiétude sous un masque de glace. Il se courba respectueusement devant le politicien et quitta la pièce. En retournant à la chambre des filles, il devina qu'elles allaient bientôt subir le même sort que leur mère.

– Je veux que tu m'informes de tous les gestes du vizir, murmura-t-il à l'oreille du soldat qu'il avait laissé de garde. Sois aussi discret que possible.

Ce dernier accepta sa mission d'un geste de la tête et retourna dans les quartiers militaires. Des semaines passèrent avant que le Grand Prêtre arrive à Armana et exige que le jeune Toutankhaton ainsi que les princesses lui soient amenés. Plus nerveux que jamais, Ramosis accompagna les enfants et resta debout derrière eux. Aye, assis sur le trône, se dressa devant les petites de façon menaçante.

– Héritiers d'Akhenaton et de Néfertiti, nous avons décidé que Toutankhaton deviendra le prochain pharaon d'Égypte. En compagnie de sa reine Ankhsenpa-aton, il partira pour Thèbes demain à l'aube. Je l'accompagnerai afin d'agir comme conseiller auprès du nouveau souverain. Quant aux autres princesses, elles n'auront le droit d'aller nulle part jusqu'à ce que les prêtres se prononcent sur leur avenir. Vous pouvez les ramener à leurs quartiers, Ramosis, mais le garçon reste ici, car nous avons beaucoup de choses à nous dire.

De toute façon, les maîtres d'Armana n'avaient pas confié Toutankhaton au soldat, alors il le chassa de ses pensées. Il se hâta de rassembler les filles et les poussa dans le couloir. Elles piaffaient de colère.

– Mais pour qui se prend-il ? tonna Neferneferuaton. Il ne peut pas nous emprisonner ici comme de vulgaires criminelles !

– Je ne veux pas aller à Thèbes, sanglota Ankhsenpaaton, qui était maintenant une belle adolescente aux longs cheveux noirs. Je veux rester ici avec mes sœurs.

Ramosis les poussa à l'intérieur de leurs appartements, où ils pourraient parler plus librement, mais il s'assura d'abord que personne ne les avait suivis. Il chassa également les servantes, car il ne faisait désormais plus confiance à personne.

– Aye gouverne l'Égypte en ce moment, alors nous devons lui obéir, expliqua Ramosis à voix basse.

– Mais tu es notre protecteur ! s'insurgea Neferneferu-aton. Tu ne vas pas les laisser nous faire un affront pareil !

– À partir de maintenant, vous devez baisser le ton et ne plus échanger de commentaires devant qui que ce soit. Surtout toi, petite guerrière.

– Ils vont nous tuer, n'est-ce pas ? s'alarma Neferneferu-re.

– Je ne vous cacherai pas que c'est sans doute leur intention, et c'est pourquoi vos parents vous ont placées sous ma protection. Il ne vous arrivera rien tant que vous suivrez mes instructions. Pour l'instant, nous ne sommes pas en position de faire quelque demande que ce soit à la régence. Nous devons adopter une attitude de soumission.

– Mais un soldat est censé se battre ! protesta Neferneferu-aton.

– Est-ce que je ne viens pas de t'ordonner de chuchoter ?

La princesse répéta sa phrase à voix basse.

– Les soldats ne se battent que lorsqu'ils n'ont pas le choix et pas contre n'importe qui. Votre ennemi se trouve partout dans le palais et même dans toute l'Égypte. Alors, tant que je n'aurai pas établi un bon plan, personne ne doit soupçonner que je n'ai pas l'intention de les laisser se débarrasser de vous. Comprenez-vous mes paroles ?

Effrayées, les princesses hochèrent la tête.

– Agissez le plus normalement du monde et évitez les bavardages.

– Bien compris, général, murmura Neferneferu-aton.

Ramosis installa sa couche devant la porte de la chambre des princesses, cette nuit-là, et le lendemain, il les garda dans leurs appartements, craignant qu'on leur ait préparé des embuscades dans le palais. En s'efforçant d'être elles-mêmes, les filles jouèrent à des jeux de plateau tandis que la petite Setpen-re préféra s'asseoir sur les genoux de son gardien, qui tenait devant lui une tablette d'argile. Avec une grande application, la petite y écrivit son nom en hiéroglyphes et leva un regard rempli de fierté sur lui. Pour la rassurer, Ramosis déposa un baiser sur son front.

Plusieurs soldats entrèrent alors en trombe dans la chambre. Ramosis déposa aussitôt Setpen-re sur le lit et se redressa, alarmé.

– Le vizir veut voir la princesse Ankhsenpa-aton, lui annonça son homme de confiance.

Ramosis demeura silencieux quelques secondes. Il savait qu'il ne pouvait refuser de se soumettre à cet ordre, mais il hésitait à lui remettre sa protégée, craignant qu'on lui plante un poignard dans le cœur sur la route de Thèbes.

Ayant compris ce qui se passait, l'adolescente s'avança jusqu'à Ramosis et lui prit les mains.

– Ne te soucie plus de moi, mon fidèle gardien, lui dit Ankhsenpa-aton. Je sais maintenant que c'est mon destin de gouverner l'Égypte. Mon père me l'a dit en songe. Protège mes sœurs.

Le général la laissa partir et demanda à ses soldats de veiller à ce que rien ne lui arrive tandis qu'on la conduisait à Thèbes. L'homme de confiance de Ramosis s'attarda sur le seuil avant de les suivre. Il tourna la tête vers lui et forma ces mots avec ces lèvres :

– Vos vies sont en danger. Vous ne pouvez pas rester ici.

– Prépare un char et des provisions pour plusieurs jours, murmura Ramosis. Laisse-les derrière le temple. Il n'y aura pas de lune, ce soir. Je partirai dès qu'il fera sombre.

Le soldat acquiesça d'un mouvement sec de la tête et s'empressa de suivre les autres. Ramosis pivota pour aller chercher Neferneferu-aton, Neferneferu-re et Setpen-re, mais elles se tenaient devant lui, tremblantes de peur.

– Vous devrez vous montrer très braves, leur dit Ramosis en s'accroupissant devant la plus jeune.

– Et ne pas parler, fit Setpen-re.

– Ne l'oubliez pas.

Dès que la nuit fut tombée, Ramosis habilla chaudement les trois princesses et leur demanda de le suivre en silence. Mortes de peur, elles marchèrent sur ses talons, accrochées à son pagne. Le soldat les fit pénétrer dans des passages secrets dont elles ignoraient l'existence. Il y faisait si noir qu'elles resserrèrent les doigts sur l'étoffe pour ne pas être séparées de leur gardien.

Ils aboutirent à l'extérieur de la cité du soleil, derrière le grand temple, où un soldat les attendait avec un char et des provisions. Il aida Ramosis à y faire monter les princesses et serra le bras de son général avec affection.

– Qu'Aton guide vos pas, murmura-t-il.

Ramosis grimpa derrière les filles et fouetta les chevaux. Il importait qu'il s'éloigne le plus rapidement possible de la ville pour qu'elle ne devienne pas le tombeau des héritières du pharaon.

Tandis que les petites restaient assises en boule devant lui, s'agrippant à ses jambes pour ne pas être projetées à l'extérieur du char, Ramosis ne ralentit sa course qu'une fois dans un village où il vendit l'attelage et monta sur un bateau qui traversait le Nil.

Sur l'autre rive, il acheta une charrette de fermier et des tuniques de drap pour que les quatre voyageurs aient l'air d'une famille de paysans. Il ne s'arrêta nulle part et fit manger les princesses sur le bord de la route lorsqu'elle était déserte.

Néfertiti lui avait remis une petite fortune à la naissance de sa première fille, mais il fit bien attention de ne pas l'utiliser en cours de route, pour que les prêtres ne puissent pas suivre sa trace. Il rationna plutôt les provisions afin de tenir jusqu'à sa destination. Plusieurs jours plus tard, assis sur la planche qui servait de siège à la charrette, Ramosis pointa aux filles une ville au loin.

– C'est Wassukani, la capitale de la Mitanni. Nous vivrons dans un village près de la rivière, à l'extérieur de la ville où j'ai encore quelques parents. Vous ne devrez dire à personne que vous êtes des princesses d'Égypte. Oubliez maintenant vos noms et n'utilisez que ceux que je vous ai donnés ce matin. À partir d'aujourd'hui, vous êtes mes filles. Vous rappelez-vous mon nom ?

– Dalhann ! s'exclama Setpen-re.

– Et où est votre mère ?

– Elle vient de mourir, répondit Neferneferu-re.

– Nous vivions en Égypte, ajouta Neferneferu-aton.

– Et nous revenons en Mitanni parce que tu avais trop de peine pour rester dans le village où nous habitions, précisa Neferneferu-re.

– Excellent, mes petites chéries.

Debout dans la charrette, de chaque côté du soldat, les princesses étirèrent leur cou pour mieux observer leur nouveau pays. « Merci, Aton, d'avoir permis que nous survivions », pria silencieusement Neferneferu-re.

22 Leçons d'Armana

Logan ouvrit les yeux et ne put s'empêcher de sourire de toutes ses dents. David pencha la tête de côté en observant sa mine réjouie.

– J'ai sauvé ces princesses d'une mort certaine !

– *Tu as été un gardien dévoué et efficace. Malgré les recherches entreprises par les prêtres, ils ne les retrouvèrent jamais. En gardant leur identité secrète, elles ont pu vivre une vie heureuse en Mitanni.*

– J'ai élevé trois filles et je n'étais même pas marié ?

– *Tu as pris épouse peu de temps après ton arrivée dans ton pays natal et tu as même eu deux fils avec cette femme. Les princesses se sont mariées à leur tour quelques années plus tard et t'ont donné plusieurs petits-enfants.*

– Et qu'est-il arrivé à Merit-aton et Ankhsenpa-aton ?

– *Merit-aton s'est remariée à Thèbes et a vécu une longue vie sans histoire. Elle a eu des enfants et des petits-enfants et elle ne s'est plus jamais mêlée à la vie politique de l'Égypte. Ankhsenpa-aton a été forcée d'épouser le Grand Prêtre Aye à la mort de son époux Toutankhaton, renommé Toutankhamon par les prêtres d'Amon, et elle n'a pas eu d'enfants.*

– Elle a épousé ce vieillard tout rabougri ?

– Il voulait gouverner lui-même l'Égypte, alors il a profité de la mort du jeune pharaon pour se proclamer chef du pays.

– Je trouve vraiment malheureux que certaines personnes aient recours au meurtre pour saisir le pouvoir.

– Toutes les âmes n'ont pas une essence de roi.

– Qu'est-il arrivé aux habitants de la cité d'Armana après mon départ ?

– Les prêtres d'Amon ont décrété que le pharaon Akhenaton était un hérétique. Ils n'ont jamais compris que cet homme possédait une vision nouvelle du culte et de la vie en général. Les gens n'étaient pas encore prêts à recevoir son message d'amour universel et de dieu unique. Ils ont rétabli les divinités qu'il avait abolies et ils ont effacé son nom sur tous ses monuments pour ensuite démolir la ville qu'il avait construite, bloc par bloc.

– Il était un pacifiste comme Hashad-Nassan, quoi ? Un homme en avance sur son temps.

– C'est exact.

– Vivrons-nous un jour dans la paix et l'harmonie ?

– Oui, Logan. Les habitants de cette planète finiront par comprendre, grâce à toi, qu'ils proviennent tous d'un seul et même endroit et que leur enveloppe charnelle n'est qu'un véhicule et non un objet de vénération.

– Une dernière question : pourquoi tous les gens dans mes vies antérieures parlent-ils couramment le français ?

– Ils ne le parlent pas. Tu revis chaque incarnation dans la langue du peuple dont tu faisais partie. Ton cerveau en assimile directement les concepts, que tu peux ensuite traduire dans celle que tu parles maintenant.

Sentant que Logan perdait des forces, David se dématérialisa sous ses yeux.

– Donc, chaque fois qu'il me ramène dans le passé, mon âme se fait transplanter dans le cerveau du corps que j'avais ! s'exclama l'électronicien, même s'il était maintenant seul. C'est ainsi que je peux comprendre ce que j'entends sans devoir réapprendre toutes ces langues qui n'existent plus de toute façon !

Le lendemain, Logan appela Rain et lui demanda de l'accompagner au bord de la mer. Il alla la chercher en voiture et se rendit dans le stationnement d'un parc national. Emmitouflés dans des vestes chaudes, ils marchèrent en silence dans les galets, puis s'assirent sur un gros tronc d'arbre mort qui traînait sur la grève.

– À quoi penses-tu, jeune dragon ?

– Je te croyais capable de lire mes pensées.

– C'est vrai, mais je trouve plus amusant de te le demander.

– Tu aimes te moquer de moi, on dirait ?

– C'est mon passe-temps favori.

– J'ai élevé trois princesses et deux fils en Mitanni, mais dans cette vie-ci, je n'ai pas pu voir grandir Sabrina. Je ne devrais pas me dire ça, mais ça me fait plaisir de savoir que j'ai déjà été un bon père.

– Tu es encore un bon père, Logan, même si tu n'as pas élevé ta fille toi-même. La preuve, c'est que vous êtes très proches, tous les deux. Les choses se seraient sans doute passées différemment si vous aviez vécu dans la même maison. Peut-être que vous ne seriez plus capables de vous parler, aujourd'hui.

– Je ne vois toujours qu'un seul côté de la médaille, n'est-ce pas ? Où diable as-tu appris à voir les deux ?

– Je suis née ainsi. Mes parents me traitaient de petit sage, parce que j'arrivais toujours à dénouer les situations familiales épineuses grâce à une seule parole.

– Quel genre d'enfant étais-tu, Rain Taylor ?

– J'étais plutôt tranquille et je lisais presque tout le temps. Je n'aimais ni le sport ni les garçons ni la télévision. Je préférais m'isoler dans ma chambre ou au parc et me perdre dans les aventures de mes romans pendant des heures. Quand j'ai commencé à recevoir les messages des êtres de lumière, je suis passée de petit sage à grande illuminée, mais ça m'était égal que les gens ne comprennent pas ce qui m'arrivait.

– Est-ce que tu avais des amis ?

– Très peu. Il est plutôt difficile de s'en faire quand on entend constamment des voix dans sa tête.

– J'ai connu ça… dans une autre vie.

– Et toi, quel genre d'enfant étais-tu ?

– Mes parents adoptifs possédaient une ferme. Ils ont bien essayé d'adopter d'autres enfants après moi, mais ça n'a jamais fonctionné. Ils travaillaient très fort tous les deux, alors j'étais souvent livré à moi-même. J'ai eu quelques amis à l'école, dont John, mais j'habitais tellement loin de tout le monde que je ne les voyais pas souvent. Et, maintenant que j'y pense, j'ai souvent souffert de solitude dans mes autres vies, comme Kamrhon de Kholossos.

– Et Ramosis ?

– Il vivait en solitaire, mais il ne se sentait pas seul. Je pense que sa dévotion pour ces enfants a comblé un grand vide dans son cœur. Le travail de nounou le rendait vraiment heureux. David m'a dit que mon âme avait choisi cette vie pour s'émerveiller devant l'innocence et la pureté des enfants. Je pense que j'ai bien intégré cette leçon, parce que j'ai beaucoup de respect pour les enfants dans cette vie-ci.

– Ils sont la clé de notre survie, Logan. Il faut les protéger et les chérir à tout prix.

– On devrait obliger tout le monde à devenir les gardes du corps de six petites princesses au début de leur vie pour qu'ils comprennent la beauté formidable de l'enfance.

Logan embrassa la médium sur la joue.

– Merci d'être là, Rain.

– Tu aurais fini par sortir de ton œuf par toi-même, se moqua-t-elle.

Elle ramassa des galets et se mit à les lancer à la surface de l'eau en leur faisant faire plusieurs ricochets. Son adresse étonna tellement Logan qu'il ne bougea même pas.

23 OMANETAWAH

Logan rencontra son copain John dans un restaurant français de Vancouver. Pour la première fois depuis qu'ils se connaissaient, John arriva en retard. Il s'excusa en disant qu'il avait eu un rendez-vous d'affaires à l'extérieur de la ville.

– Maintenant détends-toi et prends l'apéritif, lui dit Logan. Je ne suis pas fâché contre toi.

– Veux-tu au moins savoir ce que je suis allé faire ?

– Bien sûr, si tu tiens absolument à me le dire.

– J'ai acheté un ranch.

Logan ouvrit la bouche pour parler, mais aucun son n'en sortit.

– Un immense terrain, une écurie et des chevaux, poursuivit John.

– Tu as acheté un ranch ! Mais pour quoi faire ? Tu vis en allant d'une réunion d'affaires à une autre et ta femme est allergique aux animaux ! Pourquoi dépenser autant d'argent pour un site où tu ne mettras pratiquement jamais les pieds ?

– C'était une occasion en or ! Je ne pouvais tout simplement pas la laisser passer. Je venais d'arriver chez un client quand j'ai vu l'annonce encerclée en rouge dans le journal sur la table de conférence. J'ai appelé le propriétaire, qui en demandait un prix dérisoire. Alors, aujourd'hui, je suis allé voir le terrain de mes propres yeux.

– C'est une transaction purement immobilière, donc ?

– Pas du tout. Pour une raison que j'ignore, j'éprouve tout à coup le besoin de me retrouver à la campagne et de serrer des arbres dans mes bras.

– As-tu pris de la drogue ?

– Mais non. Je l'ai surtout acheté pour toi.

– Pour moi ?

– Considérant tout ce qui t'est arrivé dernièrement, j'ai pensé que tu aimerais t'isoler et respirer de l'air frais. Et Hélène semble croire que les contacts avec les autres dimensions sont plus faciles quand on est entouré de montagnes et de chevreuils.

– C'est bien gentil de ta part, mais jusqu'à présent mes contacts avec David se déroulent très bien dans mon petit appartement pas plus grand qu'une noix.

– Arrête de jouer les pessimistes, Logan.

– Je ne suis pas pessimiste ! Je suis réaliste !

– Avant de me traiter de fou, viens jeter un œil à ma nouvelle propriété. Tu pourrais même emmener Rain avec toi.

– Pourquoi Rain ?

– Ça saute aux yeux, même pour un type aussi occupé que moi, qu'il se passe quelque chose entre vous deux.

– Non, non, non. Ce n'est pas du tout ce que tu penses. Bien sûr que j'aimerais fréquenter une femme extraordinaire comme Rain, mais nous ne sommes que des amis.

– Peut-être qu'un week-end à la campagne, juste tous les deux, pourrait vous donner un petit coup de pouce amoureux ?

– John, je suis célibataire et parfaitement heureux de l'être. Peut-être que je gâcherais ma belle amitié avec elle si j'essayais de pousser les choses plus loin.

À bout d'arguments, John changea de sujet et lui demanda combien de vies antérieures il avait découvertes jusqu'à présent et où tout cela semblait vouloir le mener.

– Six, jusqu'à maintenant, et toutes orientées vers des leçons de leadership.

Ils commandèrent leur repas et continuèrent de parler de méditation et de karma. Logan se rappela avec un sourire que peu de temps auparavant le sport occupait toutes leurs conversations.

Ce soir-là, lorsqu'il rentra à l'appartement, Logan prit place sur le sofa et alluma les bougies sur la table basse. Il calma son esprit, relaxa ses muscles et le carillon éolien se mit à tinter doucement.

David se matérialisa dans le coin du salon.

– Es-tu suffisamment reposé pour entreprendre un autre retour dans ton passé, Logan ?

– Disons que je n'ai pas sommeil et que j'aimerais te poser plusieurs questions au sujet de mes princesses égyptiennes.

– Si je peux y répondre, je le ferai.

– Est-ce que je les ai revues par la suite dans d'autres incarnations ?

– L'une d'entre elles, Neferneferu-re, est présentement ta fille Sabrina.

– Je l'aurais parié ! Et les deux autres que j'ai sauvées ?

– *Tu les rencontreras plus tard dans cette vie-ci.*

– Est-ce que je les reconnaîtrai ?

– *Nous croyons que oui, mais tu devras faire preuve de patience. Les événements ne se produisent pas forcément les uns après les autres sur le plan terrestre.*

– Mais j'ai appris à attendre la suite des choses en gardant mon calme depuis que nous avons commencé à travailler ensemble. Même mon patron l'a remarqué.

– *C'est très bien, Logan, car il ne sert à rien de brusquer les événements. Ils se produisent toujours au moment opportun.*

– En attendant que je tombe sur mes princesses, quelle nouvelle incarnation veux-tu me montrer ?

– *Tu as été un chasseur dans les régions boisées de l'Amérique du Nord, avant que les Amérindiens s'unissent en tribus. À cette époque, ils vivaient plutôt en unités familiales, car il était plus facile pour eux de survivre ainsi. Tu étais un chef de famille.*

– Un chef... tiens donc. Une autre leçon de leadership ?

– *Ce que l'âme apprend durant ses incarnations lui sert dans toutes ses vies subséquentes. Rien n'est jamais perdu. En Amérique, tu as orchestré la première unification d'une tribu.*

– Le roi Jézed n'a donc pas perdu son temps avec moi, en fin de compte.

– *Comme tous les jeunes chasseurs avant toi, tu as épousé une femme d'une autre famille afin qu'elle voyage avec toi, qu'elle t'assiste dans la préparation des provisions pour les mois d'hiver et qu'elle te donne des enfants. Mais des raisons de santé l'ont empêchée d'enfanter dans ses jeunes années. Elle n'a réussi à te donner un fils qu'à l'âge où la plupart des autres chasseurs étaient déjà grands-pères.*

– Et je suppose que ma leçon de cette vie-là a quelque chose à voir avec cette paternité tardive ?

– *Cet enfant t'est devenu tellement précieux que tu as presque oublié que tu étais revenu sur le plan terrestre pour améliorer tes capacités de meneur d'hommes. Il a fallu que tu choisisses entre l'isolement et la vie communautaire pour le bien de tous.*

– Pourquoi suis-je toujours forcé de choisir quelque chose ?

– *Parce que tu as du mal à faire des choix, alors le karma t'oblige à en faire de plus en plus.*

Logan soupira avec découragement, car il ne se sentait pas tellement plus avancé dans ce domaine maintenant. Le mobile éolien résonna mélodieusement. Il sut qu'il était temps de repartir vers le passé.

Il ferma les yeux et se retrouva dans le corps mature d'un homme assis sur une peau d'animal, à l'intérieur d'une tente de peaux cousues. Il ressentit aussitôt l'inquiétude qui rongeait le cœur d'Omanetawah tandis qu'il observait son fils unique, couché près du feu. Il posa la main sur le front de l'enfant et constata qu'il était fiévreux. En levant les yeux sur la femme assise de l'autre côté du garçon, Logan se fondit dans les schémas de pensée de cet ancêtre des Amérindiens.

– Il faut le garder bien au chaud et prier, indiqua-t-il.

Son épouse baissa la tête avec résignation. Omanetawah sortit du tipi, afin d'implorer les dieux des Forêts et du Ciel.

Autour du cercle de pierres qu'il avait utilisé pour cuire sa nourriture avant que la neige se mette à tomber, il exécuta la danse de l'aigle, qui représentait la force vitale de l'univers. Lorsqu'il s'arrêta, fatigué et couvert de sueur sous ses vêtements de daim, il aperçut un grand aigle planant dans le ciel bleu. Les dieux avaient entendu sa prière.

Cette nuit-là, son fils ouvrit les yeux pour la première fois depuis que la maladie l'avait terrassé. D'une voix faible, le petit appela ses parents. Omanetawah ouvrit les yeux. Quittant la chaleur de sa couche, le gamin rampa jusqu'à lui.

– De quoi as-tu peur, Awkawah ? murmura le père en l'abritant avec lui sous ses propres fourrures.

– Je pensais que tu étais parti sans moi.

– Tu as fait un mauvais rêve, mon fils. Jamais je ne quitterais le camp d'hiver sans toi, tu le sais bien.

L'enfant s'endormit contre lui.

L'hiver tirait à sa fin. Tous les jours, les rayons du soleil se faisaient de plus en plus chauds. Bientôt, ils pourraient redescendre vers le lac et commencer à recueillir la nourriture dont ils auraient besoin pour survivre durant la prochaine saison froide. Leur vie suivait le même cheminement depuis des siècles.

Assis devant le feu, Awkawah tenait entre ses mains l'écuelle de bois remplie d'un bouillon à base de gibier que sa mère venait de faire chauffer sur le feu.

– Pourquoi faut-il toujours faire la même chose ? demanda l'enfant.

– Parce que c'est ainsi que nous arrivons à survivre, répondit le père.

L'enfant lui posait la même question tous les ans, à peu près au même moment de l'année.

– Est-ce que je serai obligé d'agir comme toi ?

– Oui, parce que tu voudras toi aussi demeurer en vie pendant la saison froide et nourrir ta propre famille.

– Et si je décidais d'accomplir les choses autrement ?

– Alors tu n'aurais pas assez de nourriture pour l'hiver et tu mourrais.

– Mais je pourrais m'en procurer autrement ou vivre ailleurs, là où il n'y a pas de neige.

– J'ai exploré cette région des centaines de fois depuis que je suis jeune, Awkawah, et je n'ai jamais trouvé un tel endroit.

– Mais je suis sûr qu'il existe.

Il ne servait à rien de poursuivre cette conversation, car elle finissait toujours par tourner en rond. Sans doute parce qu'il avait une santé fragile, cet enfant était différent de tous ceux que ses parents avaient connus dans leurs cellules familiales respectives.

Dès que la neige fut fondue, la famille se mit en route pour le lac. Omanetawah et sa femme, Hawknessani, portaient sur leur dos toutes leurs possessions.

Leur fils était plus agité que lors de leurs déplacements précédents, car il avait maintenant l'âge d'apprendre à pêcher le poisson. Il courait autour de son père et de sa mère sur le sentier en les étourdissant. Mais Omanetawah aimait tellement son fils qu'il le laissait faire n'importe quoi.

Ils établirent leur nouveau campement près du lac. Tel qu'il le lui avait promis, Omanetawah emmena Awkawah dans l'eau peu profonde et lui remit un harpon en bois, exigeant qu'il l'observe d'abord avant d'essayer de prendre du poisson. Omanetawah savait bien qu'une fois qu'il commencerait à pêcher, l'enfant lèverait la vase au fond du lac et qu'ils ne pourraient plus rien attraper. Il décida donc d'attraper quelque chose pour le repas avant de le laisser s'amuser. Omanetawah transperça cinq gros poissons, puis indiqua à Awkawah que c'était à lui de harponner les prochains. Tout comme il s'y attendait, l'enfant fit rapidement fuir tout ce qui nageait sur le bord de l'eau.

Ils revinrent au campement quelques heures plus tard. Hawknessani était en train de coudre ensemble des peaux que son mari avait tannées à la fin de l'automne. En les voyant revenir, elle mit son travail de côté et nettoya le poisson. Les parents mangèrent devant le feu en écoutant les babillages de leur fils qui racontait sa première pêche.

Dans la soirée, Awkawah se coucha à plat ventre devant le feu et écorça une petite branche avec une pointe de silex. « Il sera bientôt temps de lui apprendre à sculpter des animaux », pensa Omanetawah en l'observant.

– J'ai grandi, proclama Awkawah, qui avait toujours quelque chose à dire. Je vais maintenant pouvoir pêcher et chasser comme mon père.

– Oui, c'est vrai, acquiesça Hawknessani, mais demain, tu vas commencer par cueillir de petits fruits avec ta mère. Ils sont aussi importants que la chair du gibier, puisqu'en les mélangeant à la viande nous obtenons les pâtés que nous mangeons durant l'hiver.

– Moi, je veux chasser l'orignal !

– C'est encore trop dangereux pour toi, s'opposa Omanetawah. Le chevreuil fuit devant les chasseurs, mais l'orignal les charge. Il faudra que tu attendes d'être vraiment plus vieux si tu ne veux pas te faire broyer sous ses sabots ou embrocher par ses bois.

– C'est tellement injuste d'être petit…

Le lendemain, lorsque Omanetawah revint au campement après la chasse, il s'étonna de ne pas y trouver sa femme et son fils. Il les chercha dans la forêt et remarqua de nombreuses empreintes qui n'étaient pas celles de bêtes sauvages. S'accroupissant sur le sol, il les étudia et comprit qu'il s'agissait de jeunes chasseurs d'une autre région. Il s'empressa de retrouver les traces de sa famille et les suivit jusqu'à une formation rocheuse.

– Hawknessani ! Awkawah ! appela-t-il.

Au fond de la petite grotte, l'enfant se dégagea des bras de sa mère et bondit à l'extérieur. Il se jeta dans les bras de son père, qui le serra avec le plus grand soulagement. Hawknessani apparut derrière lui.

– Un orignal nous a attaqués ! s'écria le gamin, effrayé.

– Ce n'était pas un animal, mais des chasseurs, précisa Hawknessani. Je ne sais pas si c'est nous qu'ils voulaient prendre ou s'ils suivaient un gibier, mais je n'ai voulu courir aucun risque.

Omanetawah savait qu'elle avait bien agi, mais il refusa de discuter de cet incident avec elle avant que leur enfant se soit calmé. Ils revinrent au campement et le père alluma un feu. Il ne pouvait pas faire un pas sans avoir le petit sur ses talons.

– Père, est-ce que tu as tué un orignal ?

– Pas cette fois. Il a été plus rusé que moi. Mais je l'aurai avant le retour de la neige.

– Je ne veux plus rester seul au campement avec mère.

– Tu es parfaitement en sécurité, ici. Allez, viens te coucher près de moi.

L'enfant s'allongea sur une peau près des jambes de son père et trouva finalement le sommeil. La situation ne plaisait guère au chef de famille, mais il ne servait à rien de terroriser davantage le petit.

Au fil des ans, les chasseurs des autres familles devenaient de plus en plus nombreux et ils ne trouvaient plus de femmes pour leur donner des enfants. Ce n'était pas la première fois qu'ils rôdaient loin de leurs terrains de chasse. L'équilibre de la population se rétablissait toujours au détriment des hommes plus âgés, mais Omanetawah n'avait aucune intention de laisser ces jeunes boucs lui ravir sa famille.

Puisque son campement avait été repéré, Omanetawah démantela la tente et la famille traversa la forêt afin de se rendre à la rivière tumultueuse, de l'autre côté de la montagne. C'était un endroit plus facile à défendre. Mieux encore, Omanetawah pourrait y prendre du poisson et chasser sans avoir à trop s'éloigner. Il savait où les troupeaux aimaient se rafraîchir avant le lever du soleil. Awkawah marchait pratiquement dans les bottes de daim de son père, car il craignait toujours les orignaux, mais Omanetawah ne s'en plaignait pas. Au moins, il savait où il se trouvait.

– Est-ce que je peux monter sur ton dos, père ?

– Je porte déjà une lourde charge, Awkawah.

– Et maintenant que tu es plus vieux, intervint la mère, peut-être que tu devrais commencer à transporter ta part.

– J'ai les jambes trop faibles.

– Arrête de te plaindre ou je te donnerai tout ce que j'ai sur le dos, l'avertit sa mère.

L'enfant grommela son mécontentement et resta dans l'ombre de son père jusqu'à ce qu'ils atteignent une clairière sur le bord de l'eau. Omanetawah choisit un emplacement différent des autres années. Il érigea le tipi devant un bosquet de sapins aux branches épaisses, à l'orée de la forêt. Sa femme et son fils pourraient facilement se cacher dans les denses sous-bois, où des chasseurs auraient de la difficulté à les suivre. La rivière était également moins profonde à cet endroit. Non seulement Omanetawah n'aurait pas à craindre de voir son garçon emporté par le courant, mais il savait que les animaux y viendraient souvent pour boire. Il pourrait donc chasser sans jamais perdre son campement de vue.

À la fin de la journée, lorsque leur abri fut enfin prêt, Omanetawah rapporta un énorme poisson qu'il fit cuire sur le feu. Awkawah mangea avec appétit. Il grandissait à vue d'œil et bientôt il serait lui aussi un redoutable chasseur. Après le repas, l'enfant pointa à son père un aigle à tête blanche qui volait au-dessus de leur tête.

– C'est la créature la plus puissante que les dieux ont créée, lui apprit Omanetawah.

– Ce n'est pas l'orignal ?

– Non. L'orignal est gros et fort, mais il n'a pas la ruse de l'oiseau de proie.

– Est-ce que tu as déjà tué un aigle ?

– Non, Awkawah. L'homme ne doit jamais s'attaquer à la créature favorite des dieux. Cela provoquerait leur colère. Il faut apprendre en observant l'aigle, pas lui enlever la vie.

Omanetawah tourna vivement la tête vers le cours d'eau, où il avait entendu des sons inhabituels. Awkawah se réfugia dans ses bras en tremblant. C'est alors qu'apparut un canot d'écorce.

– Tu n'as rien à craindre, mon enfant. Je connais cette famille.

Il s'agissait d'un homme, d'une femme et de deux garçons plus âgés que son fils.

Omanetawah remit Awkawah à Hawknessani et alla au-devant des nouveaux venus.

– Nous venons en paix, fit le père.

Le canot s'enfonça dans la vase.

– Nous recherchons la compagnie d'autres familles pour nous protéger d'une bande de chasseurs du Sud, ajouta-t-il. Au-delà de la montagne, ils ont déjà enlevé plusieurs femmes et même tué leurs enfants.

– Ils ont traversé la forêt près de mon dernier campement, près du lac. Vous êtes les bienvenus.

Ils montèrent la tente des visiteurs et partagèrent leur repas avec eux. Omanetawah trouvait étrange de voir autant de monde autour de lui. Il demeura un long moment à penser que, s'ils voulaient survivre, leur mode de vie allait devoir changer. En après-midi, il pêcha dans la rivière avec l'autre chef de famille et leurs garçons et trouva l'expérience très productive. En augmentant le nombre des harpons, ils purent prendre trois fois plus de poissons. Au coucher du soleil, un autre couple arriva par la rivière. Ils étaient jeunes et désiraient la protection d'aînés qui parlaient la même langue qu'eux. Omanetawah les reçut avec bonté.

Avant la fin de l'été, le campement comptait sept familles. Les enfants s'amusaient follement entre eux et les femmes se sentaient rassurées de pouvoir coudre les vêtements et préparer la nourriture de l'hiver ensemble. Quant aux hommes, ils chassaient par petits groupes, laissant toujours quelqu'un de garde près de la rivière.

Au début de l'automne, tous les hommes partirent à la chasse, sauf Omanetawah, car c'était à son tour de surveiller le campement. Il en profita donc pour montrer aux garçons comment pêcher avec un hameçon taillé dans un os. Il leur expliqua que cela leur permettrait d'attraper du poisson même durant les mois froids en creusant un trou dans la glace. Lorsqu'ils eurent bien compris la technique, Omanetawah les laissa pêcher et revint vers la moitié des femmes, assises autour du feu, les autres étant parties chercher du bois dans la forêt.

– Ne risquent-ils pas de se blesser avec ces hameçons pointus ? s'inquiéta Hawknessani.

– C'est ainsi qu'on apprend à être prudent, répondit Omanetawah.

C'est alors que les femmes sortirent du bois en courant.

– On nous attaque ! cria la plus jeune.

Omanetawah vit qu'elle tentait d'échapper à deux jeunes chasseurs au crâne rasé.

– Allez chercher les enfants ! ordonna-t-il en fonçant sur les intrus.

Son geste stoppa la course des étrangers.

– Vous ne pouvez rien prendre de ce qui se trouve ici ! les avertit Omanetawah.

Mais ces hommes provenaient d'une région différente et ils ne comprirent pas ses paroles. Des cris de terreur obligèrent Omanetawah à jeter un œil par-dessus son épaule. Un troisième chasseur tentait de s'emparer de son jeune fils. L'un des deux premiers profita de cette courte distraction pour lui planter sa lance dans l'épaule. En poussant un rugissement digne d'un ours, Omanetawah arracha le silex de sa chair et resta planté devant les envahisseurs, malgré le sang qui s'échappait de sa plaie. Impressionnés par sa bravoure, les guerriers se mirent à reculer.

Les plus jeunes des femmes et les plus vieux de leurs garçons se hâtèrent aux côtés du blessé, lances et tomahawks en main. Voyant qu'ils arrivaient à tenir les chasseurs en respect, Omanetawah se précipita vers la rivière, où Hawknessani frappait de ses poings l'homme qui tentait de lui arracher son enfant. Mais, beaucoup trop fort pour elle, le guerrier venait de l'emporter. Jetant Awkawah sur son épaule, l'étranger prit la fuite dans la forêt. Omanetawah s'élança derrière lui, mais les hurlements des autres femmes stoppèrent son geste.

Enhardis par l'inexpérience du groupe qui les menaçait, les deux premiers chasseurs s'étaient emparés de deux des plus jeunes femmes. Omanetawah opta pour le bien de la tribu. Il tourna les talons et attaqua les envahisseurs avec son couteau, blessant l'un d'eux au bras et l'autre à la jambe. En poussant des cris de terreur, les ennemis prirent la fuite. Omanetawah se doutait cependant qu'ils reviendraient : ils savaient maintenant qu'il y avait de potentielles épouses dans ce campement.

– Il a pris Awkawah ! cria Hawknessani, folle de douleur.

– Il a agi ainsi pour m'éloigner de ses compagnons. Je suis certain qu'il le libérera quand il verra que son plan a échoué. J'irai le chercher dès que les hommes seront revenus. Je ne peux pas laisser le groupe sans défense.

Même si elle aurait préféré que son mari se lance sur-le-champ à la poursuite du ravisseur, Hawknessani comprit que s'il partait tout le monde mourrait. Elle essuya bravement ses larmes et fit asseoir son mari afin de soigner sa plaie avec une compresse de feuilles. Angoissés, les femmes et les enfants s'étaient massés autour d'eux sans lâcher leurs armes.

Les pères revinrent au campement peu de temps après, transportant du gibier sur leurs épaules. Toujours sous l'emprise de la panique, leurs épouses se précipitèrent pour leur raconter leur mésaventure. Ils jetèrent leurs prises sur le sol, essayant de comprendre ce qui s'était passé, car elles parlaient toutes en même temps. Le plus âgé vint alors s'agenouiller près d'Omanetawah.

– Ils ont tenté d'enlever nos femmes, expliqua le blessé en serrant les dents. L'un d'eux a pris mon fils. Maintenant que vous êtes de retour, je vais partir à sa recherche.

– J'y vais avec toi, décida l'homme. C'est plus prudent.

Omanetawah se leva avec difficulté, mais il ne voulait pas se laisser arrêter par la douleur. Il s'arma d'une lance et longea la rivière. Les empreintes de l'étranger étaient faciles à suivre sur la berge. Puis, soudain, Omanetawah s'immobilisa. Il se mit à trembler si fort que son compagnon lui saisit le bras, de peur de le voir s'effondrer. En regardant dans la même direction que lui, il découvrit un horrible spectacle : le petit Awkawah gisait face contre terre près d'un rocher. Les deux hommes s'agenouillèrent et retournèrent l'enfant sur le dos pour s'apercevoir, horrifiés, qu'il avait été éventré.

24 Leçons de l'Amérique

Logan se réveilla en hurlant de douleur, puis se rendit compte qu'il n'était plus agenouillé sur le bord de la rivière, mais assis dans le petit salon de son appartement de Vancouver. Il tremblait comme une feuille, le visage baigné de larmes. L'image de David avait commencé à disparaître dans le coin du salon. Logan comprit que ses émotions menaçaient de mettre fin à leur contact. Il ferma aussitôt les yeux et ralentit sa respiration. Au bout d'un moment, ses muscles se détendirent et il arrêta de pleurer. Lorsqu'il ouvrit les yeux, David était devenu plus consistant.

– Pourquoi ? hoqueta-t-il, encore en état de choc.

– L'âme de ton fils a accepté de quitter son corps afin que tu deviennes un grand chef.

– Sais-tu seulement ce qu'on ressent lorsqu'on perd un enfant de façon aussi tragique, David ? Probablement pas, puisque tu es un être immatériel.

– Si tu préfères, je reviendrai une autre fois afin de te parler des leçons de cette incarnation en Amérique.

Logan se rappela alors les paroles de Rain. Tous ces événements s'étaient produits dans une autre vie, à une autre époque. Il devait s'efforcer de rester un spectateur de son passé et n'utiliser ces retours en arrière que pour comprendre son propre cheminement. Il s'obligea donc à apaiser davantage sa peine, mais les larmes continuèrent à rouler sur ses joues sans qu'il puisse les arrêter.

– Que s'est-il passé après cette accablante découverte ?

– *Tu as ramené ton fils au campement pour procéder aux rites funéraires. Puis tu t'es totalement dévoué au bien-être de ta tribu, qui n'a pas arrêté de grandir. Ton exemple a incité beaucoup d'autres familles à se réunir pour mieux se protéger.*

– Ma douleur a-t-elle suffi à convaincre les êtres de lumière que j'avais bien compris ma leçon ?

– *Ils n'ont pas repris ton fils pour te faire souffrir, Logan. Son séjour sur le plan physique était terminé alors que le tien devait se poursuivre.*

– La même chose arrivera-t-elle avec Sabrina si je résiste à mon destin dans cette vie-ci ?

– *Le karma de ta fille n'est que partiellement relié au tien. Ce n'est nullement une question de résistance de ta part, seulement de l'ignorance. Les âmes refusent souvent d'acquitter leurs dettes karmiques lorsque, une fois sous l'emprise de leur ego, elles ne se rappellent plus pourquoi elles se sont réincarnées.*

– Donc, parce que tu m'apparais régulièrement pour le répéter, j'obéirai aux ordres sans faire d'histoires, c'est bien ça ?

– *Tu es trop fatigué en ce moment pour comprendre la leçon de ta vie en Amérique.*

– Attends. Si j'accepte de devenir ce grand chef qui va sauver l'humanité, peux-tu me jurer que personne ne mourra autour de moi ?

La silhouette transparente du guide s'effaça sous les yeux de Logan, qui n'arrivait pas à faire taire ses souffrances. La mort de ses parents adoptifs ne l'avait pas bouleversé de cette façon. Même son divorce ne l'avait pas autant secoué. Il poussa un cri de rage et lança la télécommande à travers la pièce.

Des coups insistants furent aussitôt frappés à la porte. Logan crut que ses plaintes avaient alarmé ses voisins, lui qui ne faisait jamais plus de bruit qu'une souris. Il alla ouvrir en préparant ses excuses et trouva Rain devant lui. Sans dire un mot, elle se jeta dans ses bras et le serra à lui rompre les os. Puis elle le poussa à l'intérieur et referma la porte avec son pied.

Elle fit asseoir Logan sur le sofa et essuya son visage. La tristesse dans son regard lui indiqua qu'elle comprenait son chagrin. Tout le monde sur Terre finissait par vivre au moins une expérience de séparation brutale et c'était encore plus déchirant pour les gens qui ne croyaient pas à l'immortalité de l'âme.

– Il faut que tu apprennes à te désensibiliser, Logan.

– C'est tellement injuste, sanglota-t-il. Il n'était qu'un petit enfant qui envisageait l'avenir avec espoir. Il ne méritait pas de mourir de façon aussi cruelle.

Rain se faufila dans ses bras et l'étreignit jusqu'à ce qu'il se calme complètement.

– Ce ne sont que des souvenirs d'une autre vie, chuchota-t-elle. Tu dois apprendre à observer ces incarnations de la même façon que tu regardes la télévision, sinon la souffrance te fera perdre de vue le but que tu t'es fixé avant ta naissance.

– Parce que toutes les autres seront aussi éprouvantes ?

– Non, pas toutes, mais la plupart de nos incarnations renferment de grandes émotions et des événements que nous n'avons pas compris sur le coup. Il faut que tu adoptes une approche plus intellectuelle dans cette grande aventure. Est-ce que tu comprends ce que j'essaie de te dire ?

– Oui, mais comment veux-tu que je demeure indifférent ? Si tu avais vu dans quel état son meurtrier l'a laissé, tu comprendrais.

– Mais j'étais là, Logan.

Il était si étonné qu'il n'arriva pas à lui demander si elle avait fait partie de toutes ses vies.

– J'étais la mère de cet enfant, expliqua-t-elle. Il m'a manqué autant qu'à toi jusqu'à ma mort, mais c'est du passé, maintenant. Si tu n'étais pas revenu aussi brutalement de ta régression, tu aurais pu constater qu'à la suite de cet événement traumatisant tu es devenu un chef exceptionnel et que les enfants des autres familles ont fini par combler ce trou béant dans ton cœur.

– Mais comment sais-tu que je me suis réveillé à ce moment-là ?

– Je ne peux pas te l'expliquer tout de suite, Logan. C'est encore trop tôt.

– Es-tu un être de lumière, toi aussi ?

– Non, mais je suis plus proche d'eux que bien des humains. Je ressens intuitivement ce qui se passe de l'autre côté.

– Comment se fait-il que moi, je n'y arrive pas ?

– Tu n'as pas encore appris à dépasser tes émotions. Sois patient, ça viendra.

Elle l'embrassa doucement sur les lèvres pour lui redonner courage.

– On dirait que nous avons vécu plusieurs vies ensemble, constata-t-il.

– Nous formons une bonne équipe, alors pourquoi nous séparer ?

– Apprends-moi le détachement, Rain. J'en ai besoin plus que jamais.

– Même si je voulais, je n'y arriverais pas. Il n'y a que toi qui puisses le faire. Je te suggère par contre de te répéter mille fois par jour que le passé n'existe plus, que tu es chanceux de pouvoir en être témoin et que tu ne peux rien y changer de toute façon. Au lieu de te rebeller contre ces événements qui t'ont fait du mal, tente de les analyser à partir de tout ce que tu as appris depuis.

– La méthode scientifique, quoi. On ne dirait pas qu'on me l'a enseignée à l'école, n'est-ce pas ?

– Toutes nos expériences nous apprennent quelque chose, Logan. Et ne va surtout pas blâmer les êtres de lumière. Nous sommes les seuls responsables de nos décisions et il n'y a pas de mauvais ou de bons choix. Ce qui compte, c'est de continuer d'évoluer.

– C'est tellement plus facile à comprendre quand c'est toi qui l'expliques.

Elle lui parla ensuite de l'ego, cette partie de nous-mêmes responsable de nos peurs et de nos hésitations. Même si sa fonction première est de nous garder en vie, elle déforme bien souvent nos perceptions de la réalité et nous éloigne de notre essence profonde.

– L'ego se présente souvent sous la forme du bon sens et de la compréhension réaliste des choses, poursuivit-elle. Il crée devant nos yeux un cadre rigide par lequel nous percevons la vie. Mais, lorsque nous tombons dans son piège, nous nous empêchons nous-mêmes de valider nos expériences.

– Comment sait-on qu'on est victime de notre ego ?

– La colère est généralement une bonne indication que c'est notre ego qui dirige notre vie, tandis que la flexibilité est le signe que nous sommes en contact avec notre âme.

Une fois que Rain fut certaine que Logan avait repris la maîtrise de ses émotions, elle annonça qu'elle devait rentrer. Elle l'embrassa une seconde fois et se dirigea vers la porte. Logan avait envie de lui demander de rester, mais il craignait que cette requête provienne de son ego.

– Oh, avant de partir, je dois te transmettre un message de la part de David, fit-elle en se retournant. Il veut que tu saches que tu auras une seconde chance d'élever cet enfant que tu as perdu en Amérique, il y a très longtemps. Cette âme, qui a été notre fils, entrera en contact avec toi dans cette vie-ci et tu auras l'occasion de la voir faire de grands pas dans son évolution.

– Quand ?

– Bientôt.

Elle quitta l'appartement. Logan était épuisé. Il se rendit péniblement à sa chambre et se coucha tout habillé. Il dormit comme une souche, cette nuit-là, et se réveilla une demi-heure avant l'alarme de son réveil. Il prit une douche, s'habilla pour aller travailler et se rendit au restaurant du coin pour manger une salade de fruits frais.

Il marcha ensuite dans la rue principale, en direction de l'atelier, mais s'arrêta devant la vitrine du magasin Nouvel Âge.

Dans un panier, il aperçut des galets de rivière sur lesquels on avait peint des animaux. Il poussa la porte et se dirigea tout droit vers l'étalage en question. Il prit le panier et fouilla parmi les pierres arrondies sous le regard amusé de la vendeuse.

– Ce sont des pierres de guérison, l'informa-t-elle.

– Je veux celle-là, annonça-t-il en retirant du lot un galet qui portait l'image d'un aigle.

Elle voulut la lui emballer, mais il refusa de s'en séparer. Sa présence dans sa main lui apportait un réconfort incroyable. Il paya la pierre et se rendit au travail le cœur plus léger.

25

Lu Shu

À son retour à l'appartement, le lendemain de sa dure régression en Amérique, Logan hésita à contacter son guide. Assis sur le sofa, il observait le mobile éolien en se demandant s'il devait le jeter à la poubelle. « Pourquoi un homme raisonnable se torturerait-il ainsi ? » songea-t-il. Jamais il ne survivrait à une dizaine de vies comme celle d'Omanetawah. Les cylindres de métal commencèrent pourtant à s'entrechoquer et la silhouette de David apparut sans que Logan se rende compte qu'il était entré en transe.

– *Comment te sens-tu, Logan ?*

– J'éprouve toujours de la colère quand je pense à cette vie où je n'ai pas su sauver mon fils.

– *Mais tu as sauvé le reste de la tribu. Tu as souffert de cette terrible séparation, mais tu as réussi à unifier les chasseurs des bois et tu es devenu un grand chef. C'était la leçon que ton âme cherchait à apprendre.*

– Celle du bon commandement…

– *Il te fallait aussi apprendre à commander de ton plein gré. Dans tes premières vies, cette responsabilité t'a été imposée par les autres ou par les circonstances.*

– Est-ce que tu vas me ramener dans une vie où j'y suis parvenu tout seul ?

Logan faillit ajouter : « sans trébucher sur mes ailes », mais se ravisa.

– *Pas maintenant. Dans ta vie suivante, il t'a fallu apprendre à exprimer tes véritables besoins.*

– Quelque chose me dit que je n'ai pas encore réussi à le faire des milliers d'années plus tard, se désola-t-il.

– *Le déni a constitué ton pire ennemi lorsque ton âme a commencé à se réincarner. Tu avais besoin d'apprendre à t'extérioriser, alors tu as choisi ta vie en Chine pour tenter d'y arriver. Es-tu prêt à y retourner ?*

– Je n'en sais rien...

– *Dans ce cas, je reviendrai un autre soir.*

– Non, attends. Dis-moi d'abord si je reverrai les gens que j'ai aimés, comme Rohan et Andreis.

– *Tous ceux que tu as rencontrés durant ta vie en Atlantide se sont réincarnés dans ta vie présente afin d'enseigner la Loi de l'Un au reste du monde.*

– La religion des géants blonds ?

– *La loi naturelle qui gouverne l'univers, Logan. Mais il est trop tôt pour parler du Second Retour. Concentrons-nous maintenant sur ta vie en Chine il y a trois mille ans.*

– Qui étais-je ?

– *Tu étais une femme et tu vivais dans un petit village.*

– Pardon ?

– *Toutes les âmes ont été des hommes et des femmes, de race noire, jaune, rouge et blanche, maîtres et esclaves, enseignants et élèves. Elles ont toutes traversé les mêmes expériences à un moment ou un autre de leur évolution. En Chine, tu vivais avec ton mari dans un petit village près de la rivière. Tes enfants étant morts à un très jeune âge, tu as fini par vaincre ton introversion afin de donner ton amour aux enfants de ton village.*

– Encore des enfants morts…

– Je ne te ramènerai pas au moment où ils ont quitté leur corps, cette fois.

Logan s'adossa confortablement dans le sofa. Il n'eut qu'à fermer les yeux pour sombrer dans une transe profonde. Son esprit se fondit dans celui d'une femme au courage exceptionnel, qui refoulait un profond chagrin au fond de son cœur. Agenouillée près de l'eau, elle lavait des vêtements dans la rivière. Une fillette s'approcha alors et commença par regarder ce qu'elle faisait. Se sentant épiée, Lu Shu se retourna.

– Bonjour, ma belle enfant. Quel est ton nom ?

– Li Lan.

– Ah oui… je connais ta famille. Elle habite au village.

Li Lan hocha vivement la tête pour indiquer qu'elle venait bien de là.

– Je suis Lu Shu. Tes parents savent-ils que tu t'es aventurée aussi loin de chez toi ?

– Ils sont à la rizière, mais ils m'ont dit que j'étais maintenant assez grande pour m'éloigner un peu.

– Un peu ?

– Je n'ai qu'à suivre la rivière pour rentrer chez moi. Ce n'est pas difficile.

L'enfant s'accroupit près de l'adulte.

– Tu laves tes vêtements ?

– Aujourd'hui, je nettoie ceux de mon mari.

– Est-ce que vous avez des enfants ?

– Plus maintenant. Mes deux petites chéries sont mortes avant même de savoir marcher. Elles étaient très malades.

– Oh… se désola Li Lan.

– Tu veux m'aider ?

Li Lan acquiesça avec enthousiasme. Alors, Lu Shu lui remit une vieille chemise de travail de Chen Ning et lui montra comment frotter l'étoffe sur la pierre pour en faire sortir les saletés. Tandis que la fillette s'acharnait de son mieux sur le vêtement, Lu Shu eut le temps de finir toute sa lessive. Elle tordit les morceaux un à un et les déposa dans son panier.

– Merci, Li Lan. Je n'aurais jamais pu terminer à temps sans ton aide.

Heureuse, l'enfant aux grands yeux noirs en amande la salua avec une courbette et se sauva en courant sur la rive pour regagner la partie septentrionale du village, où vivait sa famille. Lu Shu se releva. Elle posa son panier sur sa hanche et revint vers la hutte qu'elle occupait avec son époux, Chen Ning. Assis sur un banc, à l'extérieur de leur logis, il sculptait patiemment le manche d'une faux.

– Je me suis fait une nouvelle amie, lui raconta Lu Shu en suspendant les vêtements humides à une corde attachée entre deux arbres. Elle s'appelle Li Lan et elle est d'une gentillesse exquise.

– C'est bien.

– As-tu fabriqué tous les outils que les travailleurs des champs t'ont commandés ?

– La plupart.

Impassible, son époux poursuivit son travail sans plus se préoccuper d'elle. Lu Shu termina ses corvées, puis prépara des bols de riz dans lesquels elle ajouta des légumes. Assis près du feu qui les réchauffait à la fin du jour, ils mangèrent d'abord en silence.

– J'ai pensé à nos filles aujourd'hui, avoua Lu Shu. Je crois qu'elles auraient été aussi belles que la petite Li Lan.

– Arrête de te torturer. Elles sont parties.

– Nous pourrions tenter notre chance de nouveau lors de la fête des fleurs au printemps.

Chen Ning lui rappela leur âge et les minces chances qu'ils avaient de concevoir un autre enfant, même pendant le rituel de fertilité du village. Déçue, Lu Shu lava les bols en silence et se réfugia dans la hutte. Ils s'allongèrent chacun sur leur natte et bientôt la nuit envahit les alentours. La paysanne observa les étoiles par l'étroite fenêtre. Elle revit le visage de ses petites chéries, mortes d'une terrible fièvre qui avait ravagé leur coin de pays, quelques années plus tôt. Elle n'avait pas été la seule femme à perdre un enfant, mais elle était la seule à ne pas en avoir eu d'autres.

Au matin, son époux se mit en route pour les champs afin de livrer aux ouvriers les outils qu'il avait fabriqués. Dès qu'il fut parti, Lu Shu se dirigea vers la forêt, où elle avait caché une corbeille d'osier contenant les vêtements de ses enfants. Elle avait dit à Chen Ning qu'elle les avait donnés à de jeunes mamans du village. C'était la première fois qu'elle lui mentait depuis le début de leur vie commune. En pleurant, elle dégagea le panier du tronc percé d'un vieil arbre et sortit une à une les petites robes défraîchies.

Lorsqu'elle eut caché à nouveau son trésor, elle marcha le long de la rivière. C'est alors qu'elle vit deux enfants courant à sa rencontre. Elle reconnut Li Lan, mais n'avait jamais vu le petit garçon qui l'accompagnait.

– Voici mon frère Li Hu ! s'exclama joyeusement la fillette.

– Mais que faites-vous aussi loin du village ?

– Nous sommes allés porter de la nourriture à nos parents et notre grand-mère a dit que nous pourrions aller jouer avant de rentrer à la maison.

– Je suis certaine qu'elle préférerait que vous le fassiez plus près de votre famille.

– Mais il n'y a pas de danger, ici !

– Il y a des vipères dans les champs qui n'attendent que le moment de mordre de jeunes innocents comme vous. Allez, venez avec moi.

Lu Shu les ramena au village et attendit qu'ils gambadent jusqu'à leurs parents avant de retourner chez elle. Elle s'occupa de son jardin, arrosa ses fleurs adorées et prépara le repas du soir. Elle alluma le feu et vit apparaître son époux sur le sentier. Il avait les mains vides. Les ouvriers avaient donc acheté tous ses outils.

– J'ai préparé ton repas préféré, déclara-t-elle tandis qu'il s'asseyait de l'autre côté de flammes.

– Je sais. Je l'ai senti en arrivant près de la rivière.

Elle lui tendit le bol de soupe au millet et aux herbes. Chen Ning le porta à ses lèvres et émit un grognement de satisfaction.

– Il y a une odeur de pluie dans l'air, comme la journée où je suis devenue ta femme, déclara Lu Shu en remuant un doigt dans sa soupe.

– Mais comment arrives-tu à te rappeler toutes ces choses ?

– Tu as pris mes mains et tu m'as dit : « Acceptes-tu de vieillir avec moi ? » Et j'ai dit oui avant même que mon père n'approuve notre union. C'était le plus beau jour de ma vie. Ensuite, nous avons eu nos filles.

– C'était il y a longtemps.

Lu Shu n'osa pas lui dire que toutes ces images étaient encore bien présentes dans son esprit. Elle rêvait à ces jours heureux et elle ne cessait de penser à ses enfants.

– Tu dois cesser de vivre dans le passé, femme.

– J'essaie seulement de conserver nos meilleurs souvenirs, murmura Lu Shu en baissant la tête.

Chen Ning avait pleuré lui aussi lorsque les fillettes avaient rendu leur dernier souffle, mais il n'en avait plus parlé après les rites funéraires. Pourquoi les hommes ne souffraient-ils pas comme les femmes ?

Les jours passèrent et Lu Shu poursuivit sa routine. Elle retourna à l'endroit où elle lavait les vêtements. La berge de la rivière n'y était pas vaseuse mais rocheuse. L'eau y avait arrondi les pierres et elles ne coupaient pas les pieds. Lorsqu'elle sortit de la forêt, elle aperçut des enfants assis dans l'herbe. Li Lan se trouvait parmi eux.

– Mais que faites-vous ici ?

– Nous sommes venus te voir travailler, répondit la petite fille.

– Mais ce n'est pas un jeu très intéressant pour vous.

– Nous avons pensé que tu pourrais ensuite nous raconter une histoire.

Lu Shu décida d'occuper leurs petites mains pour ne pas être obligée de les surveiller toute la matinée. Une fois qu'elle avait lavé un vêtement, elle le tendait aux enfants, qui s'amusaient à le tordre puis à le mettre dans le panier. Grâce à eux, elle termina ses corvées bien avant que le soleil soit haut dans le ciel.

– Est-ce vrai qu'il y a des esprits dans l'eau ? voulut savoir un petit garçon.

– Il y a des esprits partout, affirma Lu Shu, mais ils ne sont pas tous mauvais. Certains sont gentils. Ils aident les femmes à concevoir de beaux enfants comme vous.

– Les esprits ne disent rien quand tu trempes tes vêtements dans leur eau ? s'inquiéta Li Lan.

– Non, cela les amuse. Laissez-moi vous raconter l'histoire des esprits de l'eau, comme ma mère me l'a racontée lorsque j'étais petite.

Elle leur parla de belles princesses qui vivaient dans un village du Nord, près d'une rivière. Elles étaient amoureuses de jeunes hommes forts et vigoureux qui travaillaient dans les champs, mais leur père avait promis à un chef de guerre de les unir à ses fils. Ce grand seigneur vivait de l'autre côté des montagnes du dragon, dans un pays qui n'avait pas de rivière et où il ne pleuvait jamais. En fait, son village ne possédait qu'un seul puits. Désemparées, les princesses avaient quitté leur maison sous les étoiles pour se rendre à l'endroit où les eaux étaient le plus tumultueuses. Se donnant la main, elles avaient sauté dans la rivière et s'étaient noyées.

– C'est une histoire bien trop triste, se désola Li Lan.

– Qu'est-il arrivé aux jeunes hommes qui désiraient épouser les princesses ? voulut savoir Li Hu.

– Ils ont eu le cœur brisé et ils ne se sont jamais mariés. Les princesses sont devenues des esprits des eaux et, parfois, elles leur apparaissaient à la surface de la rivière pour apaiser leur tristesse.

– Est-ce que tous ceux qui se noient deviennent des esprits ? demanda Li Lan.

– Seulement ceux qui ont souffert une grande injustice. Alors, ils viennent en aide à ceux qu'ils ont aimés ou ils se vengent de ceux qui leur ont fait du tort.

– Les princesses sont-elles les seuls esprits qui vivent dans la rivière ?

– Je n'en connais pas d'autres. Il est temps de rentrer, maintenant.

– Une autre histoire ! implora Li Hu.

– Pas aujourd'hui. La prochaine fois, nous parlerons des créatures de la forêt.

Lorsque Lu Shu arriva finalement chez elle, son mari était assis devant la hutte et réparait une faucille. Il voulut évidemment savoir pourquoi sa femme rentrait si tard.

– J'ai raconté une histoire aux enfants, puis, lorsque je les ai poussés vers le village, je me suis attardée au bord de la rivière pour méditer sur ma vie.

– Méditer ?

– J'ai repensé à mon village, à mes sœurs, à mon frère, à ce qu'ils sont devenus, à la bataille des fleurs et au jour où je t'ai rencontré.

– Tu as donc vécu la moitié de la journée dans le passé...

– Je crois que ces enfants ont fait remonter ces vieux souvenirs à ma mémoire.

– Alors, tu ferais mieux de cesser de les voir, femme.

Lu Shu serra les lèvres pour ne pas montrer son indignation. Elle prépara plutôt le repas en refoulant ses émotions. Le lendemain, lorsque Chen Ning se mit en route pour aller livrer les outils qu'il avait réparés, elle retourna sur le bord de la rivière, où les enfants l'attendaient déjà, sagement assis en rond. Elle leur parla alors des bons esprits qui habitent les arbres et des génies de la nature.

– Mais où habitent les mauvais esprits ? demanda Li Lan.

– Dans le ciel. Ils ne descendent pas souvent sur la Terre. D'autres vivent dans les flammes qui dévorent les forêts.

– Quand sont-ils venus ici ?

– La dernière fois, c'était lors d'une terrible inondation. Mon grand-père n'était qu'un petit garçon, à cette époque. Il m'a raconté que dans son village vivait un homme très égoïste qui ne tendait jamais la main aux autres. Il préparait sa propre nourriture, fabriquait ses propres outils et ne parlait jamais à personne. Un jour, un esprit de la forêt lui apparut tandis qu'il cachait une partie de sa fortune au pied d'un arbre. Il l'avertit que s'il ne changeait pas sa conduite rapace, les mauvais esprits s'empareraient de son âme.

Inquiets, les enfants étaient pendus aux lèvres de Lu Shu.

– L'homme crut que c'était une hallucination, mais l'esprit de la forêt lui répéta le même avertissement chaque fois qu'il venait déterrer son coffre pour y ajouter d'autres biens précieux. Puis, un jour, il battit sa femme parce qu'elle avait mangé deux morceaux de pain plutôt qu'un. De gros nuages noirs apparurent au-dessus du village et bloquèrent la lumière du soleil. Le jour devint la nuit. Le tonnerre se mit à gronder et des éclairs déchirèrent l'obscurité. La pluie tomba ensuite sans arrêt jusqu'à ce que le sol ne puisse plus l'absorber.

– Oh non ! s'écria Li Hu.

– L'eau monta rapidement par-dessus les huttes. L'avare et tous les autres hommes comme lui moururent noyés parce qu'ils s'étaient accrochés à leur fortune au lieu de courir vers la montagne.

– Et les bonnes personnes ? s'enquit Li Lan.

– Certaines périrent, emportées par les torrents, mais la plupart furent sauvées grâce aux échelles célestes.

– Qu'est-ce que c'est ?

– Chaque jour, les mères emmenaient leurs enfants dans la forêt et, ensemble, ils attachaient une planche au tronc du plus robuste des arbres, puis une autre au-dessus de la première, et ainsi de suite.

– Elles savaient qu'il pleuvrait autant ?

– Des esprits de l'eau avaient averti les femmes qu'une inondation allait débarrasser leur village de ses mauvais sujets et qu'elles devaient grimper vers la cime des arbres pour survivre. Alors, la mère de mon grand-père leur a obéi et elle a couru à son échelle avec son fils dès que la pluie a commencé à tomber.

– Et son mari, lui ? s'alarma Li Hu.

– Il a refusé de croire les esprits et il est allé travailler aux champs, comme il le faisait tous les jours. Ils ne l'ont plus jamais revu.

– Lu Shu, montre-nous comment construire des échelles célestes ! la pria Li Lan.

Personne n'avait entendu parler d'une catastrophe imminente au village, mais elle ne vit aucun mal à leur enseigner cette technique qu'elle avait apprise de son grand-père quand elle avait leur âge. Les enfants se mirent donc à la recherche de morceaux de bambou, puis tressèrent des joncs pour en faire des bouts de corde. Lu Shu leur montra comment attacher chaque échelon pour qu'il supporte le poids d'une personne moyenne.

Tous les jours, les enfants poursuivirent méthodiquement la construction de leurs échelles. Ils en étaient au septième échelon lorsqu'ils virent arriver un visiteur inattendu.

– Chen Ning ? s'étonna Lu Shu.

Il s'approcha des arbres et testa la solidité des échelles.

– Vous faites du bon travail, déclara-t-il finalement.

– Es-tu fâché contre moi ? balbutia Lu Shu.

– Non. C'est une excellente idée d'occuper les mains de ces jeunes gens, mais je trouve toutefois très dangereux de les laisser grimper aussi haut.

– Mais il faudra bien monter jusqu'au dernier échelon s'il se met à pleuvoir et que l'eau monte au-dessus des maisons, protesta Li Lan.

– Rien ne nous dit qu'il y aura une inondation avant des siècles, petite fille.

– Et rien ne dit que nous sommes à l'abri d'un tel désastre.

– Tes parents ne t'ont-ils pas appris à faire preuve de respect envers tes aînés ?

– Je vous en prie, ne vous disputez pas, implora Lu Shu.

Puisqu'il se faisait tard, elle renvoya les enfants chez eux et suivit son mari sur le sentier qui menait à leur maison, peinée qu'il soit si dur envers les gamins. Pendant plusieurs jours, elle évita de retourner dans la forêt et se concentra sur ses tâches quotidiennes pour se consoler. Elle était agenouillée dans son jardin lorsqu'elle entendit craquer les brindilles sous les pieds de son mari qui se hâtait de rentrer chez lui.

– Il faut nous mettre à l'abri ! cria-t-il.

Jamais depuis leur mariage elle ne l'avait vu courir ou entendu élever la voix. Chen Ning pointa le ciel vers l'est, où s'accumulaient de gros nuages sombres.

– Oh non ! Les enfants…

– Je pense comme toi qu'ils vont tenter de grimper dans les échelles. Il faut les empêcher de se blesser et les emmener à la montagne avec leur famille.

Ils foncèrent vers la rivière et pénétrèrent dans la forêt. Comme ils le redoutaient, les enfants se tenaient sur le septième échelon et étaient en train d'en attacher un huitième.

– Dépêchez-vous ! cria Li Lan à ses amis.

Elle aperçut alors les adultes.

– Nous travaillons aussi vite que possible, Lu Shu !

La pluie se mit alors à fouetter la région.

– Ce n'est qu'un typhon comme il y en a tous les ans, les informa Chen Ning. Ce n'est pas l'eau que nous devons craindre, mais le vent.

Il n'avait pas terminé sa phrase que des rafales les firent reculer de quelques pas. Les enfants hurlèrent de terreur en s'accrochant aux arbres.

– Il est trop tard pour les ramener chez eux ! cria Chen Ning en tenant sa femme par le bras. Attachons-les solidement et espérons que cela suffira !

Il grimpa dans une première échelle, prit le bout de corde que l'enfant tenait, le passa autour de sa taille et autour du tronc. Puis il sauta à terre et fit la même chose dans l'arbre suivant. Malgré sa jupe qui lui collait aux jambes, Lu Shu l'imita. Sans que son mari eût besoin de le lui recommander, elle s'attacha avec Li Lan, dans la dernière échelle.

– Tenez bon ! les encouragea Chen Ning.

La tempête dura plusieurs heures et lorsqu'elle se calma enfin, le petit groupe était trempé jusqu'aux os et grelottait de froid.

– Nous avons survécu ! s'exclama Li Lan, folle de joie.

La pluie tombait toujours, mais avec moins d'ardeur. Les adultes détachèrent les enfants et leur demandèrent de se tenir par la main tandis qu'ils les ramenaient au village en marchant dans la boue.

– Je pense qu'il est temps que nous ayons un autre bébé, grommela Chen Ning.

Même si elle se trouvait au bout de la file, Lu Shu l'entendit et sentit un indicible bonheur l'envahir.

26 Leçons de Chine

Logan revint en douceur de son incarnation en Chine, encore sous le charme des émotions qu'il venait d'y vivre. Silencieux, David attendit qu'il soit complètement de retour dans sa vie présente.

– C'était toute une expérience d'être une femme, laissa finalement tomber l'électronicien. Je me sentais vraiment différent de ce que je suis maintenant. Mes émotions étaient plus… Je ne trouve pas les mots pour décrire ce que j'ai ressenti.

– *Plus profondes ?*

– J'irais jusqu'à dire : viscérales. Si les hommes pouvaient passer quelque temps dans la peau d'une femme, je pense qu'ils les comprendraient mieux et qu'il y aurait moins de divorces. En fait, vous devriez fournir un ange à chaque personne sur la Terre pour qu'elle puisse revivre son passé lointain.

– *Nous avons déjà entamé ce processus, Logan. De plus en plus de gens expérimentent la même chose que toi.*

– Merveilleux. J'entrevois déjà un meilleur avenir pour mon monde.

– *As-tu des interrogations sur ta vie en Chine ?*

– J'aimerais savoir si je suis retombée enceinte. Heureusement qu'il n'y a que toi ici pour entendre cette question. On me prendrait pour un fou !

– Lu Shu n'a pas eu d'autres enfants, mais elle a adopté Li Lan et son frère quand elle a découvert que tous les membres de leur famille avaient péri pendant le typhon, ainsi que tous les travailleurs qui se trouvaient aux champs.

– J'imagine que nous avons perdu toutes nos récoltes, aussi.

– Les mois qui ont suivi la tempête n'ont pas été faciles, mais vous avez réussi à survivre. Ce sont les enfants qui vous ont donné le courage de ne pas baisser les bras.

– J'ai eu une discussion avec Rain sur l'importance de bien traiter nos enfants et de leur fournir un bon exemple. Elle dit que si notre race veut survivre, nous devons les protéger et les chérir à tout prix.

– Sais-tu pourquoi, Logan ?

– Parce qu'ils devront réparer tout ce que nous aurons détruit sur cette planète ?

– Oui, mais il y a plus encore.

Logan aurait pu avancer plusieurs réponses, mais il préféra se taire et laisser parler son guide.

– Les enfants qui naissent en ce moment sont la réincarnation des géants blonds de jadis. Leur mission est justement de remettre votre monde en état avant qu'il ne devienne inhabitable. Ils vous donneront également l'occasion de payer votre dette karmique envers eux.

– De quelle dette parles-tu ?

– Vous avez détruit la Grande Île et provoqué des dommages considérables il y a plus de dix mille ans.

Ils ont été forcés de vivre sous terre dans des conditions moins qu'acceptables. Le karma vous offre maintenant la chance de les ramener parmi vous et de leur permettre de faire leur travail de guérison en toute quiétude.

– Toujours ces foutues dettes. Mais puis-je te faire remarquer que c'est l'empereur qui a détruit l'Atlantide et non pas le peuple ?

– Le karma ne se préoccupe pas des circonstances entourant un tort, mais uniquement de ses conséquences. Dans un grand livre invisible, il enregistre les bonnes actions d'un côté et les moins bonnes de l'autre.

– Pourquoi ai-je l'impression qu'une de ces pages est plus chargée que l'autre ?

– Le but du retour de l'âme dans des vies successives est d'effacer celle où apparaissent les dettes.

– Je commence à saisir au moins ça.

– Celui qui a été ton mari entrera un jour en communication avec toi.

– Je ne pourrai certainement pas lui dire que j'ai été sa femme...

– C'est un homme.

– Alors, on évitera le sujet.

– Li Lan est déjà auprès de toi.

– C'est Rain, n'est-ce pas ?

– Oui, Logan. Elle t'a accompagné durant bien des vies afin de te protéger et de te guider.

– Peu importe qui nous étions ?

– Elle a accepté ce rôle il y a fort longtemps.

– Son âme est-elle celle d'un de ces géants blonds venus de l'espace ?

– Nous ne pouvons pas t'en dire davantage à son sujet sans risquer de mettre sa mission en péril.

– Alors, dis-moi si j'ai réussi à exprimer mes véritables besoins, en Chine.

– *Oui, avec l'aide de tes enfants adoptifs.*

– Comment suis-je mort ?

– *Tu devrais cesser de te soucier de tes passages entre les vies et te concentrer davantage sur ce que chacune d'entre elles t'a apporté. Mais sache que tu as vécu longtemps et que tu as même été grand-mère et arrière-grand-mère.*

– Moi ?

– *Toutes les âmes ont été des hommes, des femmes et des gens de toutes les races, je te le rappelle.*

– J'imagine que même si je te suppliais, tu ne m'emmènerais pas ailleurs, ce soir ?

– *Ton âme est exaltée, mais ton corps est fatigué. Je reviendrai.*

La silhouette fantomatique de David disparut.

27
Rejet

Après sa régression en Chine, Logan se prépara à aller au lit. Il allait éteindre la lampe dans sa chambre lorsque le téléphone sonna. Inquiet, car il était tard, il s'empressa de répondre, espérant que sa fille n'avait pas encore fait une fugue. La douce voix de Rain l'apaisa aussitôt. Puisque le lendemain Logan avait congé, la jeune femme le conviait à une petite escapade en bateau dans la baie de Vancouver. Son invitation arrivait à point nommé, car l'électronicien éprouvait un urgent besoin de prendre l'air.

Dès les premières lueurs de l'aube, Logan se rendit à la marina et gara sa vieille voiture parmi les belles automobiles rutilantes des gens riches dont les yachts s'alignaient le long des quais. Il trouva facilement la porte grillagée où l'attendait la médium.

– Je croyais que tu me ferais monter sur un traversier ou un autre navire du genre, avoua Logan.

– Eh bien, non, jeune dragon. Je connais un couple qui possède un magnifique voilier, alors j'ai pensé que ça te plairait de passer quelques heures sur l'eau.

– Pour faire bouillir mon sang phénicien ?

– Pourquoi pas ? Nous verrons si de nouvelles images se forment dans ton esprit.

Ils montèrent sur le trois-mâts et Logan ne put s'empêcher de constater qu'il était trois fois plus spacieux que son appartement. Il serra la main de Barry et Betty Forgues, des gens absolument charmants qui partageaient une passion pour la navigation depuis leur mariage.

Logan participa aux manœuvres de départ du voilier, puis rejoignit Rain sur la petite terrasse près de la proue. Betty lui tendit alors une coupe de vin rouge.

– C'est gentil, mais je préfère ne pas boire.

– Vous avez le mal de mer ? s'inquiéta son hôtesse.

– Non, je vais bien.

– Une toute petite gorgée, alors ? le tenta Rain.

– Je ne consomme plus d'alcool depuis longtemps, bien que j'aime prendre une bière à l'occasion en regardant un match de base-ball à la télévision.

– C'est malheureux, déplora Betty. C'est un très bon cépage.

– Toutefois, je suis étonné d'apprendre que tu aimes le vin, Rain. Hélène, la femme de John, prétend que les médiums ne sont pas censés absorber d'alcool sous peine de perdre tous leurs pouvoirs.

– Elle a raison, confirma Rain. L'alcool déforme les perceptions des médiums, tout comme le tabac, d'ailleurs. Je ne fume pas et je ne bois qu'un verre de vin par mois, alors je ne crois pas faire beaucoup de tort à mes perceptions extrasensorielles.

– Je suis d'accord avec toi, puisque, jusqu'à présent, tout ce que tu m'as dit et prédit était plutôt exact.

Logan salua les femmes et marcha jusqu'à la rambarde où il s'appuya, afin d'observer les reflets des rayons du soleil sur l'eau. En quelques semaines, sa vie avait profondément changé. Il ne faisait plus d'heures supplémentaires, il mangeait mieux et il s'intéressait à l'évolution de son âme. Il ne savait pas où le conduirait cette étrange aventure, mais l'amitié de Rain lui donnait envie d'aller plus loin.

Tandis que le bateau rentrait au port, la médium s'approcha de Logan. Il se retourna et admira son visage angélique.

Succombant à sa beauté, Logan l'attira dans ses bras et déposa un doux baiser sur ses lèvres. Rain s'empressa de le repousser, mais avec beaucoup de douceur.

– Pourquoi gardes-tu tes distances alors que je vois bien dans tes yeux que tu éprouves quelque chose pour moi ? se désola-t-il.

– Il est encore trop tôt pour que je te l'explique, Logan.

– Je commence à en avoir assez de me faire dire ça. Je suis un homme intelligent, tout de même !

– Oui, je te l'accorde, mais tu commences à peine à redécouvrir qui tu es vraiment.

– Comment arriverai-je à me connaître si David et toi passez votre temps à éluder mes questions ?

– Bon, d'accord, obtempéra la médium. On m'a demandé de mettre mes sentiments de côté pour que tu ne te dérobes pas devant tes obligations. Lorsque tu t'es incarné pour la première fois, tu as accepté d'accomplir un jour une mission cruciale pour la survie de cette planète. Malheureusement, ton ego se fait un devoir, dans toutes tes incarnations, de t'empêcher de prendre ton envol.

– Les anges t'ont-ils mise sur ma route pour que tu domptes mon ego ?

– Non. Comme je te l'ai déjà dit, tu es le seul à pouvoir le faire, Logan.

– Alors, pourquoi es-tu dans toutes mes vies ?

– Ma mission à moi, c'est de te protéger et de te soutenir.

– Mais j'ai des besoins humains.

– Ton ego a des besoins, pas ton âme. Mon rôle, c'est de la ramener sur le chemin que tu as choisi chaque fois qu'elle s'en écarte.

– Comme maintenant ? grommela Logan.

– Je sais que tout ceci est nouveau pour toi.

– Si les êtres de lumière voulaient m'envoyer quelqu'un pour me protéger, pourquoi n'ont-ils pas choisi une personne pour laquelle je n'éprouverais aucune attirance amoureuse ?

Logan frappa durement la balustrade avec son poing et fit quelques pas pour s'éloigner de Rain.

– C'est ton ego qui parle, lui fit-elle remarquer.

– Je me suis épris de toi, avoua-t-il, la gorge serrée. Je me fiche que ce soit mon ego ou toute autre partie de moi qui te l'annonce. C'est ce que je ressens et je n'y peux rien.

– Moi aussi, j'éprouve de l'attirance pour toi, mais on m'a demandé de ne pas gêner ton évolution.

Logan fit volte-face, les yeux chargés de larmes.

– Ces êtres de lumière ne ressentent aucune émotion ! se fâcha-t-il. Ils se moquent de la solitude qui me ronge à petit feu tous les jours !

– Ils savent ce qu'est le véritable amour, Logan.

– Eh bien, laisse-moi en douter.

– Alors, demande-toi plutôt ce que tu attends réellement de moi. Désires-tu mon amitié, ma loyauté et mon affection ou est-ce que tu veux seulement coucher avec moi ? La réponse t'indiquera si c'est ton âme ou ton ego qui te gouverne.

Profondément blessé par son rejet, il se mit à reculer lentement sur le pont pour s'éloigner d'elle.

– Viens t'asseoir, Logan. Nous devons régler ce différend.

– Mon ego préférerait rester seul jusqu'à ce que nous accostions.

Il mit ses mains dans les poches de son veston et s'éloigna en direction de la proue. Rain respecta son besoin de solitude, mais une fois sur le quai, Logan remercia les Forgues et ignora son amie. Il tourna les talons et se rendit à sa voiture, le cœur gros. « Qu'elle rentre chez elle par ses propres moyens », grommela-t-il intérieurement. Si les anges étaient incapables de comprendre les émotions humaines, jamais il ne pourrait satisfaire leurs exigences. « Je n'ai tout simplement pas l'étoffe d'un superhéros. »

Il glissa la clé dans la serrure de son appartement et entendit sonner le téléphone. Il s'empressa d'ouvrir la porte et de décrocher, espérant que ce ne soit pas la médium.

– Papa ? fit la voix angoissée de Sabrina.

– Que se passe-t-il, mon poussin ? s'alarma Logan.

– Je me suis sentie très mal il y a un instant et j'ai eu une vision de toi en pleurs !

– Est-ce que tu as parlé à Rain, par hasard ?

– Non, pourquoi ?

– Ce n'est pas important. J'ai passé la journée sur un bateau et je me sens seulement très fatigué.

– Tu me jures que ce n'est que ça ?

– Arrête de t'inquiéter pour moi, Sabie.

– Je n'y peux rien. Le week-end prochain, je viendrai te dorloter.

Logan accepta avec plaisir. Il avait vraiment envie de se changer les idées. Il écouta sa fille lui parler de la remarquable remontée de ses notes, puis lui recommanda d'aller se coucher. Il était tard lorsqu'il raccrocha enfin, mais il n'avait pas faim. Il décida donc de prendre une douche et de se mettre au lit. Il n'eut pas le temps de se lever que le mobile se mettait à vibrer.

– Oh non… soupira-t-il.

La silhouette de David se dessina devant le mur.

– Retourne d'où tu viens, grommela Logan. Je n'ai pas envie de te parler.

– *Nous ne sommes pas de cet avis.*

– Je ne sais pas ce que je vous ai promis de faire avant de m'incarner, mais après mûre réflexion, j'ai finalement compris que je ne suis pas l'homme qu'il vous faut.

Logan bondit sur ses pieds et fonça dans la cuisine, persuadé qu'en se saoulant il arriverait à se débarrasser de son guide. Il décapsula une bouteille de bière et avala quelques gorgées avant de la laisser tomber dans l'évier. En proie à une profonde angoisse, il se cacha le visage dans les mains et se mit à trembler.

– Mais qu'est-ce qui m'arrive ? paniqua-t-il.

Craignant de succomber à une crise cardiaque, Logan décida qu'il ferait mieux de se rendre à l'hôpital. Il s'arrêta net en apercevant David immobile dans le coin du salon.

– Mais que fais-tu encore là ? J'ai bu de la bière, mon cœur est en pièces et je respire comme quelqu'un qui est sur le point de s'écrouler !

Le guide demeura silencieux, mais son visage n'exprimait aucun jugement.

– Si le ciel a quelque chose à me dire, qu'il le fasse maintenant !

Logan se laissa tomber assis sur le sofa, bien décidé à en finir avec cette histoire.

– *Tu es très tendu.*

– Tu crois ?

– *Ta colère est injustifiée.*

– Puisque tu prétends mieux me connaître que moi-même, tu devrais savoir que je ne suis qu'une loque humaine. Mon mariage n'a pas fonctionné. Ma femme m'a mis à la porte sans autre forme de procès. Ma fille grandit loin de moi. Je fais un travail non valorisant dans un petit atelier de rien du tout. Je vis seul dans un appartement pas plus grand que le dos de ma main et la femme qui avait réussi à rallumer mon cœur vient de me rabrouer. C'est ce genre d'homme que vous avez choisi pour sauver le monde ?

– *Je reviendrai lorsque tu seras plus calme.*

– Ce serait une pure perte de temps.

David disparut juste au moment où le téléphone sonnait de nouveau.

– Quoi encore ? explosa Logan en décrochant le combiné.

– Je t'en prie, ne raccroche pas, l'implora Rain. Je veux seulement m'excuser de n'avoir pas su te rassurer, aujourd'hui.

– Surtout, ne t'en fais plus avec ça. Je viens de dire à David que je refuse de poursuivre cette aventure insensée.

– Tu changeras d'avis une fois ta colère apaisée.

– J'en doute.

– Appelle-moi quand tu seras redevenu toi-même.

Logan raccrocha brutalement, exaspéré que personne ne le prenne au sérieux. Il fila sous la douche et alla se coucher, exténué. Il venait à peine de fermer les yeux que le tintement cristallin du mobile se fit entendre. L'électronicien se boucha les oreilles, en vain. Son guide continua de l'appeler. Agacé, il fit voler ses couvertures et fonça dans le salon comme un taureau dans une arène. Le corps diaphane de David se tenait sous les cylindres métalliques.

– Ne t'ai-je pas paru suffisamment clair tout à l'heure ? lâcha Logan. Je ne me sens pas assez fort pour mener la vie d'un saint homme. Trouvez-en un ailleurs.

– *Nous avons conscience de ton malaise et nous désirons te faire comprendre la raison de ton emportement, afin que tu puisses entreprendre par toi-même le processus de guérison qui t'en soulagera dans cette vie-ci.*

– Guérison ? Je ne suis pas malade, je suis furieux.

– *Assieds-toi et écoute ce que nous devons te révéler.*

Logan commença par hésiter, puis lui obéit en soupirant.

– *La raison pour laquelle tu as perdu la maîtrise de tes émotions sur le bateau, c'est que tu es incapable de tolérer le rejet.*

– Je l'avais déjà deviné, vois-tu.

– *Ton ego n'est pas le seul responsable de cet état de fait. Tu as dû faire face à l'abandon dans plusieurs de tes incarnations.*

– Je sais… À Babylone, quand Hisba a épousé un autre homme.

– *Avant Babylone.*

– Je n'ai pourtant rien vécu de semblable lorsque j'étais Hashad-Nassan, Senmet ou Kamrhon.

– *Avant ces vies.*

– Tu ne m'as jamais montré quoi que ce soit avant Kholossos…

– *Nous ne devions pas t'en parler, mais nous avons toutefois décidé de t'aider à résoudre ce problème émotif une fois pour toutes. Nous avons commencé par ta vie sur l'île de Kholossos parce que c'était ta première apparition sur cette planète. Tu dois maintenant savoir que lors des incarnations qui ont précédé celle de l'Atlantide tu as été trahi par quelqu'un que tu aimais beaucoup, quelqu'un avec qui tu aurais voulu vivre pour toujours, quelqu'un qui avait accepté de t'aider à accomplir ta mission, mais qui a dû te livrer à tes ennemis.*

– Parle-moi de cette trahison.

– *Nous ne pouvons pas t'en fournir les détails, mais nous tenons à te dire que la personne qui t'a abandonné n'a pas eu le choix d'agir comme elle l'a fait. Nous désirons aussi ajouter qu'en ce moment cette âme est toujours aux prises avec un grand sentiment de culpabilité.*

– Est-ce que je la connais ?

– *Nous n'avons pas le droit de te révéler son identité, car cela interférerait avec son plan de vie actuel. Nous souhaitons seulement te faire comprendre que c'est le souvenir de cette déchirante séparation qui te fait réagir aussi fortement chaque fois que quelqu'un ne comble pas tes désirs. Il serait important que tu règles ce conflit interne dès que possible.*

– Plus facile à dire qu'à faire, surtout que tu ne veux rien me dire.

– *Si tu le souhaites, tu peux remettre ta mission à plus tard afin d'y consacrer toute ton énergie.*

Logan glissa nerveusement les doigts dans sa chevelure, hésitant.

– Bien sûr que je veux me débarrasser de cette émotion paralysante... surtout parce que je dis des choses que je ne pense pas vraiment à des gens que j'aime quand je me mets dans cet état.

– *Prends le temps d'y réfléchir.*

– Oui... non... attends...

Logan prit une profonde inspiration.

– Écoute, David, je ne parviendrai pas à dormir cette nuit, alors accepterais-tu de me faire découvrir une autre de mes vies ?

– *Tu as pourtant besoin de repos.*

– Je suis d'accord, mais je pense avoir davantage besoin de me changer les idées. Dis-moi où je me suis incarné après la Chine.

– *Dans une région qui portait alors le nom de Scandia. Tu as été le plus jeune fils d'un grand guerrier.*

– Encore ? A-t-il dû m'assassiner pour me faire taire ?

– *Pas cette fois. Tu étais bien intégré dans la vie de ces ancêtres des Scandinaves.*

– Je ne prônais donc pas la paix ?

– *Tu t'es incarné dans cette famille afin d'apprendre une leçon qui n'avait aucun lien avec tes efforts de paix, soit l'obéissance et le sacrifice. Toutefois, nous devons te prévenir que ta peur du rejet prenait déjà beaucoup de place dans cette vie. Tu pourrais éprouver beaucoup d'inconfort à ton retour.*

– Je vois mal comment je pourrais être plus malheureux que maintenant, mais laisse-moi en juger par moi-même.

Logan ferma les yeux.

28

GARDIEN DE LA FLAMME

La proue d'un drakkar chargé de biens pillés en terre étrangère s'enfonça dans la vase sur la berge d'un grand village fortifié. Des guerriers vêtus de peaux en débarquèrent en poussant des cris de triomphe. Prévenus par les sentinelles, les femmes et les enfants arrivaient sur le sentier pour les accueillir. Hakon Svarvarson, chef du village et de l'expédition, étreignit Estrid, son épouse, entre ses bras musclés.

– As-tu ramené tous nos fils ? s'enquit-elle en se dégageant de son emprise.

– Je suis un père comblé ! Regarde-les, femme. Ils se sont battus à mes côtés comme de redoutables conquérants, même ton bébé !

– Yngvi ? Où est-il ?

Logan sentit ses pensées se fondre dans celles du jeune homme, le dernier à descendre de la longue embarcation. Il venait à peine de s'habituer à son nouveau corps qu'une femme se plantait devant lui. Ses longs cheveux blonds étaient tressés de chaque côté de sa tête et son visage joufflu lui inspira un grand soulagement.

– Est-ce que tu vas bien, mon petit ?

– Mère, cesse de me traiter comme un enfant, s'entendit maugréer Logan.

– Yngvi est un homme, désormais, intervint Hakon. Je vous raconterai ses exploits au repas du soir.

Les hommes retirèrent leur part du butin de guerre, qui les attendait au fond du drakkar, et la remirent aux membres de leur famille afin de la transporter chez eux. Quatre jeunes guerriers s'approchèrent alors d'Yngvi. C'étaient ses frères Edin, Nils, Ansgar et Rurik.

– Pouvons-nous t'aider à transporter ton butin, mon petit ? se moqua Ansgar.

Piqué au vif, Yngvi lui enfonça son poing dans l'estomac, le projetant dans les bras de ses aînés.

– Laissez-moi tranquille ! ragea-t-il en chargeant le gros sac sur ses épaules.

Il entra dans le village protégé par de hautes palissades et marcha jusqu'à la grande maison de son père. Il déposa ses affaires et ses armes dans le compartiment où il dormait, séparé des espaces communs par des peaux cousues, tendues sur des cadres en bois. Pour éviter qu'Estrid ne l'embarrasse davantage, le jeune homme ne s'attarda pas plus longtemps. Il quitta la demeure et se dirigea vers celle de sa bien-aimée. Les enfants l'aperçurent et se mirent à sautiller autour de lui.

– On dit que tu as sauvé la vie du grand chef !

Yngvi se contenta de hocher la tête pour confirmer la rumeur. Il poursuivit sa route sans se préoccuper de cette jeunesse avide de récits d'aventures et arriva finalement devant la maison, où une vieille femme balayait l'entrée.

– Ingegerd, ton héros est arrivé ! lança-t-elle.

Une jeune femme franchit la porte dans un tourbillon de jupes et sauta dans les bras d'Yngvi. Sans aucune gêne, les amoureux s'embrassèrent jusqu'à ce que les passants se mettent à siffler.

– Allons parler dans un endroit tranquille, chuchota Ingegerd.

Elle entraîna le guerrier dans la forêt, s'assit au pied d'un chêne et le força à s'allonger sur le sol. Yngvi s'appuya la tête sur les genoux de sa belle et plongea son regard dans le sien.

– Maintenant que tu as accompli un grand exploit, mon père va certainement nous permettre de nous marier, déclara-t-elle, rayonnante de bonheur.

– Je lui ai parlé de mes sentiments pour toi durant le raid, alors il ne sera pas surpris que je lui fasse cette demande publiquement.

– Nous aurons notre maison bien à nous et une dizaine de beaux enfants.

– Ils auront tous tes yeux...

– Et ton courage, ajouta-t-elle.

Le cœur amoureux, Yngvi ne revint chez lui qu'à la fin de l'après-midi.

– Où étais-tu passé ? s'exclama Estrid. Ton père te cherchait partout !

– Dans la forêt.

– Ignores-tu que le festin de ce soir sera donné en ton honneur ?

– Non, mais je ne mérite pas toute cette attention.

– Tu as sauvé la vie de ton père et celle du roi, Yngvi.

– N'importe quel guerrier dans la même situation aurait fait la même chose.

– Va te préparer, car le roi lui-même assistera au banquet. On dit qu'il aura une surprise pour toi.

– Je ne désire pas qu'on me traite en héros.

– Apparemment, Thor en a décidé autrement.

Estrid ne revit son benjamin qu'à la tombée du jour. Il s'était lavé dans la rivière et avait enfilé une tunique de lin toute simple. Elle le poussa vers le centre du village, où les festivités avaient commencé.

Yngvi vit son père qui lui faisait signe de s'approcher et de s'asseoir près de lui, ce qu'il s'empressa de faire. Dès qu'il fut installé, une esclave lui tendit une chope de bière.

– Mon plus jeune fils a rejoint les rangs des braves de notre village ! annonça Hakon d'une voix retentissante.

Le silence se fit autour du feu.

– À son premier raid, il a tué un grand nombre de nos ennemis et il a mérité sa part de notre butin !

– Et de femmes ! ajouta Ansgar.

Assise parmi les membres de sa famille, Ingegerd arqua un sourcil.

– Edin, raconte-nous ce que tu as vu, le pressa Hakon.

– J'étais juste derrière le roi quand nous avons pénétré dans le village, mais il n'y avait personne. Les traîtres nous avaient préparé une embuscade au lieu de se battre comme des hommes. Soudain, l'un d'eux, sa lance à la main, a surgi d'un trou juste devant Olaf. Personne n'a eu le temps de réagir… personne sauf Yngvi. Il a poussé un terrifiant cri de guerre et sa hache a volé devant nous pour s'enfoncer dans le visage de notre ennemi.

Tous poussèrent des cris de joie, jusqu'à ce qu'apparaisse enfin le roi lui-même, accompagné de guerriers de son village.

La jeune femme qui marchait près de lui était si menue en comparaison de ces puissants conquérants que personne ne la vit avant qu'Olaf et sa Cour n'ait pris place près de Hakon.

– Merci pour ton hospitalité, mon vieil ami, fit le roi en se tournant vers le chef du village.

Les yeux bleu ciel d'Olaf se tournèrent vers le jeune homme assis près de son père.

– Je te suis reconnaissant pour ce geste de bravoure, Yngvi, même si je ne crains pas la mort, déclara-t-il. Apparemment, il était trop tôt pour que je retrouve enfin mes ancêtres à Asgard. Ce soir, je suis venu exprimer ma plus profonde gratitude à ta famille.

Tous l'écoutaient attentivement, car le roi n'avait pas souvent agi de la sorte envers ses sujets.

– Tes frères deviendront les chefs de quatre villages que j'ai personnellement choisis aux abords du fjord.

Un large sourire éclaira le visage de Hakon.

– Et quant à toi, Yngvi, tu deviendras le prochain gardien de la flamme.

Le jeune homme décocha un regard interrogateur à son père, mais Hakon était trop heureux pour remarquer sa question silencieuse.

– C'est un grand honneur que tu nous fais, Olaf.

– Pour t'aider dans tes nouvelles fonctions, j'ai choisi pour toi la meilleure de toutes les femmes de mon village : ma fille, Emma.

– Mais père… murmura Yngvi, stupéfait.

– Approche, mon enfant, ordonna le roi.

Hakon poussa son benjamin vers Olaf, qui avait également fait approcher sa frêle héritière.

– Prends sa main.

Tout aussi intimidée que son futur époux, Emma glissa ses doigts tremblants entre les siens.

– Par les pouvoirs que m'a donnés Odin, je vous déclare mari et femme jusqu'à ce que la mort ferme vos yeux à jamais. Et l'an prochain, à cette date, je vous conseille de m'avoir donné mon premier petit-fils !

La fête reprit de plus belle alors que les esclaves apportaient les pièces de viande et continuaient de verser de la bière dans toutes les chopes. Planté au milieu de toute cette animation, Yngvi tenait toujours la main d'Emma et la regardait avec incrédulité. Avant qu'il puisse crier à l'injustice, plusieurs membres de son village vinrent lui offrir des présents composés de fourrures, d'armes, de bijoux et d'objets ménagers.

– N'oublie pas de remercier Thor pour cette bonne fortune, lui dit Ansgar en le serrant dans ses bras.

– Je ne sais pas ce qu'est un gardien de la flamme, chuchota Yngvi, en proie à la terreur. Et cette femme n'est pas celle que je voulais épouser…

Ansgar arracha la chope de la main d'un de ses amis et la déposa dans celle de son frère.

– Dans ce cas, bois et tout va s'arranger.

Pour faire taire la peur qui le paralysait, Yngvi suivit son conseil et avala tout l'alcool qu'on lui offrit jusqu'à perdre enfin connaissance.

Lorsqu'il ouvrit les yeux, le lendemain, il ne reconnut pas la pièce où il reposait. Il se redressa lentement sur ses coudes, accablé par le martèlement d'un énorme marteau dans son crâne. Son regard s'arrêta sur la jeune personne assise sur une fourrure non loin de lui.

– Où suis-je ?

– Dans la maison du roi, monseigneur.

– Ne m'appelle pas ainsi.

Emma baissa les yeux, docile.

– Je ne me suis jamais senti aussi mal de toute ma vie, gémit-il en s'asseyant.

– Vous avez beaucoup bu, monseigneur.

– Mon nom, c'est Yngvi. Comment suis-je arrivé jusqu'ici ?

– Votre père et vos frères vous ont transporté en bateau.

Le village d'Olaf se trouvait à des lieues de celui de Hakon ! Yngvi parvint à se remettre sur ses pieds et tituba vers la sortie, éprouvant un urgent besoin de vider son corps de tout ce qu'il avait bu. En s'accrochant aux arbres, il trouva un endroit tranquille et se soulagea. Désorienté, il ne sut plus de quel côté se diriger.

– Tu as une mine affreuse, fit une voix derrière lui.

Yngvi se retourna lentement et reconnut le visage moqueur d'Ansgar.

– Est-ce que je suis vraiment marié à la fille d'Olaf ?

– Je crains que oui. Et ce n'est pas le moindre de tes soucis.

Il aida son jeune frère à marcher jusqu'au centre du village, où Hakon s'entretenait avec Olaf en mangeant des galettes recouvertes de miel.

– Tu arrives à temps pour le premier repas du jour ! s'exclama joyeusement le père.

– Je n'ai pas très faim, avoua Yngvi en faisant la grimace.

Ansgar le laissa tomber sur un siège.

– Nous allons bientôt nous mettre en route, annonça Hakon au roi.

– Désires-tu emmener ta nouvelle fille ou préfères-tu que je l'envoie plus tard avec sa dot ?

– Yngvi devrait d'abord s'installer à son nouveau poste avant son arrivée.

– Quel poste ? s'inquiéta le jeune homme.

– Merci pour les chevaux, Olaf. Je les ramènerai dans quelques jours.

Hakon fit signe à ses garçons qu'ils partaient.

– Quel poste ? répéta Yngvi.

Il les suivit en protégeant ses yeux du soleil avec sa main.

– Laisse-moi t'aider, offrit Ansgar en s'arrêtant près d'une monture.

– Non… Je n'irai nulle part avant qu'on m'explique ce qui se passe.

– Pourquoi fais-tu encore la mauvaise tête ? se hérissa Hakon en s'approchant du benjamin.

– Vous saviez que j'étais amoureux d'Ingegerd.

– Emma représente un bien meilleur parti pour toi, jeune homme.

– Tous mes frères ont épousé la femme qu'ils aimaient !

– C'est vrai, mais ils n'ont pas, comme toi, reçu les faveurs de Thor.

– J'ai seulement suivi mon instinct lorsque j'ai sauvé la vie du roi. Pourquoi faut-il que mon geste héroïque ruine ma vie à moi ?

– Ton ingratitude me trouble beaucoup, mon fils.

– Je ne suis pas ingrat ! Je vous demande simplement de me laisser vivre la vie dont j'ai envie !

– Ce n'est plus possible, Yngvi. Tu es marié à la jeune Emma et le roi m'a demandé de te conduire à ton nouveau poste à l'entrée du fjord.

– Personne ne vit là-bas, sauf…

Les mots refusèrent de franchir les lèvres du pauvre homme.

– Le gardien de la flamme, fit Ansgar pour terminer sa phrase.

Yngvi n'avait aperçu le vieil ermite qu'une seule fois, lorsque le drakkar avait quitté la côte.

– Mais il y en a déjà un, protesta-t-il enfin.

– Plus maintenant, l'informa Hakon. Il s'est tué en perdant pied sur la falaise.

– Je ne veux pas m'exiler ainsi...

– Il s'agit du poste le plus important de notre peuple, fiston. Le gardien de la flamme surveille l'entrée de la vallée et sonne l'alarme à l'approche de tout vaisseau ennemi. Il allume aussi les feux qui nous guident vers l'intérieur des terres lorsque nous revenons de nos raids en pleine nuit.

– Dites-moi que c'est un cauchemar et que je vais bientôt me réveiller...

– Tu es réveillé et nous partons.

Hakon monta à cheval, aussitôt imité par ses fils. Ansgar replia le genou d'Yngvi et, joignant ses mains, il le propulsa sur le dos de l'animal.

– Pourquoi père me punit-il ainsi, Ansgar ?

– Seuls les guerriers les plus vaillants ont occupé ce poste depuis que nous vivons dans le fjord, petit frère.

– Je vais mourir d'ennui sur la falaise. Je veux vivre entouré de gens. J'ai besoin d'action.

– Moi, je pense plutôt que tu t'habitueras à la tranquillité de ta nouvelle maison et à la douce présence de ton épouse.

– Que je n'aime pas...

– Un peu de courage, fils de Hakon.

La petite caravane se mit en route. Yngvi laissa son cheval suivre celui de son père tandis que ses frères conduisaient les chevaux sur lesquels on avait attaché ce dont il aurait besoin pour survivre pendant au moins un mois. La pente était si douce que le jeune homme ne s'aperçut pas qu'ils grimpaient vers la falaise. Après deux jours, ils arrivèrent finalement sur une clairière, où s'élevait une haute tour en bois.

– Nous y voici, annonça Hakon.

– Où est la maison ? demanda Yngvi.

– Lorsque le gardien disparaît, la coutume veut qu'on brûle sa maison et que son remplaçant construise la sienne.

– Merveilleux... maugréa le nouveau marié.

– Tu peux la bâtir où tu veux.

– C'est bien le premier choix que je peux faire.

Hakon expliqua à son fils ce qu'il devait faire en cas d'invasion en provenance de la mer et lui montra l'emplacement des feux qu'il devait allumer pour guider les siens vers la rivière au retour des raids.

– Le reste est instinctif, conclut-il. C'est pour cette raison que le gardien doit d'abord et avant tout être un guerrier.

– Et la seule façon d'échapper à cette vie de reclus, c'est de perdre pied sur la falaise ?

– Dans quelques mois, tu apprécieras ta nouvelle vie, Yngvi. J'en suis certain. Je vais te faire livrer des planches par les hommes de notre village pour que tu ne passes pas l'automne à couper des arbres. Ta maison doit être prête avant l'hiver.

Désœuvré, Yngvi se laissa étreindre par ses frères en retenant ses larmes de son mieux. Il les regarda partir et baissa les yeux sur les provisions qu'ils avaient déposées sur le sol. Pour éviter de les partager avec les animaux sauvages, il commença par les hisser à la cime des arbres qui bordaient la clairière, puis se mit à la recherche du meilleur endroit pour s'établir, à l'abri des vents du nord. Il trouva un repli dans la forêt et s'étonna que les gardiens avant lui ne l'aient pas utilisé. En abattant quelques arbres, au milieu de la sapinière, il pourrait conserver sa chaleur durant la saison froide et trouver de la fraîcheur en été.

Il inspecta ensuite son poste de guet. Son prédécesseur avait fait du bon travail, car il avait taillé toute la végétation qui l'aurait empêché de voir très loin sur la mer. Il grimpa ensuite dans la tour de bois et vérifia que la grande vasque était remplie de bois sec qui s'allumerait instantanément en cas d'urgence.

De son perchoir, il observa les alentours. Il n'y avait aucun village à l'entrée du fjord, car ils auraient été trop vulnérables. Yngvi était complètement seul.

29
Emma

Les premières nuits froides sur la falaise incitèrent Yngvi à se mettre rapidement au travail. Il n'avait jamais bâti de maison, mais il avait une bonne idée de la forme qu'aurait la sienne. Il coupa les sapins et creusa le sol pour en établir la base. Ses frères arrivèrent à ce moment précis avec un chargement de planches empilées dans des charrettes et vinrent l'aider à piocher la terre. En moins d'une journée, ils terminèrent les fondations et les remplirent de petites roches concassées. Ils superposèrent ensuite les planches pour monter des murs et les attachèrent ensemble pour former un toit en accent circonflexe qui descendait jusqu'au sol, avec un trou au centre pour laisser sortir la fumée du foyer.

À l'intérieur, les frères construisirent deux larges bancs sur deux des côtés de l'unique pièce, qui serviraient de lits. Une fois les pierres du foyer installées, Yngvi alluma un feu. Il ne manquait plus que le chaume pour recouvrir les traverses du toit.

– Profites-en pour regarder les étoiles, ce soir, lui dit Ansgar. Demain, tu ne les verras plus.

– Merci d'être venus m'aider, fit Yngvi à l'intention de ses frères. Sans vous, j'aurais été forcé de dormir au creux d'un trou dans la neige tout l'hiver.

– Enseveli sous de chaudes fourrures avec ta petite femme ?

Yngvi se rendit compte qu'il n'avait pas pensé à elle une seule fois depuis son arrivée sur la falaise. Secrètement, il espéra qu'elle se soit enfuie avec l'homme qu'elle aimait. Mais le lendemain, alors qu'il terminait le toit avec ses frères, il vit arriver une charrette. Plusieurs guerriers marchaient de chaque côté. Lorsque le véhicule s'arrêta, ils en vidèrent la caisse et déposèrent les possessions d'Emma sur le sol.

– Avez-vous besoin d'aide ? demanda l'un des guerriers à Yngvi.

– Ce ne serait pas de refus.

Grâce au concours des sujets d'Olaf, la maison fut complétée en une seule journée. La charrette ainsi que tous les hommes quittèrent la falaise en même temps. Ne sachant pas quoi dire à Emma, Yngvi décida d'aller confectionner la porte d'entrée plus loin sur le sol pierreux. De son côté, la jeune mariée transporta une à une ses affaires dans la maison et les installa d'un côté de la pièce avant de s'asseoir devant le feu pour se réchauffer, tout en observant le travail du jeune homme. Il semblait habile de ses mains, car il n'eut pas à ajuster très longtemps la pièce de bois sur les charnières. Puis, n'ayant plus rien à faire, Yngvi vint s'asseoir de l'autre côté des flammes.

– Pourquoi vous a-t-il fallu construire une nouvelle maison ? demanda Emma d'une voix très douce.

– Parce qu'à la mort du gardien on le brûle dans la sienne.

– En d'autres mots, nous vivrons dans votre tombeau.

Yngvi n'y avait pas songé.

– Mon devoir est de vous nourrir, monseigneur.

– Je t'ai déjà demandé de ne pas m'appeler ainsi.

– Dois-je aller chasser ?

– Ce sera à moi de le faire.

– Je sais poser des collets.

– Moi aussi.

Il pointa les provisions à quelques pas de son épouse.

– Ce sont des sacs d'orge, de noisettes et de poisson séché. Je vais aller chercher de l'eau au puits.

Emma s'empressa de le suivre à l'extérieur. Le soleil avait commencé à s'abîmer dans l'océan et le vent était de plus en plus froid. Le puits était en fait un trou naturel dans la roche où l'on descendait un seau à l'aide d'une corde. Il avait sans doute été utilisé par tous les autres gardiens avant lui. Maintenant qu'elle savait où il se situait, Emma n'aurait plus besoin d'Yngvi pour puiser de l'eau. L'hiver, elle n'aurait qu'à faire fondre de la neige.

La première semaine de leur vie commune, les époux dormirent chacun de leur côté. Emma s'occupait des affaires du ménage tandis que son mari coupait du bois pour en faire une réserve suffisante pour durer jusqu'au printemps. Il surveillait l'entrée du fjord tout en vaquant à ses tâches, mais personne ne prenait la mer lorsque les tempêtes commençaient à la balayer. Il trouva un sentier qui menait jusqu'au bord de l'eau et pêcha du poisson frais. En prévision de l'été, Yngvi retourna la terre là où l'ancien gardien avait établi son jardin. Il y ferait pousser du blé, de l'orge, du seigle, des pois, des choux et des oignons. Il s'assura ensuite que le four à pain était toujours en bon état, puis construisit un enclos avec l'intention d'y élever des chèvres.

Ce qui pesait le plus au jeune guerrier, c'était le silence qui régnait entre sa femme et lui. Ils n'avaient tout simplement rien à se dire. Ils effectuaient mécaniquement leur travail, répétant ce qu'ils avaient vu leurs parents faire.

Pour éviter de rester oisif, Yngvi se mit à ramasser des pierres et commença à élever un mur autour de la sapinière où il avait construit la maison, ce qui la protégerait des rafales. Les arbres avaient perdu leurs feuilles et la neige ne tarderait pas.

Dès que la température força le couple à passer plus de temps à l'intérieur, près du feu, Yngvi commença à ressentir des désirs charnels. Il parvint à les faire taire pendant quelques jours, puis n'y tint plus. Tandis qu'elle préparait la soupe, il vint s'asseoir près d'Emma.

– Il est temps que nous soyons un couple, lui dit-il maladroitement.

– Ne le sommes-nous pas déjà ?

Il lui caressa la joue. Elle s'éloigna aussitôt pour aller chercher une louche.

– J'ai abandonné l'élue de mon cœur lorsque ton père a décidé de changer mon destin. J'ai dû renoncer à ma vie de guerrier et, pire encore, je suis condamné à vivre ici jusqu'à la fin de mes jours, alors, le moins que tu puisses faire, c'est de commencer à te comporter comme une véritable épouse.

– Mais je prends soin de vous, monseigneur.

Yngvi poussa un cri de rage en bondissant sur ses pieds. Il saisit Emma par le bras et la ramena contre lui pour l'embrasser. La jeune femme se débattit, en vain. Son mari était beaucoup plus fort qu'elle. Il la plaqua sur les fourrures qui recouvraient le large banc et releva ses jupes. Ce n'était pas la nuit de noces dont ils avaient rêvé tous les deux, mais Yngvi ne pouvait plus contenir ses besoins naturels. Lorsqu'il fut assouvi, il comprit ce qu'il venait de faire et se retira de son côté de la maison. Pour ne plus entendre pleurer Emma, il sortit et alla respirer l'air glacial.

– Je ne pourrai pas passer toute ma vie ainsi, maugréa-t-il en s'appuyant contre la tour.

Les flocons tardaient à tomber sur la terre de ses ancêtres, alors il n'était pas trop tard pour fuir à l'autre bout du monde et changer son destin… Replié sur lui-même, il oublia momentanément pourquoi on l'avait placé à l'entrée du fjord.

Emmitouflée dans une fourrure, Emma sortit de la maison et marcha vers lui d'un pas mal assuré. Le vent emmêlait ses cheveux blonds et changeait ses larmes en glaçons.

– Je suis désolée, monseigneur… hoqueta-t-elle.

– Je m'appelle Yngvi ! hurla-t-il en se tournant vers elle.

Son éclat de colère la fit frissonner.

– C'était ma première fois… j'ai seulement eu peur.

– Il est bien évident que ça ne fonctionnera jamais pour nous sur cette terre désolée.

– Si vous me renvoyez chez moi, je ferai souffrir un grand déshonneur à ma famille…

– Pas si tu es devenue veuve.

– Veuve ? s'effraya-t-elle.

– Je crois maintenant comprendre pourquoi l'ancien gardien a perdu pied sur la falaise. Sans doute ne pouvait-il plus vivre ainsi lui non plus.

– Je vous en conjure, donnez-moi la chance de vous prouver que je peux être une bonne épouse.

– Tu es parfaite, Emma. C'est moi qui ne veux pas d'une telle existence. Non seulement nous ne nous sommes pas choisis, mais personne ne nous a demandé notre avis sur l'avenir dont nous rêvions.

– Il n'en tient qu'à nous de changer cette forêt en paradis.

Tandis qu'Yngvi s'apitoyait sur son sort, cinq guerriers d'une féroce tribu germanique escaladaient la falaise avec l'intention de neutraliser le gardien et de faire pénétrer leurs vaisseaux dans le fjord. À cette époque de l'année, les villages ne s'attendraient pas à une telle attaque et ils seraient faciles à décimer.

– Tu mérites mieux, répliqua tristement Yngvi.

Emma crut voir quelque chose derrière son mari. Elle se pencha de côté et son visage exprima aussitôt l'horreur.

– Derrière vous ! cria-t-elle.

Yngvi se retourna juste à temps pour ne pas avoir le crâne fendu par la hache de son ennemi. D'un geste instinctif, il lui saisit le poignet à deux mains et lutta pour lui faire perdre la prise de son arme. Voyant qu'il n'y arrivait pas, il lui enfonça brutalement le pied dans l'estomac. Son adversaire lâcha la hache et tomba sur le dos. Yngvi ne laissa pas passer cette chance et lui planta la lame au milieu du corps. Il releva la tête et vit arriver deux autres Germaniques hurlant comme des démons. Il retira la hache du corps de leur compatriote et la lança habilement dans la gorge de l'un des deux. Il se préparait à affronter l'autre à mains nues lorsque sa femme revint de la maison en courant et lui tendit sa lance préférée ainsi que la hache que son père lui avait offerte.

Pendant que son mari se préparait à recevoir le troisième guerrier, Emma laissa tomber le reste des armes et ne garda qu'un javelot, afin de seconder Yngvi. Elle préférait les travaux ménagers aux arts de la guerre, mais, comme toutes les femmes de son village, elle avait appris à se battre.

Une lance dans une main et la hache dans l'autre, Yngvi se campa devant l'ennemi qui approchait rapidement. Il vit alors un autre Germanique se hisser au bord de la falaise et foncer aussi vers lui. Il projeta le javelot par-dessus la tête du troisième homme. L'arme pénétra l'œil gauche du quatrième opposant en lui arrachant un terrible cri de douleur. Son compagnon ne se retourna même pas pour le voir s'écraser sur le sol. Il chargea.

Yngvi évita les premiers élans de son adversaire, dont la hache siffla en passant à un poil de son visage, puis de son estomac, puis il contre-attaqua. Pendant que son mari défendait furieusement son poste, Emma vit la tête d'un cinquième homme apparaître à l'extrémité de l'escarpement. Elle fondit sur l'ennemi à la vitesse d'un aigle et plongea la lance dans sa gorge, le faisant basculer dans le vide. C'est alors qu'elle vit les embarcations qui s'engageaient dans la rivière. Sans penser au danger auquel elle s'exposait, Emma se pencha pour voir si d'autres Germaniques gravissaient les rochers. Il n'y en avait aucun. Elle releva ses jupes et courut vers son mari pour lui prêter main-forte.

Yngvi continuait d'encaisser les coups de son opposant sur sa hache, attendant une ouverture qui lui permettrait de le faucher. Emma ne douta pas un seul instant que son époux sortirait vainqueur du combat, mais elle alla chercher une autre lance au cas où les choses ne tourneraient pas à son avantage. Toutefois, le jeune homme se débrouillait très bien. Calme, concentré et puissant, il ne cédait pas un poil à son ennemi. « Il doit en finir pour allumer les feux », se dit Emma, impatiente. Il n'y avait qu'une seule façon d'accélérer le duel.

– Une flotte approche ! lança-t-elle.

Saisissant l'urgence de la situation, Yngvi pressa son attaque. Mais dans sa hâte d'en finir avec le Germanique, il abaissa momentanément sa garde et sentit sa lame déchirer la fourrure de sa tunique.

Emma n'attendit pas que l'envahisseur lui tranche ensuite la tête : elle le piqua dans le flanc avec sa lance. L'homme rugit de douleur et voulut s'en prendre à elle. Ce fut son dernier geste. D'un puissant mouvement de ses bras, Yngvi le décapita.

– Vous saignez ! s'alarma sa femme.

Sans se préoccuper de sa blessure, le jeune homme escalada la tour en bois, s'empara des deux pierres qui produisaient le feu et les frotta rapidement l'une contre l'autre pour enflammer les brindilles accumulées sous les fagots.

Dès que le feu fut bien pris, Yngvi redescendit et alla vérifier les dires de sa femme. Il aperçut une vingtaine d'embarcations qui venaient de franchir l'embouchure du fjord. Il recula de quelques pas et leva les yeux sur le bûcher qu'il venait d'allumer. Sa tête se mit à tourner et il s'écroula sur le sol.

Lorsqu'il revint à lui, il était allongé sur un banc de sa maison, près du feu. Agenouillée près de lui, Emma lui épongeait le front. Se rappelant ce qui s'était produit avant qu'il ne perde connaissance, il voulut se redresser, mais la jeune femme le recloua sur sa couche d'une main ferme.

– Nous avons la situation en main, déclara-t-elle.

– Nous ?

Yngvi vit qu'on avait pansé son torse avec de larges bandelettes de lin.

– Depuis combien de temps suis-je inactif ?

– Un peu plus de deux jours, répondit une voix qu'il reconnut aussitôt.

– Père ?

– Nous avons repoussé les Germaniques et nous sommes venus voir comment tu t'en étais tiré. Emma nous a raconté tes féroces combats.

– Qui surveille la côte ?

– Ton frère Ansgar et il a hâte que tu reprennes ton poste, car il grelotte.

– Ma blessure ?

– Ta femme a fait du bon travail. Tu te rétabliras en quelques jours. Avez-vous besoin de quelque chose d'ici là ?

– Pas pour l'instant, répondit Emma, mais des chèvres et des poulets au printemps nous feraient grand plaisir.

Elle plongea le regard dans celui d'Yngvi pour lui signifier qu'elle n'avait pas l'intention de le quitter.

30
Leçons de Scandinavie

Logan se réveilla en sursaut sur le sofa de son appartement et porta la main à sa poitrine, là où la hache de son adversaire lui avait lacéré la peau. « Je dois n'être qu'un spectateur », se rappela-t-il. La silhouette de David flottait toujours sous le mobile éolien.

– J'ignorais que je pouvais être aussi violent…

– La tâche de ton ego est aussi d'aider ton âme à s'adapter aux circonstances particulières de chacune de tes vies.

– Mais comment suis-je passé de l'enseignement à Kholossos, de la prédication à Sumer, de la sculpture en Égypte, de la recherche juridique à Babylone, du gardiennage de petites princesses en Égypte, de la construction de bateaux en Phénicie et de la fabrication d'échelles vers le ciel en Chine à une telle vie de barbarie ?

– Tu as choisi de faire partie d'une société qui ne savait pas comment survivre autrement.

– Mais la violence n'engendre que la violence.

– Voilà une leçon qui t'est restée.

– Je me sens tellement coupable d'avoir tué ces hommes et encore plus de l'avoir fait sans la moindre hésitation…

– *C'était une question de survie, à l'époque.*

– Quelles étaient mes leçons de vie, déjà ?

– *L'obéissance et le sacrifice.*

– J'imagine que j'ai fini par les apprendre, car je suis resté à mon poste, non ?

– *Jusqu'à la fin de cette vie.*

– Ce que j'ai fait à Emma est inacceptable, par contre. Ma réaction agressive a sûrement été déclenchée par ma peur du rejet. Je regrette tellement ce que j'ai fait à cette pauvre femme…

– *C'est du passé. Tu sais maintenant que cette peur te rend violent dans tes relations, tu pourras dorénavant corriger ce comportement.*

– Compte sur moi.

– *Ton corps est fatigué, Logan.*

– Après tous ces combats, c'est sûr. Mais, avant de partir, me donnerais-tu un petit indice sur ma vie avant celle de l'Atlantide ?

– *Cela ne te serait d'aucune utilité dans ton présent cheminement.*

– Pourquoi faut-il que tout ait une utilité ?

– *Nous t'avons déjà dit ce que tu avais besoin de savoir.*

– Oui, que j'ai été trahi par une personne que j'aimais beaucoup et avec qui j'aurais voulu passer le reste de ma vie. Je veux seulement savoir qui j'étais.

David garda le silence.

– C'est tout ce que je demande…

– *Tu étais un pilote et un espion dans une station spatiale.*

– Un quoi ? Où ? Avant l'Atlantide ? Mais c'est impossible, voyons !

– *La Terre n'est pas la seule planète habitée de l'univers, Logan.*

– Admettons que ce soit vrai, cette personne que j'aimais était-elle dans le camp opposé ?

David choisit de ne pas répondre.

– Et si elle se sent encore coupable de m'avoir trahi, tout porte à croire qu'elle a tenté de me suivre de vie en vie pour effacer cette dette, non ?

– *Tu as besoin de repos.*

– C'est Rain, n'est-ce pas ?

Le guide commença à se dématérialiser.

– David ! J'ai deviné qui c'était ! Aide-moi au moins à comprendre ce qui s'est passé !

– *Il est trop tôt pour que nous t'en parlions.*

– Bon, d'accord. Une dernière question ! Est-ce que je connais Emma dans cette vie-ci ?

– *Elle s'appelle Rain.*

David disparut complètement.

– Oh non… s'affligea Logan.

Malgré la fatigue qu'il commençait à ressentir, il quitta son immeuble et se rendit à celui de la médium.

En arrivant devant sa porte, il jeta un œil à sa montre : il était quatre heures du matin. Il frappa trois petits coups en se disant que si elle ne répondait pas dans les prochaines minutes il irait dans le vestibule attendre qu'elle se lève.

Il allait rebrousser chemin lorsque la porte s'ouvrit.

– Je suis tellement désolé… murmura-t-il.

– Je sais.

Logan l'attira doucement dans ses bras.

31
Mieczarck

Logan passa le reste de la nuit chez Rain à s'excuser de l'avoir violentée des milliers d'années auparavant. Elle eut beau lui répéter que c'était du passé et que leurs âmes avaient ensuite compris que la violence ne réglait jamais rien, il n'en démordait pas. Elle lui prépara donc un thé destiné à le calmer et le recouvrit d'un édredon lorsqu'il s'endormit enfin sur le sofa.

Au matin, Rain poussa Logan sous la douche et lava ses vêtements. Il éprouva une certaine réticence à s'asseoir à table enroulé dans un drap de bain, mais n'eut pas vraiment le choix, puisque ses effets étaient en train de sécher. Il avala le déjeuner équilibré que lui servit la médium, toujours hanté par la dernière vie dont il avait été témoin.

– Voici quelque chose qui t'aidera à te changer les idées, fit-elle en déposant un livre près de son assiette.

– *Le Guerrier pacifique*? s'étonna Logan en lisant le titre.

– C'est un livre de développement personnel sous forme de roman. Je te jure que tu ne pourras plus le reposer.

– Il me semble que ces deux mots ne vont pas ensemble.

– Tu m'en reparleras.

Logan s'habilla et se prépara à partir.

– Arrête d'y penser, lui recommanda Rain en l'embrassant sur la joue.

Il se rendit à l'atelier et se concentra sur sa tâche toute la matinée, puis à l'heure du déjeuner, il sortit avec son livre pour aller lire dans le parc, à quelques minutes de son lieu de travail.

Il choisit de s'asseoir sur la pelouse, au pied d'un vieil arbre plutôt que sur un banc, et tourna la première page. Rain avait raison : quelques minutes plus tard, il était plongé dans le texte au point de ne plus faire attention à ce qui se passait autour de lui.

– Te voilà enfin ! s'exclama une voix.

Logan sursauta et reconnut son ami John, qui se tenait devant lui.

– Il y a longtemps que je ne t'ai pas vu aussi absorbé.

– C'est un excellent bouquin… Comment m'as-tu retrouvé ?

– Ton ami japonais à l'atelier m'a dit que tu serais probablement ici.

L'électronicien se leva et étreignit John avec affection.

– Pourquoi n'es-tu pas au travail ? s'étonna-t-il.

– J'ai pris une journée de congé. As-tu le temps de bavarder ?

– Oui, bien sûr.

Les deux hommes se mirent à marcher sur le sentier.

– Ce n'est sûrement pas une mauvaise nouvelle, si j'en juge par le sourire sur ton visage.

– Il s'agit de quelque chose dont nous avons parlé il n'y a pas si longtemps.

– Donne-moi au moins un indice, implora Logan.

– Ne me dis pas que tu te souviens de tes vies antérieures en détail et que tu n'arrives pas à te rappeler notre dernière conversation ?

– Avec l'aide de David. Je serais incapable de retourner aussi loin par moi-même.

– Bon, d'accord.

John sortit un porte-clés de ses poches.

– Le ranch ? s'étonna Logan.

– Là, je te reconnais, mon ami.

Il prit la main de l'électronicien et y déposa les clés.

– *Mi casa, tu casa.* Tu peux y aller aussi souvent que tu le veux.

– Je ne voudrais surtout pas importuner Hélène...

– Elle refuse d'y mettre les pieds pour l'instant, alors ce ne sera pas un problème. Tu pourrais aller t'y reposer tous les week-ends et tu pourrais même y emmener Rain.

– Ce ne serait pas judicieux...

– Vous ne vous entendez plus, tous les deux ?

– Je lui ai fait part de mes sentiments et elle m'a gentiment rappelé que nous n'étions que des amis.

– As-tu l'intention de la faire changer d'avis ?

– Pas du tout, même si je me sens prêt à m'investir dans une nouvelle relation. Je vais respecter sa volonté.

Logan serra les clés au creux de sa main.

– Tout ce que nous faisons dans une vie a automatiquement des conséquences dans les suivantes, ajouta-t-il. Il y a des milliers d'années, Rain m'a trahi et elle se sent encore coupable de son geste. Dans toutes les incarnations que nous avons eues ensemble, elle n'a pas cessé de se faire pardonner, mais dans celle-ci, elle préfère garder ses distances.

– Explique-moi comment toi, tu es attiré par une femme qui t'a trahi.

– Apparemment, nous nous aimions, mais nous étions dans des camps opposés.

– Est-elle au courant de tout ceci ?

– Parfaitement. Nous en avons même parlé et nous sommes d'accord pour en finir une fois pour toutes avec cette dette. Ce ne sera pas facile, surtout si elle élève des barrières entre nous, mais nous n'avons pas le choix. Nous ne voulons pas que ça nous poursuive encore pendant des dizaines de vies.

– Si je peux vous aider, il suffit de me le dire.

– Je pense que ce ranch n'est pas arrivé par hasard dans ta vie.

John jeta un œil à sa montre.

– Ton heure de repas est terminée, je pense, Logan.

Ils prirent le chemin du retour.

– J'ai tellement hâte que tu voies cet endroit, mon ami. Une rivière, dont l'eau est pure comme du cristal, traverse la propriété. Les poissons sont tellement confiants qu'ils nous sautent littéralement dans les mains.

– Dans les mains ?

Logan éclata de rire en imaginant John les bras chargés de saumons. Il aimait bien pêcher, mais le ranch l'attirait pour une raison qu'il ne comprenait pas encore.

En rentrant chez lui, ce soir-là, il mangea une salade dans le salon, sans allumer le téléviseur. « Je commence à en avoir vraiment assez de vivre seul », se dit-il. Les cylindres du mobile se mirent à s'entrechoquer doucement. « Non, c'est vrai, il y a David… »

– Bonsoir, Logan. Nous sommes heureux que tu aies repris la maîtrise de tes émotions.

– Depuis que tu m'as parlé de la trahison de Rain, je m'efforce d'accepter la souffrance qui me déchire toujours les entrailles. Ce n'est pas facile du tout, mais j'y travaille très fort. Pardonne-moi d'avoir été déplaisant lors de notre dernière rencontre.

– *Ton ego s'est senti menacé.*

– J'ai parlé à Rain et nous avons décidé de nous aider mutuellement.

– *Nous sommes en faveur de cette collaboration.*

– Est-il trop tard pour te demander ce qui est arrivé à Yngvi après l'attaque dont j'ai été témoin ?

– *Tu as compris que ton rôle était important pour la survie de tous les villages du fjord et tu as appris à savourer la tranquillité de ton nouveau domaine. Tu es mort dans ton sommeil, alors que tu avais atteint un âge vénérable.*

– Je suis content d'apprendre que je n'ai pas dégringolé de la falaise. Et Emma ?

– *Vous êtes devenus de bons amis et vous avez eu deux fils. Elle est morte un an avant toi.*

– Merveilleux. Je suis prêt à revivre mon incarnation suivante. Où a-t-elle eu lieu ?

– *Dans le pays que vous appelez maintenant l'Italie, avant l'avènement de l'Empire romain. Tu faisais partie d'une race d'hommes qui avait réussi à échapper à la destruction de l'Atlantide et qui s'était établie ailleurs en s'efforçant de conserver ses traditions.*

– Des Atlantes ?

– *Des hybrides. Ils se sont donné le nom de Rasennas, mais les archéologues ont choisi de les appeler Étrusques.*

– Mais n'étaient-ils pas stériles ?

– *Le cristal géant sur la Grande Île émettait des radiations qui les rendaient inaptes à la reproduction, mais dès qu'ils s'en sont éloignés, ils ont recommencé à se multiplier. Ils ont adopté l'alphabet des Atlantes, que personne n'a encore pu déchiffrer, et les coutumes des Hyperboréens.*

– C'étaient donc des gens paisibles.

– Ils se sont installés dans les vallées et ont enseigné aux natifs une meilleure façon d'utiliser leur temps et leurs ressources.

– Ce serait bien qu'ils reviennent faire la même chose maintenant.

– Ils ont presque atteint l'âge de vous aider dans leur présente incarnation. Leurs connaissances avancées et leur nature pacifique modifieront à jamais la structure même des sociétés terrestres.

– En serai-je témoin ?

– Oui, Logan.

– Qui étais-je, en Italie ?

– Le fils unique de l'administrateur de la cité d'Ethan. Ta mère était une protectrice des arts. Grâce à elle, tu as appris à peindre, sculpter, danser et à jouer des rôles.

– J'étais un danseur ? s'étonna Logan.

– Même si tu adorais la danse, tu es devenu un artisan spécialisé dans la joaillerie. C'est ton amour pour ta mère qui a fait naître ta passion pour la création des bijoux, mais bientôt tes œuvres sont devenues célèbres dans tout Raznea.

– Je vais vraiment de surprise en surprise… Quelle était ma leçon ?

– Afin de perfectionner les techniques de leadership apprises dans tes vies antérieures, il a fallu que tu abandonnes le travail que tu aimais plus que tout au monde.

– Il y a quelque chose que je ne comprends pas, ici. Pourquoi dois-je toujours faire de tels sacrifices ? Pourquoi ne me suis-je pas réincarné au bon endroit à chaque fois ? Rain m'a dit que nous avions tous un maître de classe qui nous aidait à sélectionner nos vies suivantes. Pourquoi ne m'a-t-il pas aidé à faire des choix plus éclairés ?

– *Les incarnations ne sont pas des scénarios que les âmes peuvent écrire elles-mêmes. Elles choisissent un but et le type de vie qui offre le plus de possibilités d'atteindre ce but. Tu ne dois pas oublier aussi que d'autres âmes, qui ont leur propre cheminement, finissent toujours par croiser ta route, te forçant à y apporter des rectifications.*

– Des aggravations, plutôt.

– *Les ententes conclues avec d'autres âmes sur le plan astral ainsi que le karma occasionnent aussi des modifications du plan de vie, sans parler des contacts avec des âmes qui ont formé des liens étroits avec la tienne.*

– En d'autres mots, il est impossible de tout prévoir.

– *Le plan physique est le seul où des accidents ont de fortes chances de se produire.*

– Je suis parfaitement d'accord.

– *Les contretemps font partie de l'expérience d'une âme.*

– Est-ce que tu me parles de ça parce que je vais me faire malmener en Italie ?

– *Tu as eu des choix douloureux à faire, mais ils ont permis à ton âme d'évoluer.*

– Puisque nous ne donnons pas la même signification au mot « douloureux », j'imagine que je devrai m'en rendre compte par moi-même. Je suis prêt.

Logan ferma les yeux et détendit tous les muscles de son corps, tandis qu'il ralentissait progressivement sa respiration.

Il intégra le corps d'un jeune homme d'une vingtaine d'années aux longs cheveux blonds, assis devant une table de travail, en train d'imprimer un motif en relief sur une feuille d'or à l'aide d'un fin poinçon. Logan ressentit la profonde concentration de l'orfèvre et se laissa fasciner par la finesse de son travail.

– C'est une pièce magnifique, Mieczarck, lui dit une femme en se penchant par-dessus son épaule. Est-elle pour moi ?

– Non, mère.

– Alors, pour qui ? fit mine de s'offenser Yolenyieh.

– Je fabrique un médaillon pour Axheeha.

– On dirait que tu n'offres des bijoux qu'à ta tante, depuis quelques semaines.

– C'est parce que je suis un bon neveu.

– En retour de tous ces présents, t'a-t-elle offert de prédire ton avenir ?

– Peut-être…

– Pourquoi ne veux-tu pas m'en parler, Mieczarck ?

– Parce que c'est un secret entre elle et moi.

– Soit. Je suis venue t'avertir que le repas est prêt.

– Je ne peux pas m'arrêter maintenant, mère ! Je dois profiter des derniers rayons du soleil.

– Très bien. Tu mangeras plus tard.

Yolenyieh embrassa son fils sur la joue et le laissa tranquille. Elle retourna sur la terrasse, où son mari l'attendait. Il voulut évidemment savoir pourquoi elle revenait seule.

– Il veut terminer la pièce sur laquelle il travaille, répondit-elle en reprenant sa place.

– Tu devais le ramener, pas lui trouver des excuses.

– Il est occupé, Azzhar.

– Je l'étais aussi, mais j'ai mis les affaires de la cité de côté afin de passer du temps avec ma famille, répliqua-t-il en se levant. C'est le seul moment de la journée où je peux voir mon fils.

Azzhar s'éloigna de la table.

– Où vas-tu ?

– Je vais le chercher.

Le père se rendit à la chambre de Mieczarck, qui lui servait également d'atelier.

– C'est le motif le plus complexe que tu as créé jusqu'à présent, apprécia-t-il.

– Vous êtes le seul à saisir la beauté intérieure de chacune de mes pièces.

– Ce n'est pas parce que je suis un administrateur que je ne sais pas apprécier une œuvre d'art, mon fils. Je sais que ta mère t'a accordé plus de temps pour sculpter ce médaillon, mais je lui avais demandé de te ramener avec elle. Tu poursuivras ce travail demain.

– Oui, père.

Mieczarck le précéda sur la terrasse et s'installa sur son siège. Yolenyieh décocha un regard désapprobateur à son mari, mais ne fit aucun commentaire.

– Ce matin, j'ai appris que le roi cherchait de bons sujets afin de créer de nouvelles cités sur la côte et de les administrer en son nom.

– Avez-vous l'intention de lui offrir vos services ? s'inquiéta le jeune homme.

– Non, mais j'ai quelques noms à lui proposer.

– Et pourquoi a-t-il besoin d'autres cités ?

– Les Rasennas se suffisent à eux-mêmes depuis bien trop longtemps. Il veut créer des ports qui leur permettront de faire du commerce.

– Nous ne savons même pas si les autres peuples ont envie d'acheter nos biens.

– Je suis certaine qu'ils raffoleraient de tes bijoux, intervint la mère.

– Le roi a dépêché ses meilleurs marchands partout dans le monde afin de savoir ce qui les intéresserait. Apparemment, il y a une forte demande pour du métal et de l'orfèvrerie. Mais avant d'établir des échanges commerciaux avec qui que ce soit, nous devons construire des villes portuaires, gérées par de bons administrateurs. Nous sommes à la recherche d'ingénieurs et d'architectes possédant de fortes qualités de chef.

– Quelqu'un comme vous, comprit Mieczarck.

– Quelqu'un de plus jeune que moi, qui pourra occuper ce poste pendant de longues années.

– Mais vous êtes le meilleur architecte du pays !

– Je n'ai bâti qu'une seule cité : Ethan.

Azzhar prit une gorgée de vin.

– J'aimerais que tu commences à sortir de cette maison, Mieczarck.

– Mais tu sais bien que cet enfant est timide, protesta Yolenyieh.

– Cet enfant n'en est justement plus un. Il est devenu un homme et il doit quitter tes jupes.

– Père, je vous en prie, écoutez-moi, implora Mieczarck. Je ne passe pas toutes ces heures dans mon atelier pour échapper aux regards. Je perds la notion du temps quand je travaille. Si vous désirez me voir sortir plus souvent, je vous obéirai, mais je vous en conjure, ne nous querellons pas maintenant.

Mieczarck baissa les yeux sur sa nourriture et ne dit plus un mot du repas.

32
La prophétesse

Après le repas, Mieczarck sortit de chez lui. Les rues de marbre blanc baignaient dans la lumière orangée de la fin du jour. Il longea les façades des édifices fermés à cette heure, car les Rasennas mangeaient tous en famille. Le jeune homme poursuivit sa route jusqu'à la demeure construite sur la plus haute colline de la ville, soit celle de sa tante. Il n'était pas dangereux de se promener seul à Ethan, le soir. Les grandes portes de la muraille qui l'entouraient étaient closes.

Mieczarck pénétra dans la grande maison immaculée et se rendit directement à la salle où Axheeha conservait ses centaines de parchemins. Il leva les yeux vers les larges fenêtres percées dans le mur qui donnait sur la ville, sachant qu'il y trouverait sa tante. Celle-ci était assise sur le large rebord en carrare et observait le ciel. Ses longs cheveux blonds lui atteignaient le bas du dos.

– Vous êtes seule ? s'étonna Mieczarck.

– Mes garçons sont partis aux bains avec leur père, répondit la prophétesse. Viens t'asseoir avec moi, mon neveu préféré.

– Préféré ? Je suis votre seul neveu.

Il grimpa sur une commode et atteignit la fenêtre.

– J'aime bien me retrouver seule de temps à autre, lui dit Axheeha.

– Moi aussi, mais mon père préférerait que je sorte plus souvent de la maison.

– Son vœu sera exaucé bien plus rapidement qu'il ne le croit.

– Vous l'avez vu dans mon avenir ?

– J'ai vu toute ta vie dans un éclair, le jour de ta naissance. Tu as une importante mission à accomplir. Nous avons très peu de temps pour en parler avant ton départ.

– Mon départ ?

– Surtout, n'aie pas peur, Mieczarck. Ce qui est sur le point de se produire sera très bon pour toi.

– Mon père acceptera donc d'aller construire une des cités sur le bord de la mer pour le roi ?

– Tu ne quitteras pas Ethan avec ta famille, mais tu ne seras pas seul.

– Je ne comprends pas...

– C'est toi qui bâtiras ce port magnifique en accord avec la volonté de l'Un.

– Moi ? s'effraya le joaillier. Je ne sais que travailler les métaux précieux !

– À mon avis, il est grand temps qu'une ville soit fondée d'une manière différente, par un homme qui n'est pas un architecte.

– Cela n'a aucun sens et, de toute façon, je ne veux pas partir.

– Même si je te prédis que tu rencontreras une belle jeune femme sur la côte et que tu tomberas follement amoureux d'elle ?

– Moi, amoureux ?

Mieczarck commença à se demander si sa tante bien-aimée ne se moquait pas de lui.

– Elle deviendra ta femme et ta meilleure conseillère. Tu oublieras Ethan et ceux qui te sont chers lorsque tu seras dans ses bras.

– Alors là, c'est tout à fait impossible.

Profondément troublé, Mieczarck quitta sa tante. Il erra pendant de longues heures dans la cité où il avait vu le jour, puis lorsqu'il rentra finalement à la maison, il s'arrêta aux bains au lieu de se retirer dans sa chambre. L'eau chaude lui fit le plus grand bien.

– Mais où étais-tu passé ? fit la voix d'Azzhar, qui arrivait du couloir.

– Je suis sorti, comme vous le désiriez.

– Pardonne-moi d'avoir été aussi dur avec toi, ce soir, mais essaie aussi de comprendre que je m'inquiète pour toi. Je sais que tu es un artiste talentueux, mais avant que je quitte cette vie, j'aimerais te voir occuper un poste plus sûr qui te permette de faire vivre ta future famille.

Le père prit place sur l'un des bancs de marbre qui entouraient le bassin.

– Et aussi, je crains que tu ne deviennes jamais adulte si tu continues d'habiter dans la même maison que ta mère.

– Je pourrais acquérir ma propre maison, proposa Mieczarck.

– Elle irait s'installer chez toi.

– Que me suggérez-vous, père ?

– Je vais soumettre ta candidature au roi.

– Axheeha avait donc raison…

– Que t'a-t-elle dit ?

– Cela n'a plus vraiment d'importance, puisque vous avez déjà pris votre décision.

– Tous les mots qui sortent de la bouche d'une prophétesse sont importants, Mieczarck. T'a-t-elle prédit un avenir ailleurs ?

– Oui... et elle a ajouté que ce serait une bonne chose pour moi.

– Je suis d'accord avec elle. Même si j'aurai du chagrin de te voir partir, je me réjouirai secrètement de savoir que tu pourras enfin t'épanouir.

Mieczarck ne revit sa mère que le lendemain, dans son atelier, et sut immédiatement, en voyant ses yeux rougis, que son mari l'avait informée de ses plans.

– Je ne le laisserai pas te chasser, hoqueta Yolenyieh en serrant son fils dans ses bras.

– C'est moi qui ai décidé de partir, mère, déclara bravement l'orfèvre, pour éviter qu'elle garde rancune à son père jusqu'à la fin de ses jours. Je te promets de t'écrire aussi souvent que je le pourrai pour te raconter mes progrès. Il est temps que je vous rende fiers de moi.

Yolenyieh allait protester qu'il n'avait rien à prouver, mais Azzhar se joignit à eux.

– Mieczarck, j'ai le grand honneur de t'annoncer que tu as été retenu pour construire et administrer l'une des trois villes portuaires commandées par le roi.

Incapable de se contenir, la mère éclata en sanglots.

– Tu partiras demain avec ton cousin Palinak et ses hommes. Prépare-toi.

Lorsqu'il parvint à se décrocher de sa mère et à remettre celle-ci aux bons soins de ses servantes, Mieczarck rassembla les quelques effets auxquels il tenait, puis adressa une longue prière à l'Un. Cette nuit-là, il eut beaucoup de mal à dormir, car la perspective de sortir des murs d'Ethan l'angoissait.

Au matin, il mangea avec ses parents. Sa mère, silencieuse, semblait résignée, mais il savait bien qu'elle ne s'en remettrait jamais. Les affaires du jeune homme furent chargées dans une carriole. Juste avant de se hisser sur le dos du cheval que Palinak lui avait procuré, Mieczarck vit sa tante s'approcher.

– Je suis venu te faire mes adieux, lui dit-elle avec un radieux sourire.

– Vous reverrai-je un jour ?

– Il est encore trop tôt pour l'affirmer. Toutefois, je sais que l'Un mettra sur ta route une prophétesse encore plus puissante que moi.

– Mais elle ne sera pas ma tante préférée.

– Tu me manqueras.

Axheeha l'embrassa sur la joue et recula pour le laisser partir avec son cortège de jeunes hommes forts et musclés sous le commandement de son fils.

Le trajet jusqu'à la côte se fit sans embûches, au grand étonnement de Palinak, car les caravanes isolées étaient souvent la cible de malfaiteurs. L'immensité de l'océan qui s'étendait au pied de la falaise où ils s'étaient arrêtés envoûta les voyageurs.

– C'est encore plus beau que je l'avais imaginé, Palinak ! s'exclama Mieczarck.

– On peut presque goûter le sel, remarqua le cousin. Est-ce l'endroit où tu veux établir ta cité ?

– La falaise me paraît tout indiquée, mais explorons d'abord la région.

Ils descendirent jusqu'à la plage de galets et mirent pied à terre. Palinak s'agenouilla dans l'eau et s'empressa de la goûter pour vérifier que c'était bien elle qui rendait l'air salin. Un de ses soldats lui indiqua alors que des étrangers approchaient du nord. Palinak alla se placer devant Mieczarck et regarda au loin. Une dizaine d'hommes venaient à leur rencontre et la moitié d'entre eux avaient les cheveux sombres.

– Lequel d'entre vous est Mieczarck ? demanda l'un de ceux qui étaient blonds.

– C'est moi, répondit l'orfèvre, tout en restant derrière son cousin.

– Je suis Keilor de Passah. Je suis venu vous offrir l'hospitalité de notre village.

– Comment saviez-vous où nous trouver ? l'interrogea Palinak. Le roi n'a certainement pas eu le temps de vous faire prévenir avant notre arrivée.

– Nous avons des sources beaucoup plus sûres, répondit Keilor avec un sourire. Venez, je vous en prie.

Les jeunes gens d'Ethan marchèrent avec leurs hôtes. Rassuré de constater que ces derniers n'étaient pas armés, Palinak laissa son cousin marcher aux côtés de Keilor.

– Notre jeune prophétesse a eu plusieurs visions de votre arrivée, lui expliqua le chef du village. Non seulement elle nous a révélé votre nom, mais elle prétend aussi savoir où vous construirez une nouvelle cité.

Lorsqu'ils arrivèrent à Passah, tout le village les attendait. Une jeune femme aux longs cheveux noirs, qui descendaient en cascades sur sa poitrine, s'approcha d'eux.

– Je vous présente Deadania, fit Keilor en mettant un genou à terre devant elle.

Croyant qu'il s'agissait d'une princesse, les nouveaux arrivants imitèrent son geste. Deadania s'approcha de Mieczarck comme si elle l'avait reconnu. Elle sortit de ses manches amples un bijou en forme de bandeau en or qu'elle plaça sur sa tête et qu'elle fit descendre jusque sur son front.

– Bienvenue chez vous, monseigneur, le salua-t-elle. Nous vous avons préparé des tentes. Désirez-vous vous rafraîchir avant le repas du soir ?

Mieczarck était si obnubilé par sa beauté qu'il fut incapable de répondre.

– Vos serviteurs vont vous y conduire, ajouta-t-elle en voyant qu'il restait paralysé.

Les habitants de Passah s'occupèrent des chevaux et déchargèrent les affaires du nouveau représentant du roi dans sa tente.

Épuisé par la chaleur et le voyage, Mieczarck commença par dormir jusqu'à ce qu'on vienne le chercher pour le festin. Assis près du feu, il écouta tout ce que Keilor lui raconta au sujet de son peuple, qui s'était fusionné à celui qui habitait déjà la côte à l'arrivée des survivants de la catastrophe ayant anéanti la plus grande partie de la civilisation atlante. Keilor lui présenta également l'élite du village. Curieusement, Deadania ne semblait pas assister à cet important repas.

Lorsque tout le monde se retira enfin, Mieczarck retourna dans sa tente, mais il avait tellement dormi durant la journée qu'il n'arrivait plus à fermer l'œil. Il se rendit donc sur le bord de la mer, qui baignait dans les rayons argentés de la lune. Au large, un orage se préparait. Il pouvait déjà apercevoir les éclairs qui illuminaient le ciel.

– Est-ce la première fois que vous voyez l'océan, monseigneur ?

Mieczarck sursauta et se tourna vers la jeune femme qui se tenait maintenant près de lui.

– Je suis désolée de vous avoir effrayé, s'excusa-t-elle. Je désirais simplement vous tenir compagnie. Je vous ai vu en songe et, dans le même rêve, une femme m'a donné une statuette en précisant que je devais vous la remettre lorsque je ferais votre connaissance.

Deadania lui tendit un petit cheval ailé sculpté dans du bois. Mieczarck l'examina sans cacher sa surprise, car il avait fabriqué exactement le même animal dans de l'or deux ans auparavant.

– Elle a dit que vous le reconnaîtriez.

– Comment a-t-elle pu vous le donner dans un rêve ?

– Je n'en sais rien. Je l'ai trouvé dans ma main à mon réveil.

Mieczarck se promit de retrouver celui qu'il avait apporté dans ses affaires afin de le lui montrer.

– J'ai aussi vu un signe dans le ciel, poursuivit Deadania. Vous serez le prochain roi des Rasennas.

– Oui, bien sûr, répliqua-t-il sur un ton moqueur.

– N'allez pas trop loin, monseigneur. Votre vie nous importe.

Deadania s'éloigna dans la nuit, le laissant perplexe. Comment un simple artiste pourrait-il se retrouver à la tête de toute une nation ? Le lendemain, il alla retrouver son cousin et ses hommes qui discutaient en mangeant des fruits.

– As-tu l'intention de repartir à Ethan ou de rester ici, Palinak ?

– Nous ferons ce que vous nous commanderez de faire, monseigneur.

– Ne m'appelle pas ainsi ! Je suis ton cousin !

– As-tu déjà oublié ce que signifie le diadème que tu portes ? Tu es le représentant du roi, Mieczarck.

– En théorie, pour l'instant. Réponds-moi.

– Nous aimerions rentrer chez nous, mais nous hésitons à te laisser ici sans protection.

– Je ne suis pas en danger, Palinak. Vous pouvez partir quand bon vous semblera.

Les jeunes gens se mirent en route après le repas. Mieczarck les accompagna jusqu'au pied de la falaise et les regarda s'engager dans le sentier qui menait vers les hauts plateaux.

C'est alors qu'il découvrit qu'on l'avait suivi. Il se retourna et se laissa capturer par les yeux verts de Deadania.

– Puisque vous êtes une prophétesse, vous devez déjà savoir où je bâtirai la cité, n'est-ce pas ?

– Évidemment, répondit-elle avec un sourire espiègle. C'est par là.

Elle lui pointa la plage vers le sud.

– C'est plutôt vague…

– À quelques lieues d'ici, une profonde rivière pénètre à l'intérieur des terres entre deux falaises, comme si un dieu avait fendu la terre rocheuse à cet endroit même pour y permettre l'entrée des bateaux. En ce moment, seuls des pêcheurs l'utilisent.

– Je veux voir cet endroit, si c'est possible.

– Venez.

Ils marchèrent sur les galets jusqu'à ce que la première falaise leur bloque la route. Mieczarck leva les yeux vers le sommet.

– Vous n'aurez pas besoin d'y construire des murailles, car tout comme celle qui se trouve de l'autre côté du cours d'eau, cette falaise est impossible à escalader. On ne pourra entrer dans votre cité que par la mer.

– Comment pourrais-je me rendre là-haut, maintenant ?

– Il y a un sentier, mais une fois la ville construite, vous devrez le condamner.

Il suivit la prophétesse sur une pente plutôt à pic, puis à travers d'épais bosquets et une dense forêt, jusqu'au sommet de l'escarpement. Mieczarck s'approcha du bord et contempla la rivière ainsi que ses deux rives rocheuses.

– C'est un endroit parfait pour une ville, laissa-t-il tomber, étonné. Pourquoi personne n'en a-t-il jamais construit une ?

– Le peuple de Passah ne possède pas les ressources requises pour exploiter un tel terrain, monseigneur.

– L'eau est-elle suffisamment profonde pour tous les types d'embarcations ?

– Oui, tous. Mais il n'y a aucun endroit où s'arrêter avant les montagnes, là-bas. Il faudrait creuser le roc pour créer des débarcadères.

– C'est un travail monstre…

– Pas pour vous.

– Je ne suis pas architecte, Deadania. Je suis orfèvre. Mon père et ma tante m'ont envoyé ici pour me permettre de m'épanouir…

– Et vous êtes désormais coincé ici, entouré d'étrangers qui s'attendent à vous voir créer la plus belle cité au monde. Je comprends comment vous vous sentez, mais nous sommes tous à votre service.

– Mais je ne sais même pas par où commencer…

– Laissez-moi vous aider.

– Vous êtes ingénieure en plus d'être prophétesse ?

Deadania le fit asseoir sur le sol, prit place derrière lui et plaça le bout de ses doigts sur ses tempes.

– Fermez les yeux et laissez les images se former dans votre esprit.

Soudain, des murs se levèrent de chaque côté de la rivière et des maisons se mirent à sortir de terre comme des champignons ! Le bord de la falaise s'éroda jusqu'à former une longue plate-forme où des bateaux de toutes nationalités accostaient. Un pont apparut à l'embouchure de la rivière, reliant les deux rives. Il était suffisamment élevé pour servir de poste de guet.

Mieczarck sursauta lorsque Deadania retira ses doigts.

– J'ai vu la cité ! s'exclama-t-il. Avec ses remparts, ses tours et même son palais et son temple ! Comment est-ce possible ? Qui a planté cette vision dans ma tête ?

– Je n'ai fait qu'ouvrir une petite porte sur l'avenir.

– Mais comment ai-je pu contempler quelque chose qui n'existe pas encore ?

– Un orfèvre ne voit-il pas déjà dans son esprit la pièce qu'il est sur le point de créer ?

– J'ai besoin de dessiner tout ceci.

Il prit la main de Deadania et l'entraîna en courant jusqu'à Passah. Pendant le reste de la journée, il produisit une esquisse après l'autre de cette cité que les dieux lui avaient laissé entrevoir. Pour s'assurer qu'il ne succombe pas à la chaleur, la prophétesse lui apportait régulièrement de l'eau fraîche. Lorsqu'il s'arrêta enfin, haletant, il permit aux ouvriers d'examiner ses dessins.

– Comment appellerez-vous votre cité, monseigneur ? s'enquit Deadania.

– Bladsoah…

– Le nid de l'aigle. Très approprié.

– Je veux rencontrer tous ceux qui ont des qualités de chef et qui peuvent diriger efficacement des équipes, ainsi que tous les représentants des différents corps de métier.

– Vous parlez déjà comme un roi.

Il se tourna vers elle comme s'il venait de sortir d'un long sommeil.

– Vous êtes celle dont m'a parlé Axheeha… finit-il par comprendre.

– Et vous êtes l'homme de mes visions.

Elle effleura ses lèvres d'un baiser prometteur. Il sortit le petit cheval ailé en or de sa bourse et le lui montra.

– Ça ne fait plus aucun doute, ajouta-t-elle, souriante.

33
Leçons d'Italie

Logan ouvrit tout doucement les yeux, encore sous le charme de la belle jeune femme qui allait devenir sa compagne dans cette ancienne vie. David se tenait toujours là, immobile et attentif.

– Si toutes mes autres vies étaient aussi faciles que celle-là, je pourrais toutes les revoir cette nuit.

– *Ce ne sera pas le cas.*

– Je m'attendais à ce genre de réponse.

– *Avant que tu le demandes, Deadania n'était pas Rain.*

– Je pense plutôt qu'elle était Axheeha.

David ne le confirma pas.

– Les prophétesses étaient-elles aussi des magiciennes ?

– *Non, mais elles recevaient des visions de l'avenir et elles savaient interpréter les présages dans le ciel.*

– Y a-t-il vraiment quelque chose derrière les manifestations célestes ?

– *Elles servent surtout à déclencher le processus de voyance chez des individus qui y sont prédisposés.*

– Il s'agit donc d'un don, quelque chose qui ne s'apprend pas à l'école des prophéties, n'est-ce pas ?

– *C'est exact. On traitait ces personnes avec le plus grand respect dans les anciennes sociétés.*

– J'ai donc épousé une prophétesse… Ai-je bâti mon nid d'aigle ?

– *Oui. Tu t'es assuré que les ouvriers suivent tes plans à la lettre. Tu as supervisé chaque étape avec la même passion que lorsque tu créais des bijoux.*

– Ma cité existe-t-elle encore ? Pourrais-je la visiter ?

– *Elle a été en partie reprise par la mer. Il n'en reste presque plus de traces en raison des invasions celtes et romaines qui ont suivi.*

– Ils ont osé détruire ma cité ? se fâcha Logan.

– *Comme bien d'autres. Les quelques survivants étrusques sont finalement devenus des citoyens romains.*

– Pourquoi faut-il que toutes les grandes civilisations finissent aussi tragiquement ? Parce que si ma mémoire est bonne, même Rome est tombée.

– *Cela fait partie du cycle de toute chose.*

– Le monde d'aujourd'hui disparaîtra-t-il, lui aussi ?

David demeura silencieux.

– Quand ? s'alarma Logan.

– *Dans un avenir proche. Pour poursuivre son cycle, la Terre ne peut pas supporter la surpopulation.*

– Alors, les peuples disparaissent jusqu'à ce que les archéologues les redécouvrent… C'est fascinant, mais terriblement inquiétant, aussi.

– *Tu n'as aucune raison de t'inquiéter outre mesure de l'avenir. N'oublie pas que les habitants de cette planète disposent du libre arbitre. Ils pourraient tout aussi bien diminuer volontairement le nombre des naissances et survivre.*

– Il me semble avoir déjà lu ça quelque part… mais revenons à cette incarnation en Italie. Est-ce que je n'ai pas enfin appris la leçon du leadership, dans cette vie ?

– *Ton essence de roi s'est en effet manifestée plus librement.*

– J'avais oublié cette histoire d'essence. Combien y en a-t-il en tout ?

– *Sept. Les rois sont très rares. Ils ne forment que six pour cent de toute la population terrestre. La plupart sont encore des enfants en ce moment.*

– Et parce qu'ils sont des rois, ils régneront sur toutes les autres essences ?

– *Ils les dirigeront.*

– Rain est-elle une reine ?

– *Elle est un guerrier, l'essence complémentaire du roi. Les esclaves sont reliés aux prêtres, tout comme les artisans le sont aux sages. La seule essence neutre est l'érudit.*

– Un instant ! Qui sont tous ces gens ?

– *Tu es trop fatigué maintenant pour que nous te l'expliquions.*

– Attends ! Est-ce que j'ai eu des enfants, en Italie ?

– *Deux garçons et deux filles.*

– Comment suis-je mort ?

– *Ton cœur s'est arrêté de battre alors que tu marchais sur la plage, comme tu le faisais régulièrement. Tu étais un vieil homme qui avait vécu une vie remplie de satisfactions. Ton corps a besoin de nourriture et de sommeil, Logan.*

– Une dernière question ! Où m'emmèneras-tu, la prochaine fois ?

– *Dans un pays qui s'appelle maintenant l'Irlande.*

David disparut.

– En Irlande ? Je me demande si j'étais un lutin, s'amusa Logan.

Il se leva avec l'intention d'aller se préparer un en-cas lorsque le téléphone sonna.

– Résidence McEwan, répondit-il en imitant Sabrina.

– Depuis quand appelle-t-on ainsi un appartement de deux pièces ?

– John ! Je pensais justement à toi ! J'étais sur le point de me faire un sandwich et, comme chaque fois qu'il est question de nourriture, je vois ton visage souriant.

– Et l'amitié, elle ?

– Je n'en mange pas souvent.

– Tu es de très bonne humeur, toi, dis donc. En fait, je t'appelle pour te dire que je ne pourrai pas aller au ranch le week-end prochain, alors toute la propriété sera à toi si tu as envie d'y aller.

– Ne serait-il pas plus convenable que tu me la fasses visiter d'abord ?

– Qu'est-il arrivé à ton esprit d'aventure ? Allez, va explorer le terrain par toi-même et si jamais tu trouves la rivière, ma canne à pêche est dans le garage. Et n'oublie pas de t'apporter à manger, parce qu'il ne reste rien dans le réfrigérateur.

Intrigué, Logan se mit en route pour le ranch au lever du soleil, le samedi matin. Suivant méthodiquement les directives de John et consultant sa carte routière, il arriva finalement devant la longue allée clôturée qui menait aux bâtiments. Lui qui pensait trouver une vieille bicoque délabrée, il fut très surpris d'arrêter sa voiture devant une impressionnante résidence plutôt moderne.

– Mais qui habitait là avant John ? se demanda Logan en sortant de la voiture. Une colonie de vacances ?

À en juger par la taille de la maison, il devait bien y avoir une vingtaine de chambres ! Il cherchait le porte-clés dans la poche de sa veste lorsqu'il aperçut une femme dans la quarantaine, en jean et veste de suède, qui sortait de ce qui semblait être l'écurie. Elle portait un chapeau de cow-boy et enlevait ses gants de travail en s'avançant vers lui.

– Tu dois être Logan.

– Logan McEwan.

– Je suis Jamie Long. Je m'occupe des chevaux de John.

– Alors, c'est bel et bien son ranch ?

– Oui, monsieur.

– Combien de chevaux possède-t-il ?

– Douze.

– Il n'a pas cru utile de me le mentionner.

– Je suis prête à parier qu'il a aussi oublié de te dire qu'il possède toutes les terres d'ici à la montagne là-bas ?

Logan arqua les sourcils avec étonnement, car la montagne en question se trouvait à des kilomètres du ranch.

– Mais une telle propriété doit coûter une fortune ! lâcha-t-il. Où a-t-il trouvé cet argent ?

– À vrai dire, il l'a eue pour une bouchée de pain, parce que l'ancien propriétaire n'était plus capable de supporter tous les phénomènes étranges qui se produisent ici.

– Quels phénomènes ?

– Mais je pense que ce qui a réellement fait pencher la balance en faveur de John, c'est que les Indiens l'aiment beaucoup.

– Quels Indiens ? Que se passe-t-il ici ? Ce ranch se situe-t-il dans une anomalie temporelle ?

– Non, affirma Jamie en riant. Au beau milieu d'une réserve indienne.

– Quoi ?

– Est-ce que tu sais monter à cheval, Logan ?

– La dernière fois que j'ai fait de l'équitation, j'avais quatorze ans. Mais ce n'est pas ce qui m'intéresse pour l'instant. C'est quoi cette histoire de phénomènes étranges et d'Indiens ?

– Que l'ancien propriétaire ait été incapable de vivre avec les fantômes qui hantent cet endroit ne veut pas dire que ce sera le cas pour tout le monde. Va porter tes affaires dans la maison et viens me rejoindre dans l'écurie. Je te prépare un cheval.

Jamie tourna les talons, laissant Logan dans un indescriptible état de panique.

Table

Composé par Nord Compo Multimédia
7, rue de Fives, 59650 Vileneuve-d'Ascq

IMPRIM'VERT® PEFC™ 10-31-1510

Imprimé en France
par Corlet Imprimeur
14110 Condé-sur-Noireau
Dépôt légal : octobre 2015
N° d'imprimeur : 174729
ISBN : 978-2-7499-2636-0
LAF : 2057